法国青少年文库精选译丛
第一辑

大仲马　菲利普·埃布里　多米尼克·哈勒维
德·塞古尔夫人　玛利勒纳·格勒芒

—— 著 ——

黄道生　唐有娟

—— 译 ——

ZHEJIANG UNIVERSITY PRESS
浙江大学出版社

图书在版编目（CIP）数据

　　法国青少年文库精选译丛. 第一辑 ／（法）大仲马等
著；黄道生，唐有娟译. — 杭州：浙江大学出版社，
2019.6
　　ISBN 978-7-308-19189-0

　　Ⅰ.①法… Ⅱ.①大… ②黄… ③唐… Ⅲ.①小说
集—法国 Ⅳ.①I565.4

　　中国版本图书馆CIP数据核字（2019）第105582号

法国青少年文库精选译丛（第一辑）

（法）大仲马等　著

责任编辑	武晓华　梁　兵
责任校对	梁　兵
装帧设计	鹿鸣文化
出版发行	浙江大学出版社
	（杭州市天目山路148号　邮政编码310007）
	（网址：http://www.zjupress.com）
排　　版	杭州兴邦电子印务有限公司
印　　刷	浙江新华印刷技术有限公司
开　　本	880mm×1230mm　1/32
印　　张	11
字　　数	217千
版印次	2019年6月第1版　2019年6月第1次印刷
书　　号	ISBN 978-7-308-19189-0
定　　价	45.00元

译本代序

　　黄道生、唐有娟自六十年代毕业于北京大学法语专业后，在外交战线上工作。他们与我的交情已有几十年，在翻译上多有来往和切磋。与此同时，他们在有限的闲暇时间从事笔头翻译，搜集了法国青少年文学作品，并翻译成中文，陆陆续续也有数十万言之多。这里汇聚的几篇译作就是他们的成果。其中大仲马根据德国作家霍夫曼（1798-1874）的作品改编的《胡桃夹子的故事》，早已在世界上流传很广，德国著名作曲家舒曼和俄国著名作曲家柴可夫斯基都曾将原著谱写成音乐，可见这部作品之深入人心。而法国著名作家埃克托·马洛的长篇小说《孤女寻亲记》这部作品，在世界上甚得好评，它是在中国早已广为流传的《苦儿流浪记》的姐妹篇；其次，诺贝尔文学奖得主芬兰作家西兰帕（1888-1964）的《少女西里亚》（1931）描写一个少女艰辛和屈辱的人生，曾被翻译成世界多国文字，广为流传，是一部触动人心的长篇小说，在法国被列入青少年读物丛书。其他短篇也都是佼佼之作。这几部作品合在一起，构成了欧洲青少年文学读物的一个系列，富有自己的特色。

两位译者具有深厚的汉语功底，不仅法语理解透彻，而且中文表达流畅，文词优美，并注意青少年读者的心理。他们的译品可以称作是上乘的青少年文学读物，值得推荐。这次在浙江大学出版社出版，我相信会获得广大读者的好评和欢迎。

郑克鲁于上海

2019 年 10 月

目录

胡桃夹子的故事

大仲马

　　大仲马是法国具有世界影响的十九世纪浪漫主义作家，于1802年7月24日生于巴黎附近的维勒科特莱市，卒于1870年12月，享年68岁。其终生勤奋写作，留给社会极其丰厚的文学遗产。据统计，他一生发表的各种作品多达1384部。也有统计显示，他的作品中仅小说就多达150部，戏剧作品25部，包括57部正剧、3部悲剧、32部喜剧等。他被认为是法国浪漫主义戏剧的先驱者之一。他的小说《基度山伯爵》和《三个火枪手》在我国广为流传、脍炙人口，受到我国读者的广泛好评。

　　2002年，在大仲马辞世132年之后，其遗骸被移入巴黎先贤祠。时任总统希拉克、总理拉法兰等各界名流出席了这一隆重的仪式，大仲马成为全法国第六位身后享此殊荣的作家。

　　《胡桃夹子的故事》是大仲马以德国作家霍夫曼的原创童话故事为蓝本，以自己写作风格进行的再创作，且以第一人称视角展开，使广大读者从两位大师的生花之笔中享受到异曲同工之美，这在世界文学史上确为罕见。

无奈开讲

　　我的朋友艾姆伯爵为孩子们举行了一次盛大的晚会，为了给这个热闹而又欢快的聚会增添点热闹的气氛，我把女儿也带去了。

　　我以长辈的身份一连参加了四五次捉迷藏、妇人梳妆和叠手游戏。那二十来个八至十岁可爱的小鬼扯开嗓子叫叫嚷嚷的，一个比一个喊得起劲，这样半小时后，我被搞得头昏脑涨。于是我悄悄地离开大厅，去找那个我熟悉的偏僻小客厅，指望在那里把我被打断了的文章思路再慢慢地贯穿起来。

　　一则由于我行动敏捷，二则由于幸运，我不仅躲过了小客人们的目光，而且躲过了家长们的目光，成功地脱身而出。躲过孩子们的目光并不难，因为他们正在专心致志地玩，可是躲过大人们的目光就不太容易了。当我走进那间令人向往而又熟悉的小客厅时，我才发现它已被临时改成了餐厅，桌子上摆满了点心和饮料。也好，既然已经摆好了吃的，在这里休息就更保险了，因为在吃晚饭前是不会有人来打扰我的，再说，这个小客厅是用来提供晚餐的。我发现这里有一把伏尔泰式的大软椅。这是一个真正的路易十五时代的安乐椅，靠背鼓鼓的，扶手圆圆的，在意大利，人们叫它懒汉椅。我们这些陪着孩子来看热闹的大人，一个个被卷进了喧腾的漩涡，而在这个漩涡中能有这么块地方让我整理被打乱了的思路，并能恬静地思考上一个小时，真是难得。想到这里，我感到十分高兴，便惬意地坐了上去。

或许由于疲劳，或许因为不习惯，或许是心情难得的舒适，我沉思了十分钟之后，便进入了梦乡。

当我被一阵突如其来的狂笑惊醒的时候，我回忆不起来是在什么时候入睡的。我惊奇地睁大眼睛，所能看见的只有画满爱神和鸽子的布歇式（布歇，1703—1770，法国画家，善于画田园与神话故事题材）的漂亮天花板。我想起来，但是身子动弹不得，我被牢牢地绑捆在座椅上，捆得那么紧，真不亚于格列佛被捆在利黎普特小人国的海岸。

这时我才恍然大悟，意识到处境的险恶：我在"敌人"的领土上被生擒了，成了他们的"俘虏"。

在这种情况下，我最好还是果断地打定主意，通过和解求得"释放"。

我的第一个建议是第二天把胜利者们领到费里克斯饭店去，我出钱任他们大吃一顿。可惜的是我看错了时机，我的话是对一位正喝着朗姆酒、吃着蛋糕、手里抓满点心的小客人说的。

我的建议被拒绝了，这使我感到很难堪。接着，我提出第二个建议：第二天邀请所有尊敬的小客人们到一个由他们选定的公园里去放烟火。那种烟火可以放出太阳和罗马式蜡烛的图案，太阳和蜡烛的数目全由小客人们指定。

我的这个建议对男孩子们颇有吸引力，但女孩子们都断然拒绝。她们说害怕烟火，她们受不了爆竹声的震动，也闻不惯火药的气味。

我正要拿出第三个建议，忽然听见一个柔和如笛的声音，轻轻地在小伙伴们身边响了起来，这使我不禁为之一惊："爸爸会讲故事，让爸爸给我们讲一个好听的童话故事吧！"

我刚要训斥她，但我的声音被一片叫喊声淹没了。

"啊！对！讲个童话故事，讲个好听的童话故事，我们要听童话故事。"

"可是，孩子们，"我使劲地对他们喊道，"讲个童话故事，说得容易！这个要求我实在难办到。你们可以要求我讲《伊利亚特》的故事，这个要求我可以办到，但讲童话故事，可难坏了我。"

"我们不要听史诗！"孩子们异口同声地叫着，"我们要听童话故事！"

"亲爱的孩子们，如果……"

"不要说'如果'，我们要听童话故事。"

"但是，小朋友们……"

"不要说'但是'，我们要听童话故事！我们要听童话故事！我们要听童话故事！"孩子们齐声叫着，根本不容我插嘴辩解。

"好吧，"我叹了一口气说，"那就给你们讲一个吧。"

"啊，太好了！"这些讨厌鬼同时叫道。

"但是有一点，我得把话说在前头，我要讲的这个童话故事不是我自己编的。"

"没关系，只要好听就行！"

说实在的，小听众们没有过分地坚持要听原创故事，这一点，倒使我感到脸上有点潮热。

"先生，那你的故事是谁编的？"其中一个细声细气的声音问道。无疑，她比其他孩子的好奇心更重。

"小姐，是霍夫曼先生创作的。你知道霍夫曼吗？"

"不，我不知道，先生。"

"你的故事叫什么名字？"一个孩子调皮地问道。他觉得，作为房东的儿子，他有权提出这样的问题。

"叫《胡桃夹子的故事》，"我毕恭毕敬地答道，"亲爱的亨利，这个题目合乎你的胃口吗？"

"嗯！这个题目没有多大意思。可是没关系，你就讲吧；如果我们不爱听，就让你停下来好了，你再给我们另讲一个。再不行，就再来一个。我有话在先，一直到讲个我们爱听的为止。"

"等一会儿，等一会儿，这样的要求我不能认可，如果你们是大人就好了。"

"这可是我们的条件，不然你就永远当俘虏。"

"我亲爱的小亨利，你是个好孩子，向来很讨人喜爱。你长大后，要是当不了出色的政治家那才怪呢。请你给我松松绑，你有什么要求，我都满足你。"

"一言为定？"

"一言为定。"

这时，他们每个人都开始动手给我松绑，我觉得拴在我身上的条条绳索顿时全松开了，半分钟以后，我便恢复了"自由"。

于是，我得遵守诺言，即便是对孩子们。我请小听众们找个舒适的地方坐下，以便听了故事能甜蜜地进入梦乡。当他们都坐定了，我就开讲了。

德鲁耶教父

从前，在纽伦堡市有一位很受人尊重的市长，人们叫他希尔伯豪斯（德文里，希尔伯豪斯是银房子的意思）。他膝下有一个儿子和一个女儿。

儿子九岁，叫弗里茨。

女儿七岁半，叫玛丽。

两个孩子长得都很漂亮，但是性格和长相却截然不同，不知道的人永远不会相信他们是兄妹俩。

弗里茨长得胖乎乎的，圆圆的脸蛋，堪称英俊少年。他爱吹牛，又淘气，遇到不满意的事就跺脚，认为世上一切的一切都是为了供他取乐或任他摆布的。他心目中一直持有这种信念，直到有一天，他爸爸被他的喊叫、号哭、跺脚弄得实在忍无可忍了，就从办公室走出来，举起右手的食指指着弗里茨，紧皱着眉头说："弗里茨先生！……"

这一下可把弗里茨羞得无地自容，真想钻进地缝里去。当然如果是他妈妈，不管她把指头举得多高，甚至举起整个手，他也根本不在乎。

他的妹妹则同他完全相反。她面色苍白，弱不禁风。一头自然卷曲的长发披在她那白嫩的小肩膀上，犹如插在晶莹洁白的花瓶上的一束束闪闪发光、轻轻摆动的金黄色花朵。她谦虚，温柔，对人和气。她对那些受苦受难的人，乃至对她的玩具娃娃都有一颗菩萨般的慈善心肠。她对父母百依百顺，即便是对她的家庭女教师特鲁桑小姐也从不犟嘴。因此人人都喜欢她。

你们都知道，每个国家都有自己的习俗，最有学问的人无疑会知道纽伦堡是一个盛产洋娃娃、木偶玩具的德国名城，并且向世界各国大量出口这些玩具。这就使纽伦堡的孩子们成为世界上最得天独厚的儿童。

德国与我们法国不同，彼此的风俗习惯也不一样。在法国，元旦是互赠新年礼物的日子，因此可能会有很多人强烈希望新年应该算到一月二日。而在德国，互赠新年礼物的日子是十二月二十四日，即圣诞节前夕。而且那儿的人们赠礼物的方式也别具一格：他们在客厅里栽一棵树，把树放在一张桌子的中央，在每一条枝上挂着要送给孩子们的玩具，树枝上无法挂的玩具就放在桌子上。

不用说，在纽伦堡最受宠的孩子，也就是说在圣诞节收到最多礼物的，是希尔伯豪斯市长的两个孩子，因为他们除了受父母的溺爱外，还博得了教父的喜欢。孩子们都管他叫德鲁耶教父。

在这里，我很有必要用几句话描述一下这位有名望的人物。他在纽伦堡市所享有的地位与希尔伯豪斯市长不相上下。

德鲁耶教父是一位机械能手。他的外表远远谈不上是一个标致的男子，半点也谈不上。他身高五尺八寸，长得干瘦，驼背。他腿很长，如果手帕掉在地上，他几乎不弯腰就能捡起来；他脸上的皱纹密布，好像是被四月的冰霜打过的斑皮苹果。他的右眼上蒙着一大块黑膏药。他头顶全秃了，觉得不好意思见人，就戴着一头打卷的乱草似的假发。这假发是用玻璃丝精心编织而成的，由于戴上感到体面，所以他常常把帽子摘下来夹在腋下。再说，他剩下的那只眼睛机灵活泼，炯炯有神，他只要在一间房子里扫视一下，便能将同伴们所做的事尽收眼底。

正如我们前面说过的，德鲁耶教父是一位机械手。由于他研究了人和动物的身体构造，他了解人体的器官的所有发条，因此能制造会走路、会向人招手、会拿武器的玩具人；能制造会跳舞，会弹羽管琴、竖琴、提琴的玩具女人；能制造会跑、会衔回猎物、会吠的狗；能制造会飞、会跳、会唱歌的小鸟；能制造出会游泳、会吃东西的鱼。他甚至还能让洋娃娃、木偶玩具说些不太复杂的话，例如"爸爸""妈妈""小马"等，只是声音单调、刺耳，听了使人感到不舒服。但人们知道这些玩意儿都是拼凑出来的自动装置，而自动装置在任何情况下毕竟只是对造物主的杰出造物的可笑模仿而已。

尽管所有这些仿真的尝试都不太成功，但是德鲁耶教父丝毫没有泄气。他坚定地说，他总会有一天要制造出真的男人、真的女人、真的狗、真的鸟、真的鱼。不用说，弗里茨和玛丽这两个孩子一直焦急地期待着这一天的到来，因为他已经答应，一旦成功，他将把首批试验品赠送给他们俩。

你们该知道，这位在机械科学上达到如此高水平的教父，在他朋友们的眼里是一位十分难得的高人。譬如希尔伯豪斯市长家里有一座挂钟坏了，普通钟表匠怎么修也修不好，指针不走了，滴答滴答的声音时有时无。于是市长就派人告诉德鲁耶教父，酷爱这门手艺的教父便马上跑来了。他让人将他领到钟跟前，即刻把挂钟打开，掏出机芯，用两只膝盖夹着。这时他舌头挂在嘴角上，睁着那只像闪光的红宝石似的独眼，再把假发脱下放在地上，从兜里掏出许多叫不出名堂的小工具。这些小玩意儿是他自己制作的，也只有他自己才知道它们是什么用途。他从中挑出一些最尖的工具插进挂钟的内脏。这是在给挂钟"针灸"。玛丽看了感到心疼，她不相信挂钟是没有感觉的。然而恰恰相反，这只可爱的挂钟经过"针灸"后复苏了，被安放回钟框里和钟座上，钟摆又滴滴答答地响起来了，报时的声音也更悦耳动听了。这间因失去挂钟就像丢了灵魂似的房屋，一下子又恢复了生气。

　　市长家厨房里有只机械狗是专管转动烤肉铁杆的。看到这只可怜的动物干这样劳累的活，玛丽心里很难过。于是在她的请求下，德鲁耶教父同意拿出他的绝技制作一只机械狗。这只机械狗被用来转动烤肉的铁杆，它既不会感到吃力，又不会嘴馋。至于原先的那只被替换下来的名叫蒂尔克的狗，现在变成了地地道道的白吃饭不干活的狗了。它变得非常怕冷了，趴在炉旁烤着嘴和爪子，除了瞧着它的替代者以外，别无他事可干。而这只新的机械狗一上好发条，便能独自干上一个小时的烤肉工作，根本不用人看管。

除了市长、市长夫人、弗里茨和玛丽外，小狗蒂尔克自然也成了最喜爱、最尊敬德鲁耶教父的"家庭成员"。每当小狗蒂尔克看到教父到来时，它总是活蹦乱跳地欢迎他，有时候当德鲁耶教父还走在路上，甚至尚未敲门时，它就开始欢快地叫起来，摇头摆尾地通报他的到来。

在欢乐的圣诞节前夕，当黄昏的帷幕开始垂落的时候，弗里茨和玛丽待在餐厅的一个角落里，已整整一天了，人们不让他们提前进节日的大厅。

"哥哥，"玛丽说，"现在爸爸、妈妈一定在忙着布置我们的圣诞树，因为从今早起，我就听见大厅里有来回搬动东西的声音，爸爸、妈妈却不让我们到那儿去。"

"我啊，"弗里茨接过话说："大约十分钟前，我从蒂尔克叫的声音就听出德鲁耶教父已经进了我们家。"

"噢！我的天，"玛丽一边摆弄着双手，一边想像着："好心的教父会给我们带什么礼物来了？我相信，一定是一个种满各种树木的花园，花园内还有一条美丽的小溪，水一直流入一块修剪整齐的草坪，草坪的四周百花盛开，带着金色项圈的银白色天鹅在这条小溪里漫游，一个年轻的姑娘把杏仁饼扔给它们吃，天鹅把脖子伸得长长的，一直伸到姑娘的围裙里吃着。"

"玛丽妹妹，你该知道，首先，天鹅不吃杏仁饼。"弗里茨一本正经地对玛丽说，这种口气是他所特有的。父母为此经常责备他，指出这是他身上最严重的毛病。

"我相信是这样，"玛丽说，"你比我大一岁半，你应该知道得比我多。"

弗里茨神气活现地接着说："其次，我想我可以说，如果德鲁耶教父给我们送来了东西的话，那一定是一个堡垒，还有把守它的士兵，守卫它的大炮，还有攻击堡垒的敌人，这样打起来才热闹呢！"

"我不喜欢打仗，"玛丽说，"如果真的如你所说的是一座堡垒，那就是送给你的，我就只要伤员，我可以照料他们。"

"你是知道的，"弗里茨说，"不管他带来什么，既不会给你，也不会给我，爸爸妈妈借口说德鲁耶教父送来的礼物全是珍品，所以我们得到后马上又会被收回去，锁在只有爸爸站在椅子上才能拿到的大玻璃柜的最高一层。"弗里茨继续说："因此我还是喜欢爸爸、妈妈送给我们的礼物，甚至比德鲁耶教父送来的礼物更喜欢，因为至少爸爸妈妈送的礼物，是供我们玩的，可以一直玩到坏掉为止。"

"我也这样想，"玛丽回答说，"但你可不要把你刚才的那些话对教父说。"

"为什么？"

"因为他会为我们不喜欢他的礼物而更喜欢爸爸、妈妈送的礼物而感到难过，他本来是想让我们高兴才送给我们的，应该让他相信，他想的没有错。"

"啊！算了！"弗里茨说。

"玛丽小姐说得对，弗里茨先生，"女教师特鲁桑小姐说，她在一般情况下都不会插嘴，除非在重要的时刻才发言。

"你看，"玛丽为了阻止弗里茨对家庭教师出言不逊，马上接着说："咱们设想一下爸爸、妈妈会给我们什么礼物。我已经把玫瑰小姐的情况告诉妈妈了，我那洋娃娃玫瑰小姐越来越不行了，尽管我不断地教她，可她还是老摔跤，每摔一次脸上都会留下难看的伤痕，因此我再也不能考虑带她去社交场合了，现在她的脸庞和身上的裙子是多么不协调啊！"

"我啊！"弗里茨说，"我已经告诉爸爸，我的马厩里如果能再添一匹壮马将是件大好事。同时我还告诉爸爸，没有轻骑兵就不是一支编制良好的军队，而我所指挥的师团里还缺一支轻骑部队。"

这时特鲁桑小姐认为她再次说话的时刻到了，于是便说：

"弗里茨先生，玛丽小姐，你们知道，不要预先表示你们想要什么东西。"

"啊！对了！"弗里茨说，"去年，当我刚想说要步兵的时候，他就给了我步兵。这次如果有一队轻骑兵，我该多高兴啊！"

玛丽说："去年我只想要一个娃娃就行了，然而除此之外，我还得到一只玫瑰色嘴和爪子的白鸽。"

说着说着，夜幕完全降临了，因此孩子们说话的声音越来越低了，挨得也越来越近了，他们觉得似乎听到远处响起了和谐而悦耳的音乐声，那声音很像从光线暗淡的教堂窗拱下传来的管风琴音乐声。

突然，铃响了，房门吱吱呀呀地打开了，屋内射出的灯光如此明亮，以至于孩子们被照得眼花缭乱，他们除了喊着"啊唷！

啊唷! 啊唷!”外，什么也说不出来。

这时，市长、市长夫人迈步来到门槛边，拉着弗里茨和玛丽的手，说：

“孩子们，来看看你们的礼物。”

他俩马上进入大厅，特鲁桑小姐把手里的毛线活放在对面的椅子上也跟着走了进去。

圣诞礼物

亲爱的孩子们，当人们把你们领到琳琅满目的商店里，给你们一大笔钱，对你们说："来吧，挑选吧！拿吧！"这时候你们会屏住呼吸，停住脚步，目瞪口呆。这是你们一生中也许不会再有第二次的最为心醉神往的时刻，即使你们被任命为科学院院士、当选为国会议员或上议院议员之日也难得这样。而当弗里茨和玛丽进入客厅，看到圣诞树的时候，他们就是这种感受。他们看到那棵圣诞树似乎是从铺着白色桌布的大桌子下生长出来的，树身上下披挂得满满当当的，除金黄色的苹果外，那满树的花朵都是糖捏的，那累累的果子也不是真的，而是糖果仁和糖杏仁。那些掩映在绿叶丛中的万盏烛光把树上树下照得银光闪闪，恰似盛大节日之夜那五彩缤纷的常青树。面对此情此景，弗里茨连着跳起击脚舞，他跳得十分出色，确实可为他的舞蹈老师鲍谢特先生脸上增添光彩。玛丽见此情景则无法抑制夺眶而出的大颗喜悦的泪珠，那泪珠宛如两颗晶莹的珍珠滚落在她那青春焕发的脸蛋上，就像滚在五月的玫瑰花瓣上似的。再仔细看看，更令他们惊异：桌上堆满了各色各样的玩具。玛丽从里面翻出一个比玫瑰小姐要

019

大一倍的洋娃娃，还发现衣架上挂着一条漂亮的绸裙子。她乐得围着裙子转了一圈。弗里茨发现桌上排列着一队身穿着黄色条纹红大衣的骑在白色骏马上的轻骑兵，桌子脚下拴着一匹盛名远扬的红马，这正是马厩里所缺少的。轻骑兵亚历山大立刻骑上了这匹骏马，它身上的马鞭和其他工具一应俱全。弗里茨先生让它快马加鞭围着圣诞树跑了三四圈之后说，尽管这是一匹没有驯化过的、最不听使唤的牲口，但他还是有办法驯服它，使其在一个月之内变得服服帖帖，温顺如羔羊。

玛丽则刚给新领到的洋娃娃起了个名字叫柯莱尔小姐。这时候门铃第二次清脆地响了，兄妹俩马上转身朝门铃望去，这时他们才看到有他们原先未曾注意的一种东西，那是因为他们原先一直把注意力放在屋子正中的圣诞树上，而未注意到大厅的一角已用中国屏风隔开了，在屏风后面，发出类似音乐的声音，说明那里有着新的情况，他俩这时才想起来德鲁耶教父还未露面呢，于是他们一起叫起来。

"呀！德鲁耶教父！"

话音刚落，屏风便自动折了起来，好像专等着这声呼叫屏风才往一起折叠似的，这时人们不仅看到了教父，还有如幻梦的画面：在一片碧绿的、点缀着鲜花的草地上，矗立着一座宫殿。宫殿的正面有一排排玻璃窗户，它的两翼各矗立着一座金碧辉煌的塔楼。随着宫内的一声铃响，各个门窗同时打开，在一个个半寸高的烛光照耀下，人们看到室内那些先生、太太们在散步。先生们穿着讲究的绣花外衣和丝绸上装、套裤，腰上挎着刀、剑，腋下夹着帽子。太太们打扮得花枝招展，她们身穿带有宽大裙环的织锦缎长裙，头发梳得高高隆起，手里拿着扇子不断地扇着，真有点热得不行的样子。

在中央大厅里，水晶玻璃吊灯在烛光的照射下一片通红，一群儿童伴着铃声翩翩起舞：男孩子穿着圆鼓鼓的上衣，女孩子穿着短裙。在大厅临近一间房子的窗户上，有一位穿着皮大衣的男士，它的身份看来配称阁下。它时而露出头来，向人们摆摆手，时而又缩回去。里面还有一个扮德鲁耶教父的玩具人，它也穿着黄色外套，一只眼睛上贴着膏药，头上戴着玻璃丝假发，跟德鲁耶教父本人一模一样，不过它只有三寸高，只见它时而出来，时而进去，仿佛在邀请散步的客人们进屋去坐坐。

刚开始的时候，两孩子看得又惊又喜，但几分钟后，一直把胳臂肘搭在桌子上盯着玩具瞧的弗里茨站了起来，不耐烦地走近德鲁耶教父，对他说："教父，扮演您的玩具为什么老是从同一个门进进出出，这该很腻烦的。喏！现在它从那里出来，应从这里进去。"弗里茨指着两翼塔楼的门说。

"这是不可能的。"德鲁耶教父回答说。

"那么，"弗里茨又说："让我高兴高兴吧，您可以让这个玩具顺楼梯爬上去，与这位先生换个位置，让它在窗口站着，让这位先生到门口来。"

"这也不可能，我亲爱的弗里茨。"

"那里的孩子们跳舞已经跳累了，应让它们去散散步，让那些散步的来跳舞吧！"弗里茨继续纠缠着。

"你怎么不懂道理，你的要求总是没完没了！"教父嚷嚷起来，他开始不高兴了，"已经设计好了的机械，就应当让它按设计的程序进行。"

"我想进古堡去。"弗里茨说。

"呀！好孩子，你发疯了。"市长说："这是绝对不可能的。你瞧，安在最高处的塔楼上的风标也只有你的肩膀那么高。"

弗里茨明白了，于是不再吭声了。但过了一会儿，他看到玩具娃娃中的先生、太太们仍在不停地散步，小孩子们一直在跳舞，穿皮大衣的先生们按照同样的间歇时隐时现，而扮德鲁耶教父的洋娃娃老是不离开大门，他便带着十分失望而不耐烦的口气说："教父，如果那些洋娃娃不会干别的，只会反反复复做同样的动作，明天你就可以把它们拿回去，因为我对它们兴趣不大，我还是喜欢服服帖帖听我话的马和我的轻骑兵，我可以指挥它们向右向左，前进后退，而不是被关在房子里。而你所有的洋娃娃们只能听从程序的吩咐，程序要它们怎样它们就怎样。"

说完，他扭身背对着德鲁耶教父和模型古堡，迈步走近大桌子，把一直等待他命令的轻骑兵们排成作战阵势。

玛丽也慢慢地走开了，因为她觉得这些小娃娃重复的机械性动作太单调了，只是因为她是一个懂事的孩子，本能的好心肠，她怕使德鲁耶教父难过而什么也没有说。的确，当弗里茨转身而去时，德鲁耶教父好像被刺了一下似的对市长和市长夫人说：

"好了，好了，这样珍贵的东西本来就不是给小孩子玩的，我还是把它们放在我的车子里带走吧。"

市长夫人走近教父，想挽回一下因弗里茨不礼貌的行为而造成的后果。她要求说想好好看看这些珍贵的礼品，并请教父给她详细讲解这些玩意儿的机械构造。她对这些复杂的工艺夸奖得如此得体，这不仅消除了教父脑海里的不快，而且还让他那黄色外套口袋里又掏出了一堆各种各样的男、女娃娃，它们都有着棕色的皮肤、乳白色的眼睛，金黄的手脚。除了都能做一些独特的动作外，这些男、女娃娃身上还散发着一股扑鼻的香味，因为它们都是由桂皮做成的。

这时候，特鲁桑小姐喊了声玛丽，要把那件漂亮的丝绸裙子拿给她穿上试试，因为刚进大厅时，这条裙子使特鲁桑小姐欣喜不已，当场就问能否允许她帮玛丽穿上。玛丽尽管平时很有礼貌，这次她也未理会特鲁桑小姐的要求，因为这时她正全神贯注地在玩她新发现的一个玩具老头。关于这个老头的事，亲爱的孩子们，请你们仔细往下听，因为它才是这个故事的主人公，而特鲁桑小姐、玛丽、弗里茨、市长、市长夫人，乃至德鲁耶教父都只是次要人物。

穿木披风的小人

　　我们刚才说了，如果玛丽没有理会特鲁桑小姐的话，那是因为她恰在这时发现了一件原来没有被发觉的新玩具。

　　当弗里茨在指挥他的轻骑兵转圈、拐弯、转身的时候，她就已经发现了那个伤感地靠在圣诞树上的小人。这时它正安静地、彬彬有礼地等待着人们能注意到它。对于它的材质，我们倒有不少可以说的，刚才我们可能太匆忙了，才使用了"漂亮"这个形容词，但其实它的上身太长、太发达，而腿却长得细而短，两者之间很不协调。除此之外，它的头大得如此异常，不仅超出了正常的比例，而且超出了画师笔下的头像比例，因为在画师笔下的头像比例，往往总比正常的大。

　　然而，虽然说它的身体有这些缺陷，它身上的衣服却足以弥补身体的不足。从衣着可以看出，它是一个有教养和有风度的男士。它穿一件紫色平绒外套，上面配着胸饰和金黄色纽扣。裤子也是同样地讲究。最好看的是它的一双靴子，这样的靴子在大学生甚至是军官的脚上都很少见，因为它紧贴在脚上仿佛画在上面似的。但作为一位看上去十分高雅时髦的男士来说，有两点颇显奇特，一是它穿着一件又窄小又难看的木头雕制的披风，像装在脖子后面的一条尾巴，顺着脊背拖下去；二是戴在头上的山区人的小帽子。当玛丽看到这两样与它身上穿的衣服如此不协调时，她心想，德鲁耶教父穿的黄外套上面系的小领结一点也不比这个穿外套配木头披风的打扮强。再看教父把那顶难看的同他有着不解之缘的帽子往头上一戴，相比之下，世界上的任何帽子都不会有自愧之感。但这些都不影响德鲁耶教父是一个好的教父。玛丽甚至心里还想，如果教父完全模仿这个木头披风小人的打扮，那么他可能远不如这个小人如此和蔼而有风度。

可以想见，如果玛丽对这个一见如故的小人没有深入的观察，她是不会有这些想法的。她越观察，就越觉得这个小人是多么的温和而善良。他那双明亮的绿眼珠闪着安详而又慈善的目光，对于这双绿眼睛，除了往外凸的太多外，没有其他好挑剔的。而用白棉花粘的胡子卷把下巴盖得严严的，显得尤其好看，这使它的嘴巴露出迷人的微笑。它的嘴巴也许稍显大了些，但是嘴唇却红润而诱人。玛丽深情地端详了十多分钟而没有勇气再动动它，她越看越喜欢，叫道："呀！爸爸，请你告诉我，靠在圣诞树上的这个亲切的小人是给谁的？"

"不是专门给谁的，是给你们俩的。"市长回答。

"怎么回事，好爸爸，我不懂你说的话。"

"这是一件为大家服务的工具。"市长答道："以后你们吃胡桃时，它负责给你们砸胡桃仁，所以它既属于弗里茨也属于你。"

说着，市长小心翼翼地把它拿起来，握住了它背上的窄条木头披风，按照最简单不过的杠杆原理稍一动，它便张开了嘴巴，露出了两排又白又尖的牙齿，爸爸让玛丽把一个胡桃塞进它的嘴里，只听见咔嚓咔嚓两下，小老头很灵巧地把胡桃壳儿夹得粉碎，而胡桃仁完整无损地吐在玛丽的手中。这下小姑娘明白了，这个雅致的小人原来是古老而受人尊敬的胡桃夹子，它的历史与纽伦堡市同样久远。玛丽对她这一发现高兴得跳起来，于是市长对她说：“那好，我的乖玛丽，既然你这么喜欢它，虽然胡桃夹子属于弗里茨和你两人所有，那你就负责保存它吧！现在就把它交给你，由你来保护它。”

于是，市长把这个木头小人交给了玛丽。她把它抱在怀里，马上就让它进行练习。这个可爱的孩子心肠特别好，她选了几个最小的胡桃让它夹，使它的嘴不至于张得太大，因为它不适宜张大嘴，那样会使它的脸部表情显得很可笑。接着特鲁桑小姐凑过来，现在轮到她来欣赏欣赏这个小人了。正如你们知道的，虽然特鲁桑小姐是个家庭教师，然而胡桃夹子在尽职方面都一视同仁，它的动作还是那样的优美，丝毫没有任何厌恶的表示。

弗里茨继续训他那匹票红马，摆弄他的轻骑兵，当他听到咔嚓咔嚓重复二十来次时，他知道有新玩意了。

他抬起头，睁大了眼睛，朝市长、玛丽、特鲁桑小姐那边看，发现了玛丽怀里抱着一个穿木披风的玩具人，于是他丢下了马，没有来得及把票红马牵回马厩，就跑来玛丽身边，他看到小人张大嘴时滑稽可笑的样子，便哈哈大笑起来。然后他说玩具人夹的胡桃有他的一份，当这一要求得到满足后，他又说他也要让胡桃夹子为他夹胡桃，因这个小人一半归他所有，这一要求也得到了满足。然而，不管妹妹如何劝说，他专拣最大最硬的胡桃往小人嘴里塞，当塞到第五、六个时，突然听到咔啦一声，三只小牙齿从胡桃夹子的牙床里掉了下来，脱臼的颌骨马上变得像老头的下巴似的无力而且颤动着。

"呀！我可怜的胡桃夹子！"玛丽大叫着从弗里茨手里夺过小人。

"这是一个蠢蛋！"弗里茨叫道："这算什么胡桃夹子？颌骨脆得像玻璃，名不副实，玛丽，你把它给我！让它继续给我夹，即使牙都掉光，下巴完全破裂，也得让它干。看你，你怎么对这个蠢蛋这么感兴趣？"

"不给！不给！"玛丽一边叫一边紧紧抱住它："你再也甭想拿可怜的胡桃夹子了，你瞧，他正撅着受伤的下巴瞧我，神情多么痛苦啊！你时而打马，时而又枪毙士兵，你的心肠真硬！"

"我打我的马是因为它们脾气犟，"弗里茨带着自吹的神气说："至于那天我枪毙的士兵，是一个混账流氓，他在我手下一年，我都拿它没有办法。一天大清早，它带着武器和行李开小差，这在世界上任何一个国家里都得判死刑的，况且，任何关于纪律的事情都与女人无关。我不阻止你打你的娃娃，也不阻止你打我的马和枪毙我的士兵，现在我要胡桃夹子。"

"爸爸，快来啊！"玛丽一面把胡桃夹子包在手绢里，一面喊着："快来啊！弗里茨要抢胡桃夹子！"

听见玛丽的叫声，不仅已经离开了孩子们的市长走了过来，而且市长夫人、德鲁耶教父也跑过来了。两个孩子每人都阐述了他们的理由，玛丽陈述了为什么她不给胡桃夹子，弗里茨讲了他为什么要胡桃夹子，使玛丽吃惊的是，德鲁耶教父带着冷酷的微笑觉得弗里茨有道理，幸运的是，市长和市长夫人同意玛丽的意见。

"弗里茨，"市长说，"我把胡桃夹子交给你的妹妹来保护，根据我不多的医学常识，我可以判定，可怜的它伤得很重，需要治疗，因此我把它完全交给玛丽，一直到它完全康复为止。对此，大家就不要再说什么了，而且，你很讲究纪律。你什么时候见过一个将军把他的伤员召回火线？人们总是把伤员送进医院，让他们一直治到痊愈为止。如果他们成了残废，他们还有权进入残废军人院。"

弗里茨还想坚持，但是市长把食指举到右眼那么高，吐出了一句："弗里茨先生。"

我们前面已经谈过，这句话对弗里茨的震撼有多大，受到这样的责备，他感到很羞愧，于是一声不吭地溜回桌子边。那儿有他的轻骑兵部队，它们重新找回了失散的哨兵，又建立了前沿哨所，然后都静悄悄地回到它们的宿营地过夜去了。

与此同时，玛丽收起了胡桃夹子的小牙齿，把它们都包在她的手绢里，然后她从丝绸裙上撕下了一条白绸带，把胡桃夹子的下巴包扎好。胡桃夹子刚开始非常惧怕，后来看上去好像相信了玛丽的好心肠。玛丽这时发觉德鲁耶教父以讥讽的眼光看待她对胡桃夹子慈母般的照料，她觉得德鲁耶教父这时的表情既狡猾又不怀好意，这是她平时从未见过的，因此她离开了德鲁耶教父。教父便大笑起来说："老天，我亲爱的教女，我不明白为什么像你这样美丽的小姑娘对这个丑八怪小老头这样亲切。"

玛丽转过身来，由于她十分喜爱胡桃夹子，尽管德鲁耶教父的话里有恭维她的成分，但她不能容忍他对胡桃夹子不公正的贬损。她一反常态地要发火了，这时她又想起了教父与这个穿木披风小人之间模模糊糊的联系，于是对教父说："德鲁耶教父，你说可怜的胡桃夹子是丑八怪小老头，这是不公道的，谁知道您是不是也会有它那样美丽的直领长礼服、漂亮的裤子和好看的小靴子？谁知道您是否也会有它那样的好神态？"

听到玛丽这番话，她的父母都笑了，而教父的鼻子神奇般地伸得长长的。

怪诞之事

　　孩子们，记得吗？我曾提到过一个专放玩具的橱柜。市长家的玩具橱柜就放在客厅大门的右侧。当时玛丽还是婴儿，弗里茨刚会走路，市长就请了一位专做红木活的巧匠制作了这个橱柜，并配上了彩色玻璃。玩具放在橱柜里，比拿在手上漂亮十倍。橱柜的最上层，也就是玛丽和弗里茨够不着的那一层，专放德鲁耶教父送的最精致的玩具；第二层放连环画、图书；下面两层供弗里茨和玛丽使用。他们两人之间有个不成文的约定：弗里茨使用上层，做他的兵马营寨；玛丽使用下层，放她的洋娃娃、娃娃们的用品与床铺。圣诞节那一天，他们也是这么办的：弗里茨将新得到的玩具放到上层，玛丽把玫瑰小姐打发到一个角落，让新来的洋娃娃柯莱尔小姐占用玫瑰小姐腾出来的卧室和床铺。这位柯莱尔小姐作为玩具中的客人，它可以看到，这间卧室里各类用品摆放得整整齐齐，桌上放满了糖果和甜杏仁。洁白的床单上铺了一条玫瑰色绣花绒毛被，顺眼、漂亮。柯莱尔小姐肯定对它的新居感到满意。

　　晚会很晚才散。到午夜时，德鲁耶教父早已离去，两个孩子还流连于橱柜前。

突然，弗里茨一反常态，主动对爸爸妈妈说，他该睡觉了。

"操练了一个晚上，我可怜的轻骑兵们肯定很累了。我知道，他们个个都是效忠于我的勇士，只要我在这里，他们谁也不会合眼，所以我必须离开了。"

说完，弗里茨又回头发布一道命令，要轻骑兵们谨防敌人巡逻队的偷袭，然后就真的走开了。

玛丽可不是这样。市长夫人催她回房睡觉，她则哀求道：

"好妈妈，让我再待一会儿吧，就一会儿。我还有很多事要做呢。事情一完我就马上去睡。"

玛丽向来是个听话和守规矩的孩子，现在她如此恳切地要求，妈妈也不便勉强她，就上楼吹灭了玛丽卧室的蜡烛，只留下那盏大吊灯在房间里散发着柔和而又黯淡的光亮。在回房睡觉前，她又叮嘱玛丽说："好孩子，别待久了，你会疲倦的，早点回房睡觉，明天还要早起呢。"

说完，市长夫人离开了客厅，随手关上了客厅的门。

在独自一人的时候，玛丽又想到她可怜的胡桃夹子了。这是她最大的一桩心事。她把用手帕包着的胡桃夹子抱在怀里，然后又轻轻放在桌上，解开绷带，察看它的伤势。它脸上显得痛苦与气愤。

"噢，好心人，"她轻轻地说，"别生气。哥哥让你吃了苦头，但他的心不坏，你别生他的气。他是军人，手脚粗鲁，心肠也有点硬。除此之外，他可以算得上是个好孩子。这一点我可以保证。你对他了解多了，就会原谅他的。为了替我哥哥补过，我要加倍小心地照顾你。过几天你就会康复和高兴起来的。至于你被损坏的牙齿和下颚，德鲁耶教父会给你安上的，他的技术可好啦。"

玛丽没有能讲完话。她一提到德鲁耶教父的名字，胡桃夹子的脸上就显示出一种异样的表情，两只绿色的眼珠射出两道强烈的光芒。玛丽惊奇得立即住了嘴，倒退了几步。不过，胡桃夹子立即恢复了和善的常态和苦涩的笑容，玛丽心想，可能是自己的自责，或者是过堂风吹的吊灯晃荡，使胡桃夹子的面容变了样。

想到此她自己笑了起来，心里说："真的，刚才我还以为这个木质的脸庞能做怪相呢，我多傻呀。好了，我得亲近它，照顾它，它的身体需要我这样做。"

在心里做了这番独白后，玛丽又把胡桃夹子抱在怀里，走到橱柜前，敲了敲橱门，对新娃娃说："柯莱尔小姐，我求你把床让给胡桃夹子睡一晚，它病了，你到沙发上凑合一晚吧。要知道，你身体健康，精力充沛。你红润的脸就是明证。"

你能想像，柯莱尔小姐一声不吭，但玛丽能察觉到她撅着嘴，一脸不高兴。玛丽安慰自己说，已给柯莱尔小姐做了应有的安排，不必再客气了，就伸手把床拉过来，小心翼翼地把身体欠佳的胡桃夹子放上去，又拉过被子，把它从头到脚，严严实实地盖好。玛丽又想，柯莱尔小姐初来乍到，她还不甚了解，而且向她借床时她显得那么不高兴，把受伤的胡桃夹子放在她身边不太放心。于是她把胡桃夹子和床一齐搬到橱柜的上一层，放在弗里茨的漂亮的兵营对面，然后又把柯莱尔小姐安置在沙发上。当她关好橱门准备回房去见家庭教师特鲁桑小姐时，忽然听见从沙发底下、炉子后面、橱柜后面，乃至客厅的各个角落传来一片低沉的鼓噪声。回头她又看见墙上大挂钟顶上的杜鹃不见了，变成了一头黄色的猫头鹰，随着鼓噪声，它越来越大声地咕噜咕噜地叫着。挂钟也停止摆动了，猫头鹰张着的翅膀盖住了挂钟，它那老鼠般的脑袋上长着一双圆圆的大眼，鹰钩嘴，难看极了。它那越来越高的咕噜声渐渐变成了模模糊糊的说话声，似乎在说：

"挂钟挂钟，你小点声咕哝，鼠王的耳朵可灵了。咕噜咕噜咕噜，你唱吧唱吧，唱一曲古老的歌。咕噜咕噜咕噜，小小挂钟你敲吧敲吧，敲响最后一点钟，敲响最后一点钟。"

挂钟沙哑而沉闷地敲响十二点钟。

玛丽害怕极了，浑身哆嗦了起来。她正想逃走，猛然发现立在挂钟顶上的不是猫头鹰，而是那只仿成德鲁耶教父的洋娃娃，他的黄礼服的下摆就像猫头鹰的翅膀那样盖住了挂钟。玛丽吃惊得呆住了。她哭叫着："德鲁耶教父，你这是干吗呀？下来吧，别吓唬我了，你这个坏教父。"

就在这时，从客厅的各个角落传来细碎的走动声和刺耳的叫声，还夹杂着愤怒的冷笑。接着便看见成千上万个晶莹的小点在黑暗中闪烁着。形容说是成千上万个晶莹的小点，其实错了，是成千上万只闪光的小眼睛。五分钟后，成千上万只老鼠从门缝里、地板缝里涌出来，四处乱蹦。慢慢地它们排成整齐的队形，就像弗里茨平日里操练他的骑兵队伍的队形。看到这种场面倒使她忘了孩子们常有的那种稚气的恐慌，变得好奇起来。随着一声尖叫，她起了鸡皮疙瘩。

地板被下面的一股强大的推力推得拱了起来。接着，戴着七顶皇冠的七头鼠王出现在玛丽的脚边的砂石灰土堆之中。在钻出来的时候，那七个脑袋都在吱吱乱叫、乱咬、乱拱。鼠王一出现，就听到"咕！咕！咕！"三声齐喊，然后老鼠们同时奔向鼠王。在这之后便排着整齐的阵容，朝柜橱围拢来。背对着柜橱的玛丽这时被老鼠大军围得严严实实的。只能一步步往后退。

我们说过，玛丽可不是一个胆小女孩。可是面对着七头鼠王指挥下的千万只老鼠大军的包围，她不免害怕得心都快跳出胸膛了，血液都快凝固了。她艰难地呼吸着，昏昏沉沉、跌跌撞撞地往后退着。突然，"砰"的一声，她的胳膊肘撞进了柜橱，把玻璃门撞得粉碎。她感到左臂一阵剧痛，使人胆战心惊的杂乱声倒消逝了，周围又都恢复了平静，老鼠也都不见了。她想，那一定是撞碎玻璃的声音把它们都吓回洞里去了。

这时橱柜里传来细声细气的喊声："拿起武器，拿起武器，拿起武器。"

房间里的警铃也响了起来，一个低沉的声音从四面八方传来："快，警报！警报！快起床，敌人来了，上战场，上战场！"

玛丽回头一看，惊呆了：柜橱被照得通明，里面穿着百衲衣的丑角、演哑剧的丑角、弯腰驼背的丑角、木偶人等，都东奔西跑，摩拳擦掌，相互鼓劲。布娃娃们则收拾布片，药物，准备为伤员包扎伤口。玛丽随后便看见胡桃夹子推开身上的被子，两脚一端跳下床来，大声喊着："咔嚓，咔嚓，咔嚓！你们这群笨蛋老鼠，若不回洞，我就收拾你们！"

语音刚落，就响起了一片尖叫声。原来老鼠们并未回洞，只是玻璃的撞击声把它们吓得钻到桌子、椅子底下去了。现在它们又反扑回来。

胡桃夹子可不是好惹的，它更加精神抖擞起来。

"呸，原来是你这个坏蛋鼠王，"它大声宣战，"我恭候已久了，来吧，让我们决一死战！朋友们、战友们、兄弟们，我们是同在一个柜橱的伙伴，若真有交情，就支持我打赢这一仗。前进吧！好伙伴们，随我来！"

这一声号令出奇地有效，两个穿百衲衣的丑角，一位演哑剧的丑角，两个弯腰驼背的丑角，还有一个木偶人一起大声吼叫起来：

"放心吧，老爷，我们同生死共患难！你下命令吧，我们打它个你死我活！"

胡桃夹子深受感动。它抓起战刀，不顾离地面有多远，一纵身就从柜橱的第三层往下跳。玛丽看到这致命的一跳，不由大叫了一声。她想，这一下胡桃夹子一定粉身碎骨了。谁料就在这一刹那，睡在下一层沙发上的柯莱尔小姐猛地跳起来，把胡桃夹子接到怀里。

"噢，亲爱的小柯莱尔，"玛丽合着掌，深情地说，"我太不了解你了！"

柯莱尔小姐深知局势的严重性，她对胡桃夹子说："老爷，你伤得这么重，承受着莫大的痛苦，干吗还要去冒险？你只需指挥就行了，让别人去打吧，你的勇敢已尽人皆知，不必以行动来证明这点了。"

穿着丝绸紧身衣的柯莱尔小姐紧紧地把胡桃夹子搂在她的胸前，试图说服这位勇士，但胡桃夹子急得踢腾着两条腿，努力挣脱。柯莱尔小姐不得已松开了手。它从柯莱尔小姐的怀里滑溜下来，两条腿轻盈地往地上一站，又跪下一条腿，对小姐说："公主，请放心，我会永远记着您，哪怕是在两军厮杀的战场上。"

柯莱尔小姐弯下腰——弯得很低很低，抓着胡桃夹子的双臂，把它从地上挽起来，然后敏捷地解下镶嵌了珠宝的裙帛，想把它折成一条围巾，围在胡桃夹子的脖子上，但胡桃夹子后退了两步，恭身谢绝了柯莱尔小姐的好意。它解下了玛丽为它包扎伤口的白绷带，把它从嘴唇上往后一绕，把身体束得像只轻巧的飞鸟，然后挥舞着从柜橱里拿来的战刀，向前跃去。这时，老鼠们比此前叫得更凶，鼠王带领鼠兵鼠将，从桌椅下蹿出来迎战胡桃夹子。

彻夜酣战

"号手们，吹起冲锋号！鼓手们，擂起集合鼓！"胡桃夹子高声呼唤着。

刹那间，弗里茨的骑兵团的号角吹响了，步兵队的战鼓擂起来了。大家可以听到沉闷而震耳的隆隆炮声。这时，一支军乐队组成了：理发师们背起了吉他琴，笛子手拿起了风笛，瑞士牧童们举起了长角号，黑人们抓起了三角铁。无须胡桃夹子发话，它们就争先恐后地从柜橱的各层跳下来，吹奏起了萨莫奈人进行曲。这乐曲足以使最安分的人冲动起来。不一会儿，穿百衲衣的丑角、弯腰驼背的丑角及其他木偶们在教堂侍卫的指挥下组成了一支类似国民卫队的民兵队伍，它们各自随手抄起一个家伙当作武器，做好了战斗准备。就连正在烧饭的厨师们，也拿起烤炉，离开灶台，加入了队伍。它们的烤炉上还有一只烤了一半的火鸡呢！这支民兵队伍的迅速行动使正规部队都相形见绌。

我们这样说，绝非偏爱民兵。弗里茨的骑兵和步兵未能迅速行动起来，不是它们的过错，而是因为除了弗里茨布置岗哨外，其余将士都被锁在四个盒子里，听到了战鼓和军号的呼唤，但出不来，干着急。这些可怜的将士们急得像热锅上的蚂蚁，还好装着掷弹手的盒子关得不紧，最后是它们先出来了，才帮骑兵和步兵掀开了盖子。将士们一出来，就要用战马，于是又解开了马绳，组成了四排并列的骑兵队伍。

正规军的行动晚了几分钟，但由于它们训练有素，它们很快就夺回了失去的时间。步兵们、骑兵们在玫瑰小姐和柯莱尔小姐的掌声中以排山倒海之势走下柜橱。两位小姐像往昔的领主夫人那样，热情地鼓掌、欢呼，为从她们面前经过的部队鼓气。兴许她们就是领主们的后代吧？

鼠王发现，在它面前的是一支庞大的军队，正中是胡桃夹子及其英勇善战的民兵队伍，左翼是随时待命出击的骑兵；右翼是让敌人闻声丧胆的步兵。另外，在一支高脚凳上又架好了十门火炮，虎视眈眈地俯瞰着整个战场。还有一支由香甜面包人和各色糖制骑兵组成的庞大的增援部队，正在柜橱里待命。鼠王知道，它已箭在弦上，不得不发了，就怪叫一声。接着鼠兵鼠将们也随之呐喊起来。

凳子上的火炮连珠一样射向鼠群，算是对鼠群呐喊的回答。

刹那间骑兵们扬鞭策马，发起了进攻。这时的战场上，一边是马蹄蹬蹬，尘土飞扬；另一边是枪声隆隆，浓烟弥漫。玛丽此时已很难看清楚整个战场的情势了。

不过，在隆隆的枪声和喧嚣的厮杀声中，玛丽仍能依稀辨别出胡桃夹子的号召声。他喊着："百衲衣丑角中士，你带领二十位散兵方阵扑向敌人侧翼；驼背丑角中尉，把你的队伍也组成方阵！马戏团丑角上尉，组织你的小分队发力！骑兵上校，拆散四排队形，以大兵团出击！铅兵们，你们打得好！只要大家都像你们那样，胜利肯定属于我们。"

由此，玛丽知道，战斗非常激烈，且胜负未卜。在骑兵的追击、火枪的剿杀和大炮的轰击下，老鼠们只好缩在一个越来越小的阵地上，急得见什么咬什么，见什么撕碎什么，这非常像骑士时代可怕的肉搏战。

胡桃夹子本想驾驭全局，进行大兵团作战，但战场上一片混乱，各自为战，难以如愿。轻骑兵在一群为数众多的老鼠的纠缠下分散了兵力，无论怎样拼杀也未能再次聚集到上校身边来。这群老鼠把轻骑兵从主力部队中分割了出来，然后便从侧翼迂回包抄了打得最出色的民兵支队。教堂侍卫挥动着那口方天戟，像热锅上的蚂蚁似的左冲右突。手持烤炉的厨师单枪匹马杀入敌军，铅兵们各个坚守阵地，稳如泰山，但百衲衣丑角中士带领的那二十个部下败阵下来，跑去找炮兵保护。驼背丑角中尉的方阵被突破了，手下的残兵败将们在溃逃时冲散了民兵队，马戏团丑角上尉的火枪队弹尽药绝，只好一步步退却下来，最后撤出战斗。战局的逆转使炮兵直接暴露在敌人面前。鼠王知道，今日大战的胜败，在于是否能攻下炮兵阵营，所以它立即命令最善战的部队攻击炮兵阵营。顷刻间敌人爬上了放置大炮的高凳，炮手们纷纷倒下，牺牲在炮架旁边。有一个炮手牺牲前点燃火药箱，与二十来个敌人同归于尽。尽管他们英勇善战，还是寡不敌众。不一会儿，炮弹落在了胡桃夹子的阵地里。这说明敌人已控制了炮台。

这一下，败局已定。胡桃夹子此时能做的，是怎样体面地撤出战斗。它调动了增援部队，以使战场上的士兵有个喘息之机。

于是，香甜面包人和糖果人冲下柜橱。它们是一支生力军，但缺乏战斗经验。香甜面包人尤其笨拙，它们漫无目标地乱打，既杀了敌人，也伤了自己人。糖果人要稳重些，但它们的成分混杂，有皇帝，也有骑士；有蒂罗尔人，也有丘比特神；有园丁，也有猴子，狮子，鳄鱼等，所以它们的行动难以协调一致，难以形成一股强大的力量。但他们的参战产生了神奇的效应：鼠兵鼠将们一闻到香甜面包和糖果人，便扔下铅兵、百衲衣丑角、哑剧丑角、驼背丑角和木偶人不管了，因为啃铅兵太费力，而百衲衣等不过是用破布包糠制成的。于是，成千上万的老鼠们扑向可怜的面包人和糖果人，在后者经过一阵英勇的抵抗之后，便连武器行李，都被老鼠们吃光了。

胡桃夹子本想利用这段喘息的机会重整部队，但增援部队的落难情景使这位英雄落泪了。马戏团丑角上尉的脸苍白得像死人一样；百衲衣丑角中士的衣服被撕得破烂不堪。有一只老鼠钻进了驼背小丑的隆起的背部，像斯巴达人的狐狸精似的，撕吃它的内脏。骑兵中校和它的部分属下当了敌人的俘虏。敌人还掠夺俘虏的马，组织了一支老鼠骑兵队。

这时的胡桃夹子，既无胜利可言，也难撤出战斗了。看来它已必死无疑了。于是它带领残兵败将，决心用它自己的生命与敌人决一死战。

柯莱尔小姐和玫瑰小姐见状伤心透顶。它们手挽着手哭了起来。

"可惜呀，"柯莱尔小姐说，"我这个皇家闺秀，妙龄女郎，前程辉煌的人就要死了。"

"可惜呀，"玫瑰小姐说，"我就要落入敌人之手。我精心保养，原来是为了喂肥老鼠。"

其他洋娃娃也都乱哭乱跑起来。她们的哭声和柯莱尔小姐及玫瑰小姐的哀叹交织在一起。

这时的战场局势越来越糟：骑兵队的残兵逃进了柜橱；铅兵已完全落入了敌人之手；射击手已销声匿迹许久；民兵们已全军壮烈牺牲，像当年的斯巴达人那样，与阵地同归于尽。胡桃夹子被逼到柜橱边上，想爬上去，又不能，因为它必须有柯莱尔小姐和玫瑰小姐的协助才能爬上去，而两位小姐已急得昏过去了。胡桃夹子用尽全力，做了最后一次失败的努力，就绝望地叫了起来：

"来匹马，来匹马！我要把王冠送给它！"

像查理三世那样，它的呼声不仅没有得到任何反响，反而把自己暴露给了敌人。两个老鼠闻声扑过来，抓住他那木雕的披风。鼠王这时也张开了它的七张大嘴巴喊了起来：

"活捉它，不然要你们的脑袋！记住要为我妈报仇。要杀一儆百，让其他的胡桃夹子看看。"

鼠王一面喊，一面朝俘虏扑去。

玛丽再也不忍目睹这一场面了。

"啊，可怜的胡桃夹子！"她哭叫道，"可怜的胡桃夹子，我多么喜欢你呀！难道就这样眼看着你遇难吗？"

　　玛丽一下子脱下鞋子——这是一个连她自己都意想不到的动作，竭尽全力，朝混战的地方掷去。这一掷准极了，正好击中鼠王，把它打得滚进了灰土堆。刹那间，鼠王、鼠兵、鼠将们也顾不得自己是胜者或败者，统统消失得无影无踪了。这时，玛丽觉得胳膊痛极了。她挣扎着想坐到椅子上，但没有力气，一头昏倒在地上。

玛丽病倒

当玛丽从昏迷中醒过来的时候，发现自己睡在自己的小床上。明媚的阳光穿过窗玻璃上的霜花照进屋里来。她身旁坐着一位陌生人。过了一会儿她才认出这是外科医生汪德尔先生。她刚睁眼，就听他悄悄地说："她醒过来了！"

于是市长夫人忧心忡忡地走过来瞧着女儿。

"哎哟，好妈妈。"小玛丽瞧见妈妈便叫了起来，"那些邪恶的老鼠们都跑了吗？可怜的胡桃夹子得救了吗？"

"天哪，我的乖玛丽，别再说胡话了。我问你，老鼠和胡桃夹子是怎么回事呀？而你这个小调皮把我们都吓坏了！哎！每逢小孩子要任性不听大人话的时候，就会闹出事来，昨天夜里你同洋娃娃玩得太久了，可能就这样在那儿睡着了。也可能你被一只小老鼠吓着了，惊吓中你的胳膊肘捅进了玻璃柜橱，这下子你可伤得不轻啊！刚才汪德尔医生从你的伤口里还取出了一些玻璃碎片。他说这次真够危险，如果割破了动脉血管，就会造成大失血。我夜里醒来，当时也不知道几点钟，只记得睡前把你留在客厅里。于是我摸着黑走进了客厅。可怜的孩子，只见你在柜橱附近地上躺着，那些洋娃娃和玩具人横七竖八地扔了一地，你血肉模糊的胳膊还搂着胡桃夹子。可是你怎么还把右脚的鞋子脱了扔在距你三四步远的地方呢？"

"哎呀，我的好妈妈。"玛丽一想起昨晚的事情就浑身颤抖，她告诉妈妈说："这些就是玩具们和老鼠那场恶战留下的痕迹，这你都看见了，最让我害怕的是看到得胜的老鼠们眼看就要把指挥战斗的胡桃夹子抓住了，于是我才急忙用鞋子向老鼠打去，后来的事情我就一点都不知道了。"

听到这里，医生向市长夫人使了个眼色，市长夫人便亲切地对女儿说："好孩子，别想这些事了，你要保持安静，老鼠们全都逃跑了，而那个小小的胡桃夹子仍然好端端地、快快乐乐地站立在柜橱里。"

市长也走进房间来了，他同外科医生谈了一阵子，可玛丽什么都没听清，仅听见他们似乎说什么"这就是谵妄症"。

听了这句话，玛丽心想，大人们是不相信她的话，尤其现在是大白天，人们很容易把夜里发生的事看作是无稽之谈。于是，她不再多说什么了，听凭大人们怎么看吧！也不必急于去看可怜的胡桃夹子了，因为她已知道它安全地脱身了。不过，玛丽感到十分烦恼，由于胳膊受伤，什么也玩不成了。当她拿起连环画翻阅时，觉得眼花缭乱，只好放下来。她觉得时间过得慢得可怕，她焦急地等待夜晚的降临，因为到了晚上，妈妈会坐到床前来给她讲故事。

有一天晚上，市长夫人开始给玛丽讲有趣的法加尔丹王子的故事时，门打开了。德鲁耶教父伸进了脑袋说道："我得看看可怜的小病号怎么样了。"

然而，当玛丽看到教父的玻璃丝假发，眼睛上的黑膏药和他的黄外套时，马上想起那天夜里胡桃夹子被老鼠打败的情景，她一下子就激动起来，冲着教父叫起来："啊！德鲁耶教父，您当时真可怕！我清楚地看见您骑在挂钟上，您的外套下摆把钟盖住使钟没法报钟点，因为钟声会把老鼠吓跑的。我听见您呼喊七个头的鼠王，您为什么不来救救可怜的胡桃夹子，您真狠心。哎呀！您不去救它，这就造成我受伤，现在又躺在床上。"

市长夫人睁大了两只眼睛惊异地听玛丽说话，因为她认为可怜的孩子又在说胡话了，于是她不安地问道："你在说什么呀！是不是又犯傻了？"

"呀！不是的，"玛丽说，"德鲁耶教父知道我说的是事实，他知道的。"

教父没做任何回答，他仿佛像站在火炭上似的做了些可怕的怪相，然后，他忽然用单调而带鼻音的声音唱起来：

"横跨在上面的，

应当咪咪地叫，

出色的骑兵队，

前进，后退！

怨天尤人的挂钟，

快敲响午夜十二点了，

猫头鹰一到，

鼠王就遁逃。

横跨在上面的，

应当咪咪地叫，

出色的骑兵队，

前进，后退！”

玛丽带着越来越惊异的眼神看着德鲁耶教父，觉得他比平时可怕，如果不是妈妈在场，如果不是刚刚进屋的弗里茨一听这首奇怪的歌就捧腹大笑的话，玛丽会被教父吓坏的。

“德鲁耶教父，你知道吗？你今天特别特别的滑稽可笑。”弗里茨对他说：“你的动作真像被我扔在炉子后面的驼背丑角，更甭提你唱的这支歌了，通常人不能懂它的含义。”

但市长夫人对此却很认真。

“亲爱的教父，”她说：“你是在跟我开一个奇怪的玩笑，我觉得你开这个玩笑的用意只能是为了加重玛丽的病情。”

“呵！”德鲁耶教父回答说：“亲爱的市长夫人，难道你听不出这首钟表匠之歌正是我给你们修钟摆时常唱的那首歌吗？”

说着，他贴近玛丽的床坐了下来，突然对她说：“好孩子，你不要因为我没有亲手将鼠王的那十四只眼睛挖掉就生我的气，我知道我该怎么做。今天咱俩言归于好，我来给你讲个故事。”

“什么故事？”玛丽问。

“克拉胡桃和皮尔帕特公主的故事，你听过吗？”

"没有，那快讲吧，讲吧，好教父。"小姑娘回答。

"亲爱的教父，"市长夫人说："我希望你的故事不会像你的歌那样凄凉。"

"噢！不会的，亲爱的夫人，"德鲁耶教父回答，"相反，这个故事特别有趣。"

"那给我们讲吧，讲吧！"两个孩子叫起来。

于是德鲁耶教父就这样开始讲他的故事。

克拉胡桃

I

在纽伦堡市附近，有一个小王国，它既不属于普鲁士、波兰，也不属于巴伐利亚，更不属于莱茵伯爵的领地。统治着这个小王国的，是一位国王。因为他是国王，所以他的妻子也就自然是王后。王后生了一个女儿，这个女儿也就自然是一位公主。人们给她取了个高雅而出色的名字，叫皮尔帕特。

人们即刻将这件添丁的喜事报告国王，国王立即气喘吁吁地跑去看。当看见这个美丽的小女孩睡在摇篮里，想到现在自己是如此这般可爱的孩子的父亲了，他高兴坏了，有点得意忘形了。始而高声喊叫，继而跳起圆圈舞，最后一边跳单脚舞，一边说："啊！有谁见过比我的皮尔帕特更美的人儿？"

跟在国王身后进来的有大臣、将军，以及军官、院长、顾问和法官，他们看见国王跳单脚舞，都跟着跳了起来，一边说："没有看见过，没有看见过，从来没有，陛下，世上从来没有看到过像您的皮尔帕特这样美丽的姑娘。"令人惊讶的是，在他们的回答里，没有半点诌媚，因为，事实上他们还从没有见过像皮尔帕特这么漂亮的小女孩。她的小脸蛋像是用精细的丝线织成的，脸上的皮肤像玫瑰花一样红润、百合花一样白嫩。两只小眼睛放射着蓝色的光芒，最迷人的是她的一头金色的环形卷发。披在洁白得像雪花的肩上闪闪发光。还有，皮尔帕特出生时就长着两排小牙齿，更准确地说，是两排真正的珍珠，在她出生两小时后便使劲地咬了大臣的指头。这位大臣因视力不好，为了看清她，挨得太近了。有一些人说他虽然属于禁欲派，但他当时还是惊叫："啊！见鬼！"

而与他持同一种哲学观点的人则说他当时只叫了几声："喔唷！喔唷！喔唷！"

对于这个问题，至今两派意见还不一致，双方互不相让，但唯一一致的是皮尔帕特公主确实咬了大臣的指头，这是无可争辩的事实。全国老百姓从此知道美丽的皮尔帕特公主不仅长得漂亮而且很聪明。

在这个王国里，大家都安居乐业。唯有王后生活在忧心忡忡和担惊受怕之中，谁也说不清楚是什么原因。尤其引人关注的是，这位惶惶不可终日的母亲，在派人看护女儿摇篮时煞费苦心。她不仅派手持长枪的卫士严密地把守着所有的大门，而且还派女看守日夜守护在公主身边，轮流值班，尤其最使人迷惑的，也是谁都无法理解的是，在这六个女看守每人的膝盖上都放一只猫，而且为了让猫夜里始终保持清醒，她们还得不停地抚摸它们。

亲爱的孩子们，我相信你们与这个无名王国的居民们同样觉得好奇，希望知道为什么这六个女看守要日夜轮班看守公主，而且非得在每人膝盖上放一只猫，为什么还要不断地抚摸着它们，让它们始终保持清醒。由于你们没法破解这个谜，还是我来告诉你们吧！省得你们白费脑筋……

某一天，有六个有名望的国王同时来拜访我们故事的主人公皮尔帕特小姐的父亲。不过那时候皮尔帕特公主还没有出生。那些国王们来时都带着他们的王子、大公储以及追官求爵的人。我们这位东道主是一位最为慷慨的国王，这次众国王来访对他来说是一次展示国家财力，组织比武、赛车、演戏的好机会。这还不算，他从皇家厨房总管那儿知道，宫廷天文学家已经号称，宰猪的时节已到，他从星体的位置看出，今年宰猪会大吉大利。于是国王命令饲养场里宰猪，同时他坐上四轮马车亲临各国国王、王子下榻的寓所，敬请光临晚宴。他心想，能使客人们为饭菜之丰盛而惊异才叫痛快。在回宫的时候，他还特地见了王后，亲热地对王后说：“亲爱的，你没有忘记吧，我多喜欢吃猪血腊肠，你没有忘记吧？”

国王一开口，王后就明白他的意思了。事实上，陛下的话语意思很简单，就是要王后像以前每次那样，亲自动手灌制大量的小香肠、大香肠和猪血腊肠。她对丈夫的吩咐笑了笑。尽管她的举止不失为一个体面的王后，然而她听到人们夸奖她有这样一双做布丁点心或朗姆酒蛋糕的妙手时比听到人们奉承她头戴皇后冕更令她高兴。于是她向丈夫行了个优雅的屈膝礼，对他说，她将像做别的事情一样尽心尽力地为他制作。

宫廷财务总管马上把那只镀金的大银锅和那些有柄的平底锅拿给皇家厨师，以供做猪血腊肠和香肠用。人们用檀香木点起了熊熊烈火，王后扎上了白锦缎围裙，不一会儿大锅里飘出了扑鼻的香味，这股香味很快挥散到了宫廷的走廊，进入了各个大厅，最后飘进了大殿，那里国王正主持枢密会议。国王的鼻子很灵，他闻到这股香味时感到特别的舒服，然而，他是一个善于自我控制的人，对于厨房的这股香味先是未动声色，但是慢慢地，他还是屈服了。

"先生们，"他一边站起来，一边大声说："请原谅，我一会儿就回来，请等我片刻。"

他穿过房间和走廊朝厨房走去，先亲了亲王后，然后拿他的金玉杖搅了搅大锅里煮的东西，并伸出舌头尖尝了尝，心里踏实了，于是他回来继续主持会议，重新讨论起刚才中断了的事项，尽管精神还没有完全集中起来。

国王是在关键的时候离开厨房的：切成块的肥肉即将挂上银质烤架了，在国王的鼓舞下，王后亲自下厨了。当一滴滴荤油在美妙的吱吱声中开始往炭火上滴的时候，一阵细声细语的颤悠悠的歌声传进厨房来，歌声道：

"送我一块肥肉吧，我的妹妹，

我也贵为王后，我也要大吃一顿。

平日里，我吃不到像样的东西，

这烤肉也该有我一份。"

王后马上听出这是老鼠太太的声音，这歌是唱给她听的。

多年来，老鼠太太一直穴居在这所宫殿里，它称自己同王室有着亲缘关系，而且自己是鼠王国的王后，所以它在厨房的炉膛下面开凿了一所巨大的老鼠王宫。

王后是一位十分宽厚、贤惠的女辈，在公开场合她完全不承认老鼠太太为王后，也不承认是她的妹妹，但私下里却百般对它表示尊重和好意，这常常招到丈夫的责备，因为她丈夫的贵族派头比她大。在她身上，这种贵族派头却慢慢地消失了。大家可以想见，在这种庄重的时候，王后对这位鼠友的要求是不愿拒绝的。于是她说："出来吧，老鼠太太，壮着胆子出来吧。我允许你来品尝品尝，你愿意吃多少就吃多少。"

语音刚落，老鼠太太就活蹦乱跳地出现了，"蹭"地跳上锅台，用它那灵活的爪子一块又一块地接过王后递给它的烤肉吃了起来。

老鼠太太边吃边舒服得唧唧叫着，在它的叫声和烤肉浓馥香味的吸引下，先是老鼠太太的七个儿子连蹦带跳地赶来了，接着是它们的亲戚，以及它们的盟友。它们一个比一个更无耻得可怕，围着烤肉狼吞虎咽地吃起来，以至于如此善良好客的王后不得不请它们注意，这样下去，她准备灌猪血腊肠的肉一点都剩不下了。王后的话尽管说得恰如其分，但老鼠太太的七个儿子却置若罔闻，它们在亲戚鼠友面前，不顾它们的母亲和王后的规劝，带头起哄抢吃。眼看着就要被吃空了，王后对这些讨厌的客人再也无能为力了，只好呼叫起来。女总管闻声大喊厨师长，厨师长又去喊来厨房的几位跑堂，他们一起抄起棍棒、蒲扇、扫帚，把这群老鼠赶回洞穴去了。尽管取得了全胜，但为时已晚，用来灌制香肠、腊肠和猪血腊肠的肉只剩下四分之一了。于是人们赶忙派人找来了皇家的数学家，按照他的指点，人们把剩下的这点残肉进行了科学的分配，一部分放入到猪血腊肠的大锅，其余的部分放进到香肠和腊肠的大锅内。

半个小时后，人们听到礼炮隆隆，号角齐鸣，君主、王子和世袭大公们和本国那些追官求爵的人都来到了王宫，他们衣冠楚楚，有的乘坐水晶玻璃马车，有的骑着披红戴彩的骏马，国王站在王宫的台阶上迎候他们，同他们握手时，礼仪之周全，态度之诚挚臻至完美。他又把他们迎进餐厅，国王先以主人的身份在王位上坐定，头上戴着金冠，手里拿着权杖，然后按照官爵地位请宾客中的国王们、王子们、王公贵族们以及追官求爵的众人分别入席。

宴席非常丰盛，上汤后的第一道菜平安无事。但当上猪血腊肠时，人们看到国王有点如坐针毡，端上来腊肠时，国王窘得面无人色，当最后送上香肠时，只见他仰面朝天，不由叹出声来，似乎难过得肝肠寸断了。接着他倒在座椅上，双手捧住脸，他绝望了，抽泣得那么伤心，以至于客人们个个都离开座位，带着不安的心情站在他身边。看来他这场病确实是再严重不过了，王室的医生摸摸国王的脉搏，但摸不到，病人好像被压在千重大山之下，又好像遭到了最可怕、古今未闻的大灾难的袭击似的。为了使国王清醒过来，医生使用了最浓烈的药物，例如烧焦的羽毛、泻盐，国王似乎有点恢复知觉了，他睁了睁无神的眼睛，有气无力地吐出几个字来，声音微弱得几乎听不见："香肠里肉太少！"

一听这话，王后脸唰地白了，她扑通跪在地上泣不成声地说："啊！不幸的夫君！你告诫我多少次了，我因为没听您的话而给您造成了多么大的伤害，您睁眼瞧瞧吧，罪人就跪在你面前，你惩罚我吧！愿意怎么惩罚就怎么惩罚吧！"

"这是怎么回事？"国王问："发生了什么事，为什么没告诉我？"

"唉哟！天哪！是老鼠太太和她那七个儿子、表兄表弟们、狐朋狗友们把肉吞吃光了。"王后回答道。国王从没像今天这样，对她说话如此严厉。

王后说不下去了，她一点力气都没有了，一头栽倒在地，昏过去了。

国王怒气冲冲地站起来，声嘶力竭地咆哮着："女总管，这到底是怎么回事！"

女总管只好把她所知道的那些经过奏报了国王，也就是说，她听到王后呼叫时，便跑了过去，看见王后陛下被老鼠太太一家折腾得手足无措，于是她就去喊厨师长，厨师长在几位帮手的协助下，最后把那帮强盗赶回洞穴里去了。

国王一听这是一桩欺君之罪，便强使自己镇定下来并恢复了作为国王的威严。鉴于老鼠们所犯的罪恶之大，他命令立即召开御前会议，把事情的经过向他的智囊团们作详细介绍。

御前会议立即召开了，在多数与会者的赞成下，做出了如下决定：鉴于老鼠太太被指控吃了国王用来制作猪血腊肠、香肠的烤肉，将开庭对其进行审判。如证实它确实犯了此罪，则将它和它的家族永远驱逐出境，对其财产、土地、宫殿、古堡、住宅等全部予以没收。国王还向御前会议和枢密大臣们指出，在开庭审理期间，老鼠太太及其家族上下有可能乘机再来啃吃国王家的肉块，致使在六位外国国王以及他们的王子、大公储等国宾访问期间，有可能再次置国王于同样的窘境，为此国王要求御前会议授予他对老鼠太太及其家族的相机处置权。

于是御前会议对此进行了表决，其结果大家会想像得到，会议同意授予国王相机处置权。

于是，国王紧急地派出一位信差，接着又派了一辆最为华贵的马车到纽伦堡市去接一位名叫德鲁耶的非常灵巧的机械师，请他刻不容缓地来王宫商量要事。德鲁耶见诏便即刻起身。因为他是一位真正的艺术家，他认为一位享有如此盛名的国王召见他，必然是要他为其制作什么贵重的艺术品。他一登上车，便日夜兼程，马不停蹄地来到国王面前。他来得如此匆忙，以至于连衣服也没来得及换，身上仍然穿着平时那件黄色的外套。国王对他这一疏忽不仅不怪罪，反而大加赞扬。国王认为，如果说我们出色的机械师在更衣方面有疏忽的话，那是因为他在服从国王召唤毫不迟误所致。

国王把这位机械师召进办公室，把事情的原委向他讲了一遍，并告诉机械师，他是如何下决心要为大家做出典范，在本国把鼠辈们都清除干净以及为何把希望寄托在这位机械师身上，由机械师来执法。国王唯一担心的是，尽管机械师手艺高超，但也会困难重重。

不过机械师则请国王放宽心，他保证八天之后举国上下不会再有一只老鼠了。

当天，这位机械师便开始制作一种方形的木盒子，在盒内装上一支细针，针上插着一块肥肉。一旦老鼠来偷吃而稍动一下那块肉，盒子的门则立即关闭，任凭多么狡猾的老鼠也别想逃脱。就这样，在一周内机械师一共制作了一百个这样的盒子，不仅炉膛底下，而且所有谷仓、地下室等各处都放遍了。

狡猾无比的老鼠太太一眼就识破了机械师的计谋，于是它把七个儿子、侄儿、表兄弟等全部召集起来，告诫它们注意人们所设下的圈套。出于对长辈和长者的尊重，众鼠表面上假装听从，但告辞出来时，都说它那番谈虎色变的神情太可笑。由于烤肉块的香味比任何时候都强烈地吸引着它们，于是它们决定利用这良机再饱餐一顿。

就这样，经过一天一夜功夫，老鼠太太的七个儿子、十八个侄子、五十个表兄弟、二百三十五个亲属，加上成千上万的鼠民统统落网就擒，并被处决了。老鼠太太只好决定带着它的残兵败将以及死里逃生的子民们离开这个杀死它全家的地方。老鼠太太的这一决定被泄露出去并传到了国王的耳里，于是国王陛下大张旗鼓地庆祝起来。宫廷的诗人们也对这一胜利舞文弄墨，朝臣们更把国王比作凯撒大帝。

但王后却对此闷闷不乐，忧心忡忡。她了解老鼠太太，不相信它对儿子、亲人之死会善罢甘休。

不出所料，当王后为赎所犯过错而正在给国王亲手制作他最爱吃的肝泥时，老鼠太太突然出现在她面前，对王后说：

"我的儿子、侄子、表兄弟全死了，

被你丈夫冷酷地杀害了。

可是，王后夫人，你该发抖了！

你生的孩子，

似你心头肉的孩子，

将是我复仇的目标。

你丈夫有的是城堡和军队，

有的是机械师和国务参事、大臣和魔师，

而老鼠王后一无所有。

——这，你看得清清楚楚，

然而上天赋予它一口锐利的牙齿，

它将把你们的后代一个个地吞掉。"

老鼠太太说完瞬间无影无踪了。打从那时起，谁也没有再看到过它。王后当时被它的话吓得魂不附体，以至于手中的肝泥掉落在炭火上。

就这样，老鼠太太又一次毁了国王爱吃的饭菜，国王对此勃然大怒，于是他命令将他如何消灭鼠患的事更加大张旗鼓地宣扬开来。自然，机械师因而得到了优厚的报酬，胜利还乡。

II

孩子们，现在你们该知道为什么王后对她掌上明珠般的小公主皮尔帕特小姐要如此细心呵护了。她是害怕老鼠太太的报复呀！实际上，按照老鼠太太所放的话，对于这个幸福的小公主而言并非没有生命之虞，或者说有被夺去美貌之险，这对于一位做妈妈的人来说是最可悲不过了。更令这位善良的母亲加倍不安的是，机械师选的那些捕鼠器械已完全对付不了老奸巨猾的老鼠太太。

此时，在王室里供职的天文学家兼占卜大师犯愁了，他担心在这件事上如果不出出主意，人们会觉得他的职务可有可无，甚至被取消。于是他蛮有把握地声称，他从星象中看出唯有出色的姆罗猫才能守护住公主的摇篮而不让老鼠太太靠近。因此六位女看守每人膝盖上都放着一只姆罗猫，女看守们还得不断轻轻抚摸它们，以减轻它们的辛劳程度。

孩子们该知道，有时候人会站着睡过去的。正是在几天之后的一个晚上，尽管那六位女看守十分小心，而且每人膝盖上还放有一只猫，然而在最贴近小公主床边的两位感到睡意越来越浓，而支撑不住了。其他女看守也都被睡意所困扰，但她们谁都不愿把此情况告诉其他同伴，每人都暗自希望别人没发现自己困得支撑不住而慢慢失去警觉。更指望自己熟睡过去，其他同伴会悉心看守公主。其结果是一双双眼睛接二连三地都闭上了，抚摸着猫的手也一个个停了下来，以至于雄猫们在失去抚摸后，也一个个昏昏欲睡了。

这奇怪的一觉到底持续了多久，谁也说不清楚，大约半夜时分，她们中的一位女看护从梦中惊慌而醒，发现她的同伴们都患了瞌睡症，没有一丝呼噜声，到处笼罩着死一般的寂静，唯有虫子啃着木头的声音清晰可闻。她定睛一看，只见一只可怕的大老鼠正翘起两条后腿，头埋在公主的摇篮里，好像正专心致志地在啃公主的脸。这下子你们会想见她被吓成啥样子。她霍地站起身惊叫起来，其他同伴闻声醒了，看见这只大老鼠正是老鼠太太，它趁机朝墙角逃去，其他人也闻声追踪而去，可惜太晚了，老鼠太太已从地板缝里逃得无影无踪。就在这时皮尔帕特公主被喧哗声惊醒，她哭了起来。听到哭声，众人惊喜万分："太好了，公主没死，她在哭呢！"

众人边说边朝摇篮奔去，一看到可爱的公主现在这副模样，大家都吓傻了。是啊，原来那芙蓉般白嫩的脸蛋、那长着一头金发的可爱的小脑袋、那双与蓝天相映的水灵灵的眼珠都不见了，取而代之的是一个奇形怪状干瘪萎缩的身躯上顶着一颗丑陋难看的大脑袋。那双漂亮的眼珠不再是天蓝色，变成一双高高凸起的绿色的珠子在脸颊上，让人不寒而栗。那张玲珑小嘴裂成与两边耳根相齐的大嘴巴，下巴上盖满了毛茸茸的卷曲胡须，这副模样远比一个凸胸驼背的老头丑，而作为一位年轻的公主，简直令人害怕。

王后恰在这时进来了，那六位女看守和两位贴身值班人扑通跪倒在她面前。

这位可怜的母亲绝望得叫人害怕，昏厥中被人抬回房间去了。

那位不幸的父王，同样处于肝肠寸断的痛楚中，其痛苦的程度让人目不忍睹，人们不得不在他房间窗户外加上了锁，以防他跳窗寻死。在他住室内的四周墙壁上贴上了棉花胎，以防他撞墙自尽。无须多说的是人们拿走了他的佩剑，在他身边既不留刀叉，也不留尖锥或利器。在事发的头两三天里，他滴水未进，口中不断地自言自语着："我太不幸了，命运太残酷了！"

其实，国王若能像平民百姓那样想问题，也许他就不会一味埋怨命运，而会想到这场不幸的因果关系。例如，腊肠中肥肉比平时少放些也能凑合着吃，如果不对老鼠太太及其家族进行报复，甚至让它们在灶膛底下继续住下去，那么今天的这份哀痛就不会发生。然而他从来不用这个逻辑去思考。相反，在需要时，强者总是把灾难的缘由转嫁给弱者。于是他就将这场不幸委过于机械师德鲁耶。国王深知，如果通知机械师说要把他送上绞刑架或断头台，他肯定不会来。于是他派人通知他说国王陛下特地为文学家、艺术家、机械师们设立了勋章，请他来领取。而德鲁耶则是一位有自豪感的人。他想，在他的黄外套上面增添一条勋章丝带，是何等风光，于是他即刻启程了。然而他的兴致很快变成了恐惧：一进入该国之境，等待着他的守疆士兵立即把他押到公主身边，告诉他，从即日起，如果一个月之内他不能让公主恢复原先模样，将会被无情地砍掉脑袋。

这位机械师不是一位崇尚英雄主义的人，他从来也没有打算像人们所说的那样去英勇就义。因此他对国王的威逼十分恐惧。不过转念之间他对自己的本领有了自信心。虽然他为人谦虚，但从未因此而不自我赏识。想到这里，他多少心里踏实了些，立即动手做初步的也是最有用的工作，检查一下公主的病是有办法治愈，抑或无可挽回。为此他十分巧妙地先卸下公主的头，然后逐一卸下公主身体的其他部位，包括手和脚。他不仅要研究各器官之间的接合点和活力，而且要研究它们的内在构造。可惜的是研究得越深入，就越清楚地发现公主将来会越长越丑，身体各个部分将会越来越失衡。他只好将各个器官再重新装上。他感到束手无策了，满脸愁容地待在公主摇篮旁，而且在公主恢复面容之前他不被允许离开。

已经到了第四个星期的礼拜三了，国王常来看公主的容貌是否有变化，一看到还是老样子，便挥着权杖对机械师吼道："你听着，现在只剩三天了，如果到时候你不还我女儿的本来面目，未能把她彻底治好，这个星期日你就得人头落地！"

机械师治不好公主的病，并非是不肯尽力，而是无能为力。他为此痛哭起来，老泪纵横地望着小公主，而公主却开心地一颗接一颗地吃着胡桃，似乎她仍觉得自己是世上最漂亮的女孩。看着这一动人的场面，机械师对公主一生下来就对胡桃有着特别的兴趣感到奇怪，并且当联系到她一落地就长着一口锋利的牙齿时感到惊讶和震惊。实际上在她改变模样之后便开始哭叫着要胡桃吃，直到小手摸到胡桃时才停止啼哭，接着就把胡桃咬碎，把胡桃吃光，然后才安静地入睡。打从那时起两位女看护总是在口袋装满胡桃，以备她蹙眉时马上给她吃上一颗或几颗。机械师醒悟了，他面向苍天大声哀求着："造物主啊，求您给我指出通向您奥秘的大门吧！我要去敲开这扇门，求它向我敞开吧！"

这几句话让在场的国王吃了一惊。接着，机械师恳求国王开恩，让人领他先去见见宫廷的占星家。国王同意了，条件是要派人押送他前往。机械师本想独自去，但此时刻地他没权坚持，只得忍受，像一个罪犯似的由卫兵押着穿过首都的街道而去。

他一见到占星家，便一头扑向他怀里，两人相拥而泣，毕竟他俩是多年的故交，彼此情深意厚。

接着他俩躲进一间僻静的房间，一起动手查阅大量的图书，那些图书全是关于人的本性和善恶方面的内容。他们还查阅了许多其他有着神秘色彩的资料。最后在夜幕垂落之际，在机械师的协助下，占星师踏上了他的观星台。通过纵横交织变幻无穷的线路，他们终于发现，要想破解把公主变丑的魔法，并使公主美貌如初，只有一个办法，那就是公主得吃一种叫作"克拉胡桃"的胡桃仁，而这种胡桃壳坚硬无比，哪怕四十八毫米的炮车轮子从它上边轧过去，也奈何不了它。还要让一位生来没刮过胡子手里拿着克拉胡桃、只穿过靴子的少年闭上眼睛把胡桃仁取出来，送给公主吃，再闭着眼睛后退七步而不跌倒。这，就是占卜的结果。

机械师和占星家夜以继日的工作了三天三夜，才弄清了这件事的全部奥秘。这时，已经到了星期六晚上了。当时国王刚吃完正餐，开始要吃餐后甜食的时候，那位第二天破晓就得被斩首的机械师兴致勃勃地进来，向国王报告说他找到了使公主恢复芳颜的办法。国王一听，一下子拥抱住机械师，亲切无比，要他快快讲给他听。

于是机械师德鲁耶如实把他和占星家占卜的结果一一禀奏。

"德鲁耶大师，"国王赞叹道，"你所做的这一切，说明你是一位有着百折不挠精神的人。好，就这么定了，今晚咱们就行动吧！亲爱的，十分钟之后就派人把那位没刮过胡子、只穿过靴子、手里拿着克拉胡桃的少年带到这里来。你得特别嘱咐他。从现在起滴酒勿进，以免他往后退七步跌跌撞撞。你还可以告诉他，事完之后请他去我的酒窖里，管他喝个够。"

大出国王所料的是，机械师听了他的一席话，反而大惊失色、哑口无言。于是国王追问他为什么不马上行动，而是呆呆地垂足而立。机械师闻言，"扑通"跪倒在国王面前，对国王说："陛下，我们的确找到了根治公主病的办法，那就是我刚才所说，需要一位从未刮过胡子、生下来只穿靴子的少年把克拉胡桃咬碎，把胡桃仁献给公主吃。但是现在我们既没有找到这位少年，也没有找到这样的胡桃，还不知道到哪儿去找。各种迹象表明，寻找到这位少年和这种胡桃将是颇不容易的事。"

国王一听，又怒不可遏了。他举起权杖在机械师脑门上晃了晃，咆哮说："那好，你就等着死吧！"

这时，王后则跪倒在地，哀求国王冷静想想。"一旦杀了机械师，就等于葬送了拯救公主的最后一线希望。留下了机械师，则是希望所在。"王后继续说了她的看法，她认为，"按照一般道理，从星系中找到办法的人，兴许也能找到这种胡桃和咬胡桃的少年。尤其应当相信占星家的预言，因为时至今日，他们所有预言都灵验，因此应当让他们预卜一下能兑现之日。再说，公主才降生刚满三个月，远不到成亲的年龄，成亲可能要等到十五岁了，也就是说机械师和占星家还有十四年零九个月的时间去寻找胡桃和咬胡桃的少年。因此可以给他们一个期限，看他们在期限内能否找到胡桃和少年。如找不到，那就毫不留情地杀了他，如能找到，则用优厚的报酬重赏他们。"

国王本是一位通情达理的人，尤其这天晚餐他吃了两道最爱吃的菜，一道是猪血腊肠，另一道是肝泥，因此对菩萨心肠的妻子这番话听得很入耳。他随之决定给机械师和占星家十四年的时间，让他们去寻找所说的胡桃和咬胡桃的少年，并令他们即刻启程。其条件是在限期满时他俩必须回来，如果是两手空空地回来，国王将运用手中的权力对他们任作处置。反之，如果他们找到了所说的胡桃，而能使公主变得美貌如初，他将把占星家的年薪增至一千，且终生有效，并赠予一个荣誉天文望远镜。对机械师，将赠予一柄钻石配饰的宝剑，授予他国家最高荣誉勋章——金蜘蛛勋章和一件黄礼服，至于那位能咬碎胡桃的少年，国王倒认为不愁找不到。他并宣称，只要连续不断地在本国和国外报纸上刊登广告，终会找到的。

机械师对国王的宽厚深受感动。这样一来，他的一半难题就已解决。于是，他向国王保证说此行一定要找到克拉胡桃，否则他甘愿听从国王的处置。

当天晚上，机械师和占星家就辞别首都，踏上了征途。

Ⅲ

机械师和占星家自那以后整整奔波了十四年零五个月。但始终未能找到克拉胡桃的踪影。在此期间他们先后踏遍了欧洲各国和美洲，后来又走遍了非洲、亚洲，其间还发现新的大陆。两人在漫长的跋涉中虽然看见过各色各样的胡桃，但一直找不到克拉胡桃。他们曾经怀着希望在海藻王国和杏仁王子的国度里度过了无数个寒暑，其结果仍是一无所获。他们也曾求助于猕猴研究所和大名鼎鼎的松鼠自然主义协会，其结果也一样白搭。最后他俩疲惫不堪地倒在喜马拉雅山脚下的一片森林边上。眼看限期快到了，他们垂头丧气地叹息着：限期只剩下一百二十二天了，必须在这短短的一百二十二天里找到过去十四年没有找到的东西！

亲爱的孩子们，如果我把这两个倒霉蛋在漫长跋涉中所经历的奇迹般的遭遇全讲给你们，那至少得讲一个月光景，而且在一个月里我得每天晚上把你们叫来，这样你们听到最后肯定会腻味的。所以在这里我只有简单地告诉你们，一路上机械师比他的同伴更加不辞辛苦，因为能否找到克拉胡桃，对他来说是性命攸关的，因此他往往不畏艰险，奋不顾身。在赤道太阳的暴晒下，他的头发脱落精光，在加勒比地区，一位印第安人首领的冷箭射瞎了他的右眼。他的黄礼服本来从法国出发时就不新了，现在成了不折不扣的破布片，处境十分可悲。然而他和所有人一样热爱生活，尽管接二连三的横祸令他身心备受摧残。当想到回国交差的时间越来越近时，他不禁心惊胆战。

然而我们的这位大师是一位讲信誉的人，既然已经作了庄严的保证，就没有讨价还价的余地。他下定决心，第二天就动身回德国，不管等待着他的下场如何。事实上，不能再耽搁了，十四年五个月的时间已经逝去了。

这位机械大师于是把他的勇敢决定告诉了同伴占星家，两人决定第二天一大早就动身回国。

第二天拂晓他们就毅然上路了，朝着巴格达方向走去，又从巴格达到了埃及的亚历山大沙漠，然后从亚历山大沙漠乘船到了威尼斯，从威尼斯又到了奥地利西南部的蒂罗尔。最后从蒂罗尔回到皮尔帕特公主的王国。他们心底暗自希望国王已经去世或变得昏愚。否则，对机械师来说，要想逃脱可怕的下场是没有希望的，除非小公主的丑相会自动消除，可惜这是不可能的。再要么国王变得心慈手软了，但这也不可能。当他们抵达首都时，听说国王的智力不仅没有衰退，而且比以往更好。没有逃脱厄运的可能了：公主的病不会自动痊愈，国王的心肠也不会软化。

他俩勇敢地来到宫廷门口，义无反顾，要求觐见国王，国王本是一位容易接近的人，凡有事求见，他均予以接见，他当即命传令官前去将来人引进宫。

　　然而传令官返回禀报说，两个求见的陌生人气色狼狈，衣着褴褛不堪。而国王发话说，不应以衣帽取人，再次命他前去引领求见人。于是传令官恭恭敬敬地向国王施了个礼，去接机械师和占星家进宫。

　　两人来到国王面前，发现国王还是原先的样子，而他们自己的变化太大了，尤其是可怜的机械师德鲁耶，他们只好自报姓名。

　　看到他们两人归来，国王十分高兴，他认为如果他们未找到克拉胡桃，就不会回来。然而他很快就失望了，因为机械师和占星家双膝跪在他面前，禀报说，尽管他们进行了最为艰辛的寻找，但最终还是不得不无功而返。

　　正如我们曾讲过的，国王虽然脾气有时暴躁，但他的心肠不坏。机械师信守诺言和办事一丝不苟的品德感动了他，于是将原来的死刑减为无期徒刑。对占星家，仅将他逐出国门了事。这时，距离国王所限定的十四年又九个月的期限还有三天了，机械师对他的故乡有着强烈的眷恋。他请求国王恩准他利用这三天时间回他的故乡纽伦堡看看。

　　国王觉得这个要求天经地义，所以无条件地应允了。只有三天，机械师必须分秒必争。幸好他在邮政马车里争取到一个座位，就即刻动身了。而占星家因被逐出国门，所以便与机械师同回纽伦堡。

　　第二天上午十点来钟他们抵达纽伦堡。在那里，机械师仅有一位叫德罗的兄弟，别无亲眷。这位兄弟是该市最早的儿童玩具商之一。弟弟见到哥哥，喜出望外，他原以为哥哥已死在异国呢。刚见面时，弟弟看见哥哥那光秃秃的脑袋、蒙着膏药的眼睛而未认出他来。机械师只好给他看了他当年从不离身的黄色外套。有了这个物证，接着机械师又讲了许多兄弟俩之间的既往私事，玩具商弟弟这才完全信了。

接着弟弟问他为什么当初离开家乡？而且如此之久？还问他的眼睛和头发怎么变成现在的模样？他当年不离身的黄色外套怎么变得如此破烂？

面对弟弟，机械师无须掩饰什么。他首先向弟弟介绍认识了与他有患难之交的占星家，接着从头到尾讲述了他们这些年的种种遭遇。末了他对弟弟说，现在仅有几个小时可以兄弟相聚，因为找不到克拉胡桃，明天他就得回去蹲监狱，直至终生。

在机械师叙述经历时，他的弟弟边拌手指、边蹬地板，嘴里舌头嗒嗒响。对于弟弟的不寻常动作，若在平时，机械师肯定会问是怎么回事。而在这时，他全部心思集中在讲述往事上，而未予关注。最终，在他弟弟"嗯！嗯！"了两声，又"喔！喔！喔！"了三声时，他才问弟弟怎么了。

"真是遇鬼了……"

"一定是魔鬼！喔，不是，不是……"

"是……"弟弟吞吞吐吐地重复着。

"是……什么？"哥哥问。

弟弟对哥哥的问话答不上来，那是因为在结结巴巴的一问一答中他正在搜肠刮肚回忆事情。末了，他仿佛记起来什么事，于是把头上的假发往空中一抛，高兴得手舞足蹈地说："哥哥，你有救了！你不用去蹲监狱了，如果我没记错的话，克拉胡桃就在我这里！"

说着说着，他顾不上多解释什么，就跑出屋子。不一会儿手里抱着一个盒子回来了。他把盒子里装的一只金黄色的大粒胡桃指给机械师看。

机械师简直不敢相信会有这样的好运，他迟疑地接过盒子，翻来覆去地看了又看，专心致志地审视着，末了他完全信服了。然后他把金盒子递给占星家看，并征求他的看法。

占星家接过盒子进行了认真而仔细的审视，然后摇摇头说："如果这颗胡桃不那样金黄，我就同意你们兄弟俩的看法。可是，我在观察星象的过程中，从未看出过我们要寻找的胡桃外壳上有金黄颜色。再说，你弟弟怎么会有克拉胡桃呢?"

"我来给你们讲讲它是怎么落在我手里的，以及为什么外壳会变成金黄色。实际上这并不是它的本色，所以你认不出它。"弟弟接着道。

弟弟在讲述之前，先请两位坐下，因为知道他们经过十四年零九个月的奔波之后，毕竟疲惫不堪。然后他便讲述了事情的经过："就在当初国王借口要授予你勋章而派人来请你去的当天，有一位陌生人背着一袋胡桃来纽伦堡销货售。但当地的胡桃商们为了保护他们在这儿的垄断地位，便在我的店铺门前同他争吵并动拳头。这位外乡人随手把胡桃口袋扔在地上，以便腾出手来更好地自卫。正当他们争吵、厮打得难舍难解之时，一辆满载着货物的大车从胡桃口袋上轧了过去，这下子，参与打架的小伙子们和这儿的胡桃经销商们可高兴坏了。他们把这归功于天意，于是你瞧瞧我，我瞧瞧你，觉得心满意足了，便丢下那位外乡人自动散去。而外乡人只好蹲下身来收拾被轧坏的胡桃。事实上，除了一颗胡桃还完好无损外，其他的全都破碎了。外乡人拿着那颗完好的胡桃表情异样地笑着对我说，要我出一元（二十年前的新币）把它买下来。他还说，现在可能你觉得贵，可终有一天，你会知道出这个价钱是不会后悔的。于是我伸手在口袋里摸了摸，还真摸到一枚他要的钱币，这么凑巧，使我感到惊奇。于是我把这枚钱币交给他，他则把胡桃给了我，之后他人就不见了。我曾把那颗胡桃摆在店里卖，尽管只想以买价出售，但摆在店里七、八年了，也无人问津。于是我将外壳涂了一层金粉以抬高价格。然而时至今日，仍未卖出。"

听到这里，手里拿着胡桃的占星家不禁欣喜若狂地叫了起来。机械师听罢弟弟的叙述，拿一把小刀去刮胡桃外壳上的金粉。在胡桃外壳的一个小坑上发现"克拉"的字样。

这一下，再没什么可怀疑的了，这确实是他们苦苦寻找的那颗胡桃了。

Ⅳ　英俊青年现身

机械师本打算立即搭乘邮车回去向国王报告这个好消息，但弟弟则请他等他的儿子回来见见面再走。机械师欣然同意了。他起码有十五年未见到这位侄儿了。他记得，当年他离开纽伦堡时，侄儿才三岁半，可爱极了。

谈话间进来了一位十八九岁的英俊小伙子，冲着德罗喊了声爸爸。父亲便吻了他一下之后，指着机械师对青年说："来亲亲你的伯伯吧。"

年轻人迟疑了。看到被称作伯伯的这位，其褴褛的外套、光秃的脑门，贴着膏药的眼睛，真让人想拒其千里。父亲看着儿子这迟疑的样子，唯恐伤了哥哥的感情，便从背后推了儿子一把，年轻人这才敷衍了事地往机械师的怀里靠了靠。

这期间，占星家目不转睛地盯着年轻人。这死盯不放的眼神使年轻人局促不安，他随便找了个借口，避开了。

年轻人出去后，占星家详细地向主人打听了一番他儿子的情况。主人毫不犹豫地回答了他所有的问题。

他叫小德罗，年龄正像他的相貌所呈现的那样，有十七八岁了。在甜蜜的童年时代，他十分好玩，也很听话，因此他母亲总喜欢把他打扮得像店铺里的洋娃娃，也就是说，一会儿打扮成大学生，一会儿打扮成车夫，一会儿又打扮成匈牙利人；但这些装束，都必须要求穿皮靴子。他从小就有一双漂亮的脚板，但小腿肚子却未免过于细瘦，穿上靴子，就可以既扬长又避短了。

"那就是说，令郎从小到现在除了靴子，没穿过其他鞋子，是吗？"占星家问。

"这孩子从小到现在，除靴子外，从不穿别的鞋。"儿童玩具商回答说，"在他十岁那年，我送他到图宾根大学读书，一直读到十八岁。同学中的那些恶习，如喝酒、骂人、打架等，他一概不沾。据我所知，唯一的不足之处是他将下巴颏上的那四、五根胡子蓄了起来，不让任何剃胡匠动它们一动。"

"那就是说，令郎从来没有刮过胡子？"占星家又问。

"从来没有刮过。"

"那么，在大学期间的假期里，他都干些什么呢？"占星家继续问。

"假期里嘛，他就穿着学生服，待在这店铺里，为那些来店里购买玩具的姑娘们嗑胡桃壳。那完全出于好心。也因此得了个雅号，叫胡桃夹子。"

"胡桃夹子？！"机械师不由叫出声来。

"胡桃夹子？！"占星家也叫了起来。

他俩你看看我，我看看你。主人则在一旁惊奇地瞪着他们。

"亲爱的先生，"占星家对主人说，"我想你是交上好运了。"

玩具商对此预言难免动心，便要求占星家明示一下，但占星家推说明天再说。

当机械师和占星家回到他们的房间时，占星家一进门就扑过去拥抱他的朋友，并对他说：

"正是他！终于找到了！"

"你能肯定吗？"机械师以怀疑的，但又急于想让对方予以肯定的口气问道。

"天哪！我肯定是他。他符合所有的条件。"

"那我们来核对一下吧。"

"他除了靴子，没穿过任何别的鞋。"

"是的。"

"他从来没有刮过胡子。"

"确实如此。"

"最后，他出于好心也罢，出于本能也罢，反正他待在店铺里为姑娘们嗑胡桃壳，从而被姑娘们称为胡桃夹子。"

"是这样的。"

"亲爱的朋友，这真是双喜临门了。如果你还有怀疑，我们不妨去占上一卜。"

于是他们俩爬到屋顶上，为年轻人抽了一签，签上说该年轻人即将要发大财了。

这证实了占星家所希望的一切，机械师当然也信服了。

"现在只剩下两件事非做不可了。"占星家沾沾自喜地说。

"哪两件事？"

"第一件事是，你在你侄子的后颈上配块硬木条，使之与他的下颌连为一体，这样，他一用力，就能使下颌的咬力增强一倍。"占星家说。

"这最简单不过了。对一个机械师来说易如反掌。"

"第二件事是，"占星家继续说，"我们回宫后，先不要声张我们带来了一位能咬克拉胡桃的人，因为我想，在试咬的过程中，咬碎牙的人越多，咬裂下颌的人越多，国王悬赏的价码就越高，那么多的人定会在前头失败！"

"我的好朋友，"机械师说，"你肚里的主意真多。现在我们去睡觉吧。"

说罢，两人离开了屋顶，回到了房间，把帽子往耳根一拉，上床睡觉了，睡得香极了。这是十四年零九个月来从未有过的好觉。

第二天一早，两位朋友来到了弟弟的房间，把昨晚所定的精密计划告诉了他。弟弟可不是一位心无壮志的人。作为父亲，他为儿子下颌的威力感到十分自豪。他认为在德意志，那无疑是首屈一指的。他愉快地同意了，既献出胡桃，也献出胡桃夹子。

但年轻人却有点犹豫。特别是想到他那一身神气的学生服将配上一条硬木条，尤为不安。占星家、伯伯和爸爸向他作了许多令人神往的许诺，他终于下了决心。于是，机械师马上买了木料，做了木条，并将它牢牢地固定在这位满怀希望的青年人的脖颈上。为了满足大家的好奇心，我们在这里就告诉你们：这套装置十分成功。装上后的第一天，无论是咬最坚硬的杏核，还是最难对付的桃核，都证明这套装置是我们的能工巧匠机械师有史以来最辉煌的杰作。

实验完毕，占星家、机械师和小德罗便即刻启程回宫。弟弟本打算和他们同行，但店铺总得有人看管，这位慈祥的父亲，只好留在纽伦堡了。

V 皮尔帕特公主故事的结局

回到京城，机械师和占星家先把小德罗送到旅店，然后一起入宫禀报国王说，他们寻遍了世界，最后终于在纽伦堡找到了克拉胡桃。按照事先的计谋，他们对于咬胡桃的年轻人只字未提。

宫廷上下为之欢欣鼓舞。国王马上召见枢密大臣，因为他主管民众的宣传教育，控制着所有的报纸。国王命令他为《皇家箴言报》起草一份公告，并令其他各报原文转载。公告的大体内容是说，凡自信能用牙齿咬碎克拉胡桃者，可到皇宫自荐，成功者获大奖。

也只有在这样的情况下，人们才可能知道一个王国里竟有多少张有威力的下颌。报名者是如此之多，以至于不得不成立了一个由宫廷牙医领导的选拔委员会，以检查报名者的牙齿，看他们是否有三十二颗牙齿，一颗不少，一颗不损。

首批被批准咬胡桃的有三千五百人，一共咬了八天。结果不出所料：无以计数的牙被咬碎了，下颌被咬裂了。

于是决定招募第二批咬胡桃者。广告不仅登满了本国的报纸，还登满在外国报纸上。国王许诺，成功者将被任命为终身科学院院士，并授予金蜘蛛勋章。至于是否识字，无关紧要。

第二批咬胡桃者有五千人。欧洲各国的学术团体都派代表列席了这次盛会，其中有好几位是法兰西科学院的院士，还有该院的终身院长。只可惜他不能亲自参加比赛，因为他的牙齿在"咬"他的同事的著作时全被咬碎了。

第二次比试持续了十五天，其结果比第一次更惨。参加比试的学者为了给自己的团体争光，不咬碎牙决不收兵，结果白丢了他们的漂亮牙齿。

尽管有那么多人使劲啃咬，那颗克拉胡桃的壳上连牙痕都没留下。

国王大失所望。他没有儿子，只有一个女儿，即皮尔帕特公主。他决心下更大的赌注，在本国和外国的报纸上第三次发布公告，许诺将咬碎克拉胡桃者招为驸马。这样一来，比试者必须是十六至二十四岁的年轻人了。

这一悬赏震撼了全德意志，报名者不仅从欧洲各地纷至沓来，连亚洲、非洲、美洲及机械师和他的朋友占星家所发现的那块新大陆的人，也赶来参加。当然，由于距离的原因，人们不难想象，当有些人读到公告时，比试已经开始了，甚至结束了。

机械师和占星家认为推出小德罗的时机到了，因为国王的悬赏已到顶了，不可能更高了。这一次因为有一大批有帝王血统或国戚血脉的王子王孙报了名，小德罗的名字被挤到了名单的最后一个，也就是第一万一千三百七十五名。

和前两次一样，在小德罗之前的一万一千三百七十四个参试者都被淘汰了。到了第十九天的上午十一点三十五分，皮尔帕特公主刚好满十五周岁的时候，轮到了小德罗上场。

这位年轻人在他的教父们，即机械师和占星家的陪同下出场了。

自从他俩离开公主的摇篮外出以来，这是他们第一次见到公主。在此期间，她有了很大的变化，但我们若以历史学家的身份直言不讳地说，她不是往好处变化。他们离开时，她的长相令人生厌，现在则是令人恐惧了。

她的身材确实高了不少，但没有任何可称道之处。人们很难理解，她那两条马蜂似的细腿、干瘪的躯干和臀部是如何承受那庞大无比的大脑袋的。大脑袋上的大眼睛和大嘴巴同过去一模一样，下巴上的绒毛也依然如旧，只是十五年过去了，长得更多、更长了。

小德罗一看到这丑八怪，扭头就问机械师和占星家，克拉胡桃仁是否真能恢复公主的芳颜，如果不能，那么，为了能在如此众多的失败者面前夺魁，他仍愿参加比试，但与公主结婚和继承王位的荣耀，他宁愿让给别人。机械师和占星家当然尽力安抚年轻人说，公主吃了克拉胡桃仁肯定会变成世界上最美的女子。

如果说小德罗被公主的相貌吓得魂不守舍，那么公主见到这位小伙子却产生了完全相反的效应。她情不自禁地叫道："啊，我多么希望他能咬碎胡桃！"

负责教育公主的女总管一听就说：

"殿下，我想有必要提醒您注意，像您这样年轻美貌的公主大声喊出如此内容的话，是不合习俗的。"

的确，小德罗可让天下所有的公主为之倾倒。他上身穿一件高领的紫红色法兰绒长礼服，前胸镶了一排排金色纽扣；下身穿一条叔叔刚买的、完全能与此庄严场面匹配的裤子；脚蹬一双油光锃亮的漂亮靴子。这双靴子是如此合脚，就好像是画家用彩笔画在他脚上似的。只是装在他颈脖后的硬木条像是长错了地方的尾巴，使这身打扮有所逊色。不过，叔叔把这木条钉成某种角度，使之撑起的礼服，犹如一件风衣，或裁缝师傅专为他缝制的这身在此场合下穿的新式时装。

少年的英俊和公主的不慎口出的喊声，使女人们低声赞叹，而且，所有的观众，包括国王和王后，都暗祝他成功。

小德罗信心十足地走上前来。他那股劲头，又使人们对他的希望增加了一倍。他走上比试台，先向国王、王后和皮尔帕特公主一一鞠躬，然后向在场的观众深鞠一躬。他从礼宾官的手里接过克拉胡桃，轻轻地用拇指和食指夹住，就像魔术师夹一个小软木球似的，然后送到嘴里，猛力地压了一下背后的硬木条子，只听咔嚓、咔嚓，响了两声，胡桃壳被咬成了碎块。

他马上小心地从胡桃核内掏出胡桃仁奉献给公主。然后闭上眼睛倒退七步。而公主一吃下胡桃仁，天哪，奇迹出现了，丑八怪相貌消失了，一个天使般的少女出现在人们眼前。她那细嫩的面庞上，白里透着红晕；她那天蓝色的眼睛，水汪汪地闪着光亮；两串金丝编织的耳环一直垂到她白皙的双肩上，顿时，锣鼓喧天，号角齐鸣，人们欢声雷动。国王和他的大臣们、参事们、法官们像在公主诞生时那样，又一次跳起了独脚舞，王后高兴得昏了过去，佣人们取来了鲜花露水，使劲往她脸上喷。

这雷鸣般的喧闹声使小德罗大为震惊，因为他要闭上眼睛倒退七步才能完成使命。不过他以坚强的毅力控制住自己，直到退够了步数。这毅力实在是获得人人垂涎的王位所必不可少的。可就在他倒退着迈第七步的时候，地板下鼠国的王后大声地唧唧叫着，一下子冲破地板，窜到未来的王子小德罗的脚下，准国王的脚后根正好踩在老鼠太太的身上，使他踉跄了一下，差一点摔倒在地上。

天哪！不幸的事发生了！这位漂亮的小伙子顷刻间变成了一个丑八怪，与之前公主一样的难看：两条枯枝似的细腿干瘪得难以支撑丑陋的大头和身躯，外凸的绿眼睛呆滞无神，硕大的嘴巴一直裂到耳根。那漂亮的、从未刮过的胡须变成了一堆茸茸白毛。后来人们认出那是一团黏着的棉花。

不过作恶者当场受到了应有的惩罚：小德罗的靴后根踩上去的力量是如此之大，以至于老鼠太太再也跑不了。它倒在血泊里，蠕动着，挣扎着，并使尽力气惨叫着：

"唔，克拉，克拉！你这坚硬的胡桃，

叫我忍受这死前的折磨，

呜，呜，呜，呜……

胡桃夹子，

你的报应已安排妥当

我的儿将为母复仇

呜……

永别了，生活！

失去你未免太早!

再见了, 蓝天,

蜜一样甜美的蓝天。

永别了, 世界,

拥有如此多甘泉的世界……

噢, 我要去了

呜! 呜! ……哎呀!"

老鼠太太哀号的最后一个字可能不合诗韵, 不过, 那是可以理解的, 因为这是它咽气时吐出来的, 难免有错。

老鼠太太咽气后, 宫廷的制毡师被叫了来。他拎着鼠尾巴, 把她扔进了十五年零九个月前埋葬老鼠家族的大坟墓里。

在这一片混乱之中, 除了机械师和占星家, 已无人记得小德罗了。此时公主尚不知已发生的这一切, 令人召见这位青年英雄。尽管女教师告诫了她, 她仍坚持当面答谢年轻人。可是当她一瞥见不幸的小德罗, 便把年轻人的恩德忘得一干二净, 抱头大喊:"快把他赶下去! 把这个胡桃夹子赶出去! 快赶, 快赶!"

卫戍长立即走过来, 抓住小德罗的肩膀, 推出门外, 并推下台阶。

国王更是大发雷霆, 责骂机械师和占星家竟敢推荐一个胡桃夹子来做乘龙快婿。他不但收回了给占星家一千元年薪和给机械师钻石宝剑、金蜘蛛勋章和黄礼服的许诺, 还下令将他们驱逐出去, 限他们二十四小时内离开国境。

对国王是应当服从的。于是机械师、占星家和小德罗离开了该国首都，出了国门。夜幕垂落后，这两位智者再次对空占卜。星象告诉他们，不管目前的情况多么荒谬，只要我们的年轻人不甘寂寞，选择奋斗的话，他终将成为一位王子和国王，而且，他的丑陋模样消失之日便是王位获得之时。这必须是在由他指挥的战斗中打死老鼠王子之后。这个老鼠王子是刚死去的老鼠太太在前七个儿子被杀之后才生出来的有七个脑袋的老鼠。它也是现今的鼠王。占星家还获知，尽管胡桃夹子丑陋，他仍将获得一位漂亮姑娘的青睐。

小德罗在离开父亲的店铺时，是父亲唯一的爱子，现在回到店铺时，在华贵的好运到来之前，他只是一个胡桃夹子了。

当然啦，父亲是一点儿也认不出他了。当父亲向弟弟和他的朋友占星师打听爱子的情况时，这两位才华出众的智者以学者独有的口吻，硬着头皮说，国王和王后舍不得与公主的救命恩人分手，把他留在宫中，享受无穷的荣华富贵。

至于我们的这位身遭不幸的胡桃夹子，因为对当前的处境深感痛心，也就没说什么，只等待将来的变化。

应当承认，小德罗的性格是温文尔雅的，也是宽宏大量的，但尽管如此，他还是对叔叔怀恨在心，因为正是他给自己带来了不幸。

好了，孩子们，这就是胡桃夹子和皮尔帕特公主的故事，这也就是为什么现在人们在遇到棘手的事情时常说："这真是一颗难嗑的胡桃！"

叔侄之缘

孩子们，咱们回头再看看纽伦堡市市长家的千金玛丽吧！

如果我的小朋友们尚不曾有人被玻璃划破过皮肉的话，那么哪一天他们淘气时就会尝到这滋味的。从亲身体验中他们会知道伤口在痊愈之前是很不好受的。市长的千金玛丽小姐在圣诞夜里受伤而不得不在床上躺了整整一个星期，因为每当她想下床时，立刻就头昏眼花。当然，最终她完全康复了，又可以像往常那样在房里蹦蹦跳跳了。

除非有偏见，否则我们不难理解为什么我们的小主人公伤愈后做的第一件事就是去看那玻璃柜。被打破的玻璃也已重新安好。她动手把柜上的每一块玻璃都擦得一尘不染。在玻璃后面，陈列着圣诞节时得到的礼物，其中有小树、房屋、洋娃娃等。它们全都是崭新的，闪闪发亮的。但在这娃娃王国里的各种宝贝中，玛丽最先看到的是她的胡桃夹子。它被放在第二层。它笑容满面地瞧着她。它的牙齿看起来比任何时候都更健美。瞧着她最心爱的胡桃夹子，她感到非常幸福。于是，曾在她脑海里盘旋过多次的想法，这时又浮现了。她觉得，机械师德鲁耶教父所讲的并非是童话故事，而是胡桃夹子同已毙命的老鼠太太及其儿子鼠王之间进行殊死斗争的真情实况。她现在知道了，胡桃夹子原来不是别人，就是纽伦堡市那位年轻的小德罗，也就是教父的那位讨人喜欢、让人着迷的侄儿。国王宫廷里的那位聪明的机械师不是别人，就是德鲁耶教父。自从他穿着黄外套在上述故事里出现以来，玛丽对此已确信无疑。随着故事情节的发展，她逐步了解到，当初在同游列国期间，烈日的曝晒使他掉光了头发，一支暗箭射瞎了他的一只眼睛，因此他才有必要在眼睛上贴上那块令人生厌的药膏，并用玻璃丝精心地编织那顶假发。这一切在故事开头就已交代过了，而故事的情节更坚定了她的看法。

"可是你伯伯为什么不来搭救你呢?"玛丽凝视着玻璃柜里的胡桃夹子，心里嘀咕着。她想到，那未来的一仗胜负如何，将决定胡桃夹子能否挣脱老鼠太太的魔掌，登上洋娃娃王国的龙位。玛丽还清楚地记得，在那场恶战中，洋娃娃们像士兵听命于将军一样，听命于胡桃夹子，自始至终服从它的指挥。机械师那种无动于衷的态度，使玛丽感到伤心，特别是，她认定这些洋娃娃们都是活的，都是能行动的，因为在她心目中已赋予了它们生命的活力。

不过，橱柜里的洋娃娃们看起来与她想像中的不一样，它们都安静地一动不动。但玛丽并不因此放弃自己的想法，她认为这是老鼠太太和她的儿子施的魔法造成的。她的想法如此坚定，以至于她把心里的话大声说出了口："亲爱的小德罗先生，我知道，你虽然身中魔法，动弹不得，也无法开口，但你是完全了解我的，你知道我心中对你怀有的好意。我会帮助你的——如果你需要的话。你暂且安心等候，我一定要请求你伯伯来帮助你。他非常高明，他爱你，他会来救你的，会的。"

玛丽说得情真意切。胡桃夹子虽然依旧一动不动，但玛丽似乎听到从玻璃柜里传出一声低沉的叹息声，连橱柜的玻璃门都发出了共鸣声。这声音像是银铃在轻轻作响，像是在说："亲爱的小玛丽，我听你的话。救救我吧，玛丽！"

听到这神奇的声音，玛丽不禁打了个寒战，但也感到宽慰。

这时天已黄昏，市长与机械师走进来了。不一会儿特鲁桑小姐把饭菜端了上来，全家人便围着桌子愉快地边吃边谈。玛丽则搬来了她自己的小椅子，把它放在机械师的旁边，默默地坐着。当大人们稍一停口，玛丽就睁大了眼睛，瞧着机械师说："亲爱的教父，现在我明白了，我的胡桃夹子原来就是你的侄儿，纽伦堡的小德罗。正像你的朋友占星家预言的那样，他成了洋娃娃王国的王子和国王。不过你很清楚，它还处在与鼠王的殊死斗争之中。亲爱的教父，当你像猫头鹰那样骑在挂钟上的时候，为什么不帮他一把？为什么你至今对他不闻不问呢？"

接着她又说了一遍她知道的那场恶战。爸爸、妈妈和特鲁桑小姐都大声笑起来，但德鲁耶教父和弗里茨却认真地听着。

"小姑娘脑子里的这些傻想法是从哪里来的呢？"教父问。

"她的想像力太丰富了，"母亲说，"其实呢，都是些梦话，或是发烧时胡思乱想出来的。"

"没错，"弗里茨接着说，"她说我的红衣轻骑兵临阵脱逃了，就是证据。可它们都是受过良好训练的，在那种场合绝不会当可耻的胆小鬼。"

教父则怪模怪样地笑着，并把玛丽拉过来，坐在自己的膝盖上，比以往更亲切地对她说："亲爱的孩子，你这样热衷于胡桃夹子的事，却不知道自己走上了一条什么道路。你如果继续为那位受冷落者说话，会吃很多苦头的，因为鼠王把它看作杀母之仇敌，是不会放过他的。但是你听着，真正能救他的只有你，不是我。只要你坚强、忠诚，一切都会好的。"

谁也听不懂教父的话，包括玛丽或其他在场的人。市长先生对此更是感到奇怪。他一声不吭地抓起教父的手，摸了摸他的脉搏。

"我的好朋友，"他说，"你烧得厉害，我劝你去躺会儿吧。"

铲除恶鼠

　　在发生了刚才的情节之后的当天夜里，皎洁的月光通过未完全拉严的窗帘缝流进了房间。玛丽正睡在母亲身旁。突然她被一阵喧闹声惊醒了。那声音好像来自房间的哪个角落，里面还夹杂着尖叫声和拉长的叽叽声。

　　"啊呀！啊呀！"她听出来这正是恶战那天夜里她听到的声音。"哎呀，老鼠们又来了，妈妈，妈妈！……"

　　她使劲地喊，但声音被堵在喉咙里。她想逃跑，但手和脚却不听使唤，就好像被钉子钉在了床上似的动弹不得。她把头扭向叫声的方向，只看见鼠王正在墙角用爪子掏洞，洞越来越大，然后探出一个头来，接着第二个、第三个……最后第七个头也出来了，每个头上都戴着一个王冠，像战场上的得胜者那样，在房间里转了几圈，然后纵身跳到了玛丽床边的桌子上，瞪着血红的眼珠子，张牙舞爪地说："嘿嘿！小丫头，快把你的糖果和杏仁饼拿出来，不然就一口吃掉你的朋友胡桃夹子！"

　　鼠王威胁了一阵之后便从它出来的那个洞里跑掉了。

　　第二天醒来，玛丽脸色苍白，心事重重。鼠王狰狞的面孔使她胆战心惊，再加上她害怕别人笑话她，再也不敢把夜里发生的事情告诉别人。有多少次当她与妈妈或弗里茨在一起的时候，她的话到嘴边又咽了下去，因为她深信，他们不会相信她的。不过，有一件事情她是非做不可的，那就是，为了搭救胡桃夹子，她应当牺牲她的糖果和杏仁饼。所以到了晚上，她把她所有的糖果和杏仁饼都放在橱柜边上。

第二天市长夫人对家人说："真不知道从哪儿闯进了几只老鼠。好玛丽，你瞧瞧，"她领着玛丽向客厅走去，"这些坏家伙把甜食都吃光了。"

其实市长夫人说错了，应该说把甜食都"糟蹋"了，因为杏仁饼不对鼠王的口味，它乱啃了一通，但人们不得不把它们全扔了。

玛丽对此并不感到十分惋惜，她并不喜欢这些糖果，相反，她感到高兴，用这样微不足道的东西就满足了鼠王的勒索，并能救下胡桃夹子。

可惜她高兴得太早了。第二天夜里她又被叽叽声和呼啸声惊醒了。

天哪，鼠王又来了，它的眼里露出了比前一天更凶狠的光焰，它吼叫着对她说："小丫头，把你的糖果娃娃和饼干娃娃全拿出来，不然我就吃掉你的朋友胡桃夹子。"

说罢，鼠王连蹦带跳地又钻进洞走了。

第二天，忧伤的玛丽来到橱柜跟前，痛苦地望着她的糖人娃娃和饼干娃娃。任何嘴馋的孩子在失去糖果时都会感到痛心的，但没有哪个孩子会比现在的玛丽更痛苦。

"没办法呀，"玛丽转身对胡桃夹子说，"小德罗先生，只要能救你，我有什么不舍得丢弃的呢？不过，你也看到了，鼠王的要求实在太过分了。"

话音刚落，胡桃夹子的表情就变得十分痛苦，玛丽似乎看到鼠王正张着大嘴在吞吃它。这使她下定决心作出牺牲，以搭救这位不幸的青年。当天晚上，就如前一天晚上那样，她把糖果娃娃、饼干娃娃都拿出来，放在橱柜边。末了，像是生离死别似的，她逐个吻了吻她的糖果男、女牧童及它们的羊群，最后，她还把她最喜欢的那个脸蛋圆圆的娃娃藏在羊群的后面。

"哎呀！这太不像话了，"市长夫人惊叫着，"这些可恶的老鼠要在玻璃柜里作窝了。瞧瞧，小玛丽，放在柜里的洋娃娃们全被吃了。"

玛丽一听，先是大颗眼泪夺眶而出，接着，泪眼变成了甜蜜的笑眼，因为她心里在说："只要胡桃夹子能得救，牧童、羊群都算不得什么。"

"好妈妈，我想提醒你一句，"弗里茨听到她们的谈话，思索了一会儿说，"面点师家里有一只好猫，应当派人把它提来，这样事情就很快解决了，它会把老鼠一个个吃掉，让鼠王遭到像其他的老鼠太太，还有它的妈妈老鼠太太一样的下场。"

"不错，"市长夫人说，"可是猫会在桌子上、壁炉上跳来跳去，把杯子、玻璃器具都打碎的。"

"嗨，这您甭怕，"弗里茨说，"那没关系，面点师家的那只猫可机灵了，它不会干这种蠢事的。我可喜欢看它稳当又轻巧的在房脊上、屋檐下，还有水槽边上走来走去的。"

"说什么我们家也不要猫。千万别把它提来。"市长夫人受不了了，嚷嚷起来。

"不过弗里茨的话也有道理，"市长听到嚷嚷声就插进来说，"可以不要猫，用捕鼠器。"

"太好了，"弗里茨叫起来，"这太棒了，捕鼠器正好是教父发明的。"

全家人都笑了。于是他们四处寻找，却一无所获，只好派人到教父那里拿来一个，在里面放一块肥肉作诱饵，然后把它放在头一天老鼠作乱的地方。

玛丽临睡前想，鼠王贪吃，肯定会钻进捕鼠器的，明天就能看到它被关在里面了。可是当晚十一点左右，当她还在睡第一觉的时候，有个毛茸茸的，冰凉冰凉的东西在她的肩上、脸上跳来跳去，把她惊醒了，接着她便听到了那熟悉的叽叽声。这个可恶的鼠王就在她枕边，眼睛里喷出血淋淋的光焰，七张嘴巴都张得大大的，似乎随时都可以把可怜的玛丽吞下去。

"我才不上当呢，我才不上当呢！"鼠王说，"我不会到那小盒里去的，那块肥肉吸引不了我。你们捉不住我的，我不会上当的。你必须把你的连环画书、你的丝绸裙子拿出来给我，不然我就一口把你的胡桃夹子吞进肚里。"

可以想象，面对如此的勒索，玛丽是多么伤心。第二天醒来，她因为心里难受，不住地流眼泪。她告诉妈妈，捕鼠器没有用了，鼠王已猜到里面有圈套。妈妈没有理会她，就出去料理早餐了。玛丽哭着朝客厅里的玻璃柜走去。

"唉，亲爱的小德罗先生，"玛丽说，"难道没有个完吗？如果我把连环书给它咬，把圣诞老人送给我的丝绸裙子给它撕，还不能满足它的要求，还要每天提出更多的要求，终有一天我没有东西可给了，它就会把我吃掉的。天哪，我多么不幸！亲爱的小德罗先生，你说我该怎么办呢？怎么办呢？"

玛丽伤心地哭着，哭着，突然她看见胡桃夹子的脖子上有一块血迹。自从她知道它的被保护者是纽伦堡玩具商的儿子，是德鲁耶教父的侄子以后，她就不再把它抱在怀里，也不再吻它或抚摸它了。她对它总感到羞答答的，甚至不敢用指尖碰一碰它。但现在看到它受伤了，她担心伤势太重，就轻轻地拭去血迹。突然，她觉得胡桃夹子在她的手里动了动。这可把她吓坏了，立即把它放进橱柜里。更使她惊奇的是，胡桃夹子的嘴开始左右乱动，吃力地吐出下面这几句话："啊，亲爱的希尔伯豪斯小姐，我的好朋友，你对我恩深似海，我对你感激不尽。别再牺牲你的连环画书和丝绸裙子了，只求你给我一口宝剑，一口锋利的宝剑。别的事你就别管了。"

胡桃夹子还想说什么，但它的声音变得模糊不清了，接着，声音一下子就咽回去了。刚才它脸上那副伤感的表情使它的眼睛炯炯有神，现在一下子变得呆滞而无活力了。玛丽对此一点不害怕，反而高兴得跳起来。因为她不必牺牲她的小人书和丝绸裙子，却能救胡桃夹子了。她太高兴了。现在她一心所想的是如何搞到一口宝剑给胡桃夹子。玛丽决心把她的难处告诉哥哥弗里茨，因为她知道弗里茨是个热心肠的人，尽管好夸海口。她把弗里茨叫到橱柜跟前，把胡桃夹子与鼠王之间发生的事全讲了一遍，最后讲到她希望得到他的帮助。玛丽的话里唯一使他激动的是，她讲到，在战斗最激烈的时候，他的轻骑兵确实表现得缺乏勇气。于是他追问，这一指责是否确实。弗里茨知道，小姑娘是不会说谎的，当玛丽给予肯定的回答后，他立即冲向橱柜，对他的轻骑兵训了一通话，这通话足以使轻骑兵们感到羞愧。事情并未到此结束，为了给轻骑兵团以惩罚，他降了他们的军级，并禁止司号手吹奏轻骑兵进行曲一年。然后他转身对玛丽说："至于胡桃夹子嘛，我觉得它的确是个好样的。我想这事好办，昨天有一位骑兵的服役期满了，我已经让它退伍了——当然是有养老金的。我想它不再需要马刀了，那正是一口锋利的战刀。"

现在唯一要做的是找到这位骑兵。于是他们开始寻找，终于在橱柜的第三层上最偏僻的一个角落找到了。这时它正住在一个小小的客栈里，靠弗里茨发给它的养老金生活。正如弗里茨所料，这位退伍骑兵很痛快地就交出了马刀，因为对它来说，马刀已没有用处了。于是他们把马刀挂在胡桃夹子的肩上。

当天夜里，玛丽因为紧张，一直睡不着。她清楚地听到客厅里的挂钟敲了十二下。第十二下钟声尚未停息，玻璃橱里便传来了刀对刀的当当响声，犹如两个红了眼的对头一下交上了手。突然间其中的一个惨叫了一声。

"这是鼠王！"玛丽又惊又喜地叫了起来。

接下去便是一阵寂静。又过了一会儿，有人在轻轻地、轻轻地敲她的门，同时一个柔如笛声的声音从门外传来："亲爱的希尔伯豪斯小姐，我给你带来了一个喜讯，请你把门打开，我求你了。"

玛丽听出那是小德罗的声音。她匆忙穿上裙子，敏捷地把门打开。她看到胡桃夹子正站在门外，右手提着那口带血的马刀，左手举着一支蜡烛。它一见玛丽便跪下了一条腿，说："啊，小姐，是你，也只能是你，唤起了我骑士的勇气，使我增添了力量，打败了那只竟敢威胁你的老鼠。看，这只可耻的老鼠就躺在那儿，躺在血泊里。啊，小姐，希望你不嫌弃一位至死忠于你的骑士亲手把他的战利品献给你。"

胡桃夹子说罢便用左手提过七头鼠王的尸体，把老鼠王的七顶王冠做成手镯，戴在玛丽的手腕上。玛丽愉快地接受了。

在玛丽的情谊的鼓舞下，胡桃夹子站起来继续说："啊，亲爱的希尔伯豪斯小姐，我已战胜了仇人，你能陪我走几步吗？我能让你看到很多美好的东西。亲爱的小姐，陪我走几步吧，只需几步，我求你了。"

玛丽毫不犹豫地跟在胡桃夹子的后面出去了。她知道，她是有权利接受胡桃夹子的谢意的，她也深信，胡桃夹子并无恶意。

"亲爱的小德罗先生，"她说，"我跟着你走，但不要走得太远，太久，因为我还没有睡好。"

"那我们就走一条近路吧，虽然道路不太好走。"胡桃夹子说。

说完，他就放开步子朝前走。玛丽跟在后面。

洋娃娃王国

不一会儿，他们俩来到了一个古旧而宽敞的柜橱前。这是挂衣服用的柜子，就放在门边的走廊里。胡桃夹子站住了。玛丽惊奇地发现，这个平时双门紧闭的柜子这时却敞开着。她看见父亲旅行时穿的狐狸皮大衣就挂在其他衣服的外面。胡桃夹子脚蹬在大衣胸扣环上，顺着柜橱的边缘，噔噔地爬了上去。柜顶上有一根粗绳子，绳上吊着花絮；花絮一直垂到狐狸皮大衣的胸襟前。胡桃夹子爬到顶上以后，便取出一架漂亮的雪松木梯子。它把梯子的一头放在地上，另一头插进狐狸皮大衣的袖筒里。

"亲爱的小姐，现在请你把手伸给我，我拉着你，咱们一块往上爬。"

玛丽按他说的样子爬了上去。过了袖筒，她看到前面有束耀眼的火焰，然后便突然发现自己来到了一片好像点缀着无数宝石的草原，晶莹瑰丽，芳香袭人。

"唉哟，我的天哪！"眼花缭乱的玛丽惊叫着，"亲爱的德罗先生，我们这是在哪里呀？"

"小姐，这是冰糖草原。但我们不在此久留，如果你高兴的话，我们就从这个门穿过去。"

玛丽一抬头，便看见一座华丽的门楼，好像是用红、白、棕三种颜色的玉石砌成的，但走近一看，可以发现是用橘子罐头、杏仁糖和希腊葡萄堆砌的。胡桃夹子说，正因为这样，这座门楼称为"杏仁糖门楼"。

跨过门便走出了草原。门外是一条由几根大麦糖柱子支撑的走廊，走廊上有几只身穿红色制服的猴子在奏乐。那乐曲节奏不算鲜明，但也独有风味。玛丽匆匆地朝前走去，竟然没有注意到那路是用黄连籽和杏仁饼铺成的，她还以为自己走在大理石路上呢。在走廊的尽头，她一踏上露天的旷地，便闻到一股醉人的芳香。那香气是从前面的树林里散发出来的。那片树林本来是很灰暗的，现在突然有无数的星火照耀着，变得光彩夺目。她清楚地看见枝头上挂着金黄色的、银白色的累累果子，树枝上还飘着红丝带，很像是新婚夫妇的穿戴。

"啊，亲爱的小德罗先生，"玛丽高兴得叫起来，"请你告诉我，这是什么地方呀？"

"小姐，这是圣诞树林，"胡桃夹子说，"圣诞老人把他的礼物挂在树上，等待人们取走。"

"唔！我能在这儿停一会儿吗？"玛丽问，"这儿太美了。"

胡桃夹子拍了两下手，几位猎人和牧童从森林里走了出来。他们穿着洁白的衣服，好像是用白糖精心加工出来的。他们搬来一把漂亮的靠椅，上面镶着天使图案，椅子上有一个垫子。他们彬彬有礼地请玛丽入座。她刚坐下，就像在戏院里常看到的那样，这些猎人和牧童就摆好了姿势，在号角的伴奏下跳起了优美的芭蕾舞。吹号角的男猎人吹得气势雄壮，十分起劲，渐渐地脸蛋都吹红了，红得像玫瑰罐头。一会儿舞蹈结束了，猎人和牧童在一簇簇树丛后面消失了。

"亲爱的希尔伯豪斯小姐，请原谅，"胡桃夹子说着把手伸给了玛丽，"原谅我只能献给你这么单调的舞蹈，这些蹩脚的演员不会跳别的，只会无止境地重复它们跳过千百次的动作。那些吹号手也是懒洋洋的。你听着，我一定要教训教训他们。现在我们别管这些懒虫了，如果你高兴，我们再继续散步吧。"

"可我觉得一切都很美妙，"玛丽边走边说，"亲爱的德罗先生，我觉得你这样说我们的小舞蹈演员，未免太不公平了。"

胡桃夹子撇了撇嘴，似乎在说，"等着瞧吧，久了你就不会这么说了。"他们继续往前走着，不久来到了一条河边，空气里弥漫着河面上飘来的香气。

胡桃夹子不等玛丽开口，便解释说："这是橘子河，是本王国里最小的河流之一，除了能散发香气外，它可比不上其他的河，比如流入南部潘趣海的汽水河；流向北部杏仁奶海的巴旦杏仁河等。"

离他们不远处有个村庄，村里的房舍、教堂和教士等都是棕褐色的，只有屋顶是金黄色的。墙上镶嵌着闪光耀眼的糖果，有玫瑰色的、天蓝色的和白色的。

"这叫杏仁饼村，"胡桃夹子说，"正如你看到的，它坐落在蜂蜜河畔，相当漂亮。它的居民们长得倒还挺秀气，但是他们总显出情绪低落的样子，因为他们有牙痛病。不过，亲爱的希尔伯豪斯小姐，我们还是继续往前走吧，我们不能光看村落，应当去首都观光，去首都观光！"

胡桃夹子拉着玛丽的手，欢快地在前面走，玛丽对一切都感到新鲜，轻盈得像小鸟似的跟在后面。又过了些时候，空气里忽然有了玫瑰的香味，周围的一切都笼罩在粉红的色彩里。玛丽注意到，这香味和红光来自玫瑰露河。这河泛着细波碎浪，潺潺流动，犹如奏鸣着一支旋律悦耳的乐曲。一只只脖颈金黄的天鹅缓慢地在河面上漂游，还唱着最美的歌。歌声引来了钻石般闪亮的鱼儿，在它们周围腾跃。这一切是那么的和谐安详，赏心悦目。

"啊，这美丽的河正是德罗教父想送给我的圣诞节礼物，那抚摸天鹅的姑娘正是我自己。"

携手旅行

　　胡桃夹子又拍了两下手，玫瑰露河水就眼看着往上涨。这时，从翻腾的浪涛中，几只金色的海豚托举出了一把闪光耀眼的贝壳靠椅，向岸边游来，十二个头戴鲷鱼鳞甲帽、身穿蜂鸟羽毛衣的可爱的摩尔人跳上岸，小心翼翼地把玛丽抬到椅上，再把胡桃夹子也抬上椅子，由海豚抬着椅子，在浪涛中行进。

　　说真的，玛丽坐在熠熠生辉的贝壳椅子上，沐浴在缕缕清香之中，海豚们高兴地甩着头，把露珠般晶莹的浪花抛向空中，形成五光十色的水帘，水帘垂落下来，这是一幅多么迷人的景象啊!

　　似乎为了将这欢乐的场面推向高潮，一阵清脆悦耳的歌声飘逸而来：

　　"是谁航行在玫瑰露河上?

　　梅博仙子还是蒂塔尼亚王后?

　　回答呀，

　　波涛下流星般游泳的鱼儿!

　　回答呀，

漫游的天鹅!

回答呀,

如花的彩鸟!"

十二个摩尔人这时跟在贝壳椅后面,踏着节拍,跳来跳去,并晃动着手中缀了一圈小铃铛的阳伞,为玛丽遮阳。

他们就这样渡到了玫瑰露河的彼岸。在靠近岸的时候,一部分摩尔人留在水中,一部分跳上了岸,逐个地把玛丽和胡桃夹子从贝壳椅上传递到一条铺缀着仙女和薄荷糖图案的地毯的岸上。

然后他们来到了一片树林。这片树林比圣诞林更加美丽,每一棵树都闪着耀眼的光亮。树上的果子更引人注目,像五颜六色的宝石,却又能散发出一种奇特的香味。

"这是果酱林,"胡桃夹子说,"过了这里就到首都了。"

当玛丽拨开了最后几枝挡住视线的树桠时,一座美丽得令她瞠目结舌的城市呈现在她眼前。在鲜花和绿茵之中,矗立着一座座造型别致的房舍钟楼。城墙和城门都是用蜜饯砌成的,在阳光下闪烁着五颜六色的光芒,蜜饯外面的那层冰糖,更是晶莹得耀眼。当玛丽和胡桃夹子正要进城时,城门上穿着银白色军装的士兵们向他们举枪致敬。其中一位穿着金黄色织锦袍的小个子官员走上前来,搂住胡桃夹子的脖子说:"啊,我亲爱的王子,你终于回来了!"

他对胡桃夹子的这一尊称多少使玛丽有点吃惊,恰在这时,一阵喧闹声打断了她的思路,于是她问胡桃夹子,在这洋娃娃的国度里,是出现了骚乱还是有什么欢庆活动。

"全不是，亲爱的希尔伯豪斯小姐，"胡桃夹子回答说，"这个叫作果酱堡的城市是一座人丁兴旺、欢天喜地的地方，它总给世界带来喧哗。现在我请你继续往前走。"

出于好奇又加上胡桃夹子的恳切敦促，玛丽加快了步伐往前走，不久便到了一个大集市广场。这又是一个她从未见到过的美好去处。广场周围的建筑全是甜食制品，华廊层叠，直指云霄。广场中央矗立了一个巨大的蛋糕，很像一座形方顶尖的纪念碑。有四柱喷泉，分别往蛋糕上喷洒着汽水、橘子水、糖醋栗子汁和巴旦杏仁糖水。周围的水池里盛着搅拌得十分到位的奶油，它实在令人垂涎三尺，所以许多衣着讲究、派头十足的人竟然当众拿着勺子舀奶油吃。不过，最使人开心的是那些成千上万的互相挽着胳膊漫步的小人，他们唱着，笑着，高谈阔论着。玛丽刚才听到的喧闹声，就是从这里传过去的。

在通往广场的街口，忽然人声大作，人们纷纷闪开，为一车队让出一条道来。这是大穆戈尔王的轿子及他的随从——九十三位朝中的文武官员和七百名奴隶。恰在这时，大苏丹王骑在马上，由三百名近卫军护卫着，从另一条街上到这里来了。这两位国王向来不睦，彼此仇视，两方的近卫军每次相遇，没有不打起来的。不过当两位强有力的国君相遇时，情况则有所不同——这一点是不难理解的。两君相遇，不免人心惶惶，大家都想躲开这是非之地。不一会儿便传来了愤怒的吼声和绝望的叫声。一位园艺工在企图逃遁时不慎用手中的锹柄掀落了一位高贵婆罗门的头；一位惊慌失措的驼背小丑想从大苏丹王的马腿之间钻过去，结果被马蹄绊倒在地。嘈杂声越来越高。这时，只见早先在城门口向胡桃夹子致敬并称他为王子的穿着织锦袍的人忽然纵身跳到了大蛋糕的顶上，照着大钟猛击了三下。钟声洪亮而清脆。接着他大声疾呼："糕点师！糕点师！糕点师！"

喧闹声顿时消失了，厮打的双方也立即住了手。有人为大苏丹王掸去身上的灰尘，为掉了头的婆罗门重新安上头，并叮咛它三天之内不要打喷嚏，免得把头震落下来。然后一切都恢复了正常，人们迈着欢快的步子，走向喷泉处，舀汽水、橘子水、糖醋栗子和巴旦杏仁糖水汁喝，或者大勺大勺地舀池子里的奶油吃。

"亲爱的德罗先生，"玛丽问，"为什么他连喊三声'糕点师'就起这么大的作用？"

"小姐，应当告诉你，果酱堡市的人民通过自身的经验，信奉转世，以糕点师为其最高本领，因为糕点师通过控制火候，可以让每个洋娃娃都能获得它们自己所希望的模样。这就是'糕点师'一词对果酱堡市民产生如此影响的原因。正如你刚才所看到的，无论怎样喧闹，只要副市长一喊'糕点师'，一切都随之宁静下来，世间的一切都被忘了，包括打断的肋骨和头上的肿块。"

他们说着说着便来到一座宫殿面前。这是一座粉红色的宫殿，顶上装饰了一百个四面镂空的漂亮小塔，墙上点缀着一束束紫罗兰、水仙、郁金香和茉莉花。这些花衬着粉红的墙面，显得更娇艳。在宫殿中央的巨大的穹顶上，布满了金黄色和银白色的星星。

"啊，天哪，这金碧辉煌的宫殿是什么呀？"玛丽惊叹道。

"这是杏仁饼宫殿,"胡桃夹子回答说,"是本国首都最出色的建筑之一。"

尽管宫殿的辉煌使玛丽出了神,她仍然注意到宫顶的塔楼中有一座缺了顶尖,有几个小面包人正站在脚手架上进行修补工作。于是玛丽问胡桃夹子,这是什么事故造成的。胡桃夹子对她说:

"唉,不久前这座宫殿差点儿被弄得墙倒屋塌——如果不说变成一片废墟的话。一个馋嘴巨人把这个塔楼给吃了,他甚至开始咬那高大的穹顶了,幸亏这时果酱堡的居民把本市的一条叫作努拉的街道作为贡品献给了他,还把天使森林的一大部分给了他,他这才同意离开这里,不再损坏宫殿的其他部分。当然啦,你看到的那部分已经损坏了。"

这时传来了一阵美妙动人的乐曲。

宫殿的各道门自动打开了,十二个宫廷侍从打里面走了出来,每人手里拿着几段燃烧着的香草,当作火炬。这些侍从中,六个人的身躯是红宝石做成的,另六个人是绿宝石做成的,他们的头都是大珍珠做成的。另外,他们的脚都是用金子精心雕琢的,模样跟意大利雕刻家赛利尼的作品一模一样。它们踩着碎步缓慢而行。

在它们的后面,跟着四位女士,其中最高的与玛丽新得到的洋娃娃柯莱尔小姐一般大小。它们披红戴绿,花枝招展,玛丽一看就知道他们是果酱堡市的公主。四位女士一见胡桃夹子,就扑过来,深情地搂住他的脖子,同声叫道:"啊,我的王子!我的好王子！噢，我的兄弟，我的好兄弟！"

胡桃夹子十分激动，他擦去两腮如溪的泪水，拉着玛丽的手，对四位公主说："亲爱的姐姐们，我向你们介绍希尔伯豪斯小姐，是她救了我的命，因为在我被打败的时候，如果不是她脱下鞋子向鼠王打去，后来，如果不是她从她哥哥的退役骑兵那里给我弄来一口马刀，我早已安卧黄泉了，甚至已经饱了鼠王的口福。噢，亲爱的希尔伯豪斯小姐，关于那位皮尔帕特小姐，尽管她是皇门闺秀，她甚至不配为你系鞋带。"

"是呀，她不配，她不配！"四位公主齐声说。

她们又搂着玛丽的脖子，称赞她说："啊，你是我们的亲人，是我们的王子和兄弟的救命恩人。"

她们叽叽喳喳地，越说越高兴，越说话越多。最后四位公主领玛丽和胡桃夹子进了宫，请他们坐在一把用雪松木和巴西木制成的用金色花卉装饰的漂亮的长靠椅上，同时告诉他们，她们要亲自动手为他们准备饭菜。

于是她们取来了一大堆日本细瓷盆、碟、金勺、金刀、金叉、平底锅及其他炊具，又取来了许多奇鲜异果，其中最可口的要算蜜饯，是玛丽从来未见过的蜜饯。然后便七手八脚地烹调起来。尽管她们出身皇族，做起饭来还挺在行。

玛丽做饭也不外行，心里也痒痒地，想插一手。这时，四位公主中最漂亮的一位递给她一个金器，对她说："亲爱的，请帮忙把这块冰糖捣碎。"

玛丽赶忙动手捣糖。她优美的捣糖动作恰好能配上金器发出的动听的旋律节拍。她一面捣着，一面侧耳倾听胡桃夹子叙述他的奇遇经历。渐渐地、渐渐地，小德罗的声音与金器的敲击声混在一起了。再过一会儿，一缕缕蒸汽在她周围袅袅升起。慢慢地，蒸汽变成了银白色的烟雾，这烟雾越聚越浓，胡桃夹子和他的姐妹们就在这浓雾中消失了。

这时传来一阵歌声，有点像玫瑰露河水的流淌声，其中夹杂着越来越响的哗哗流水声。玛丽觉得身子下面的波涛翻腾着，奔流着，把她高高地掀起，越来越高，越来越高，然后便扑通一声，她从高空跌入了无尽的深渊。

喜结良缘

梦见从几千米高空摔下来，没有不醒的。玛丽睁开眼，发现睡在自己的小床上，已旭日高照，妈妈就在她床头，对她说：

"有你这样睡懒觉的吗？快醒醒，穿好衣服，吃早饭去。"

"哎哟妈妈！"玛丽瞪着惊讶的大眼说，"这一夜小德罗先生把我带到哪儿去了呀！他请我看的东西多美呀！"

于是她详详细细地向妈妈叙述了一遍上面的故事。讲完了，妈妈说："我的好玛丽，你做了一个又长又甜蜜的梦。不过现在该清醒了，别去想它了，快去吃早点。"

但玛丽边穿衣服边坚持说，那不是梦，是她亲眼所见。妈妈于是走到柜橱边，从第三层取下胡桃夹子，送到小姑娘面前，说："傻孩子，亏你想得出来，这是用布和木头做的洋娃娃，怎么会有生命、能做动作、会思考呢？"

"可是，好妈妈，"玛丽不耐烦地坚持说，"我清清楚楚地知道，胡桃夹子就是小德罗先生，就是我们教父的侄子。"

这时，玛丽听到身后爆发出一阵笑声。那是市长、弗里茨、特鲁桑小姐，他们听到她讲的话那么好笑。

　　"啊，爸爸，你这不是在嘲笑我的胡桃夹子吗?"玛丽大声抗议道，"当我和他一起走进杏仁饼宫殿，当他把我介绍给他的公主姐姐的时候，他可是怀着深深的敬意提到您的。"

　　接着是一阵更为响亮的笑声。玛丽知道，如果她不拿出点证据来，他们一定会以为她疯了。

　　于是她走到了隔壁房间里，取出了一个小盒子，盒子里装着鼠王的七顶王冠做成的手镯。她将其拿出来，说："看，妈妈，这就是鼠王的七顶王冠做成的手镯，是胡桃夹子昨天晚上送给我的礼物。"

　　市长夫人惊愕地拿过来仔细观察。一个个小王冠光艳夺目，玲珑剔透，是用一种从未见过的金属制成的，而且其工艺之精美是难以由人工制作的。市长先生自己也不免反复观看、琢磨，觉得是难觅之珍宝。弗里茨也迫不及待，踮着脚尖，想挤进来，摸一摸它们，但市长竟舍不得给他摸一摸。

　　于是市长和市长夫人催促玛丽讲一讲它们的来历，玛丽只好再重复一遍她已讲过的情节。父亲不耐烦了，认为女儿过于执拗，批评她撒谎。玛丽伤心得哭了，哭得像个泪人一般。她叫着："天哪，你们到底要我说什么呀?"

　　正在这时门开了，教父走了进来。他也嚷嚷着："出什么事了? 你们在欺负我们的玛丽小姐吗? 不然她怎么会哭成这个样子? 是怎么一回事? 到底是怎么一回事?"

　　于是市长把所发生的告诉了教父，说罢把皇冠拿了出来。教父看了看，笑着说："哈哈，这真是一个大玩笑。这七个皇冠原是我表链上的饰物，小姑娘两岁生日时，我把它们送给她作为生日礼物的，难道你们忘了吗?"

市长和市长夫人搜肠刮肚地回忆，怎么也想不起有这件事。不过听教父这么一说，他们也恢复了平常听完教父的话以后的那种诚服的表情。玛丽见此情景便大声嚷嚷说："教父，你明白这事的内情，你应当告诉他们，胡桃夹子就是你的侄子，这七顶皇冠确实是他送给我的。"

教父听玛丽这么说，显得很不自在，脸色阴沉，眉头紧锁。市长注意到了这一点，他把玛丽拉过来，把她放在自己的两腿之间，训诫道："听我说，好孩子，听我说正经的：你必须永远抛开这些傻念头，别惹我生气。你如果再说那个丑陋的、不成人样的胡桃夹子是我们的朋友教父的侄子，那我就把它扔出去，而且把你所有的洋娃娃，包括你的柯莱尔小姐，统统扔出去。"

可怜的玛丽从此不敢再提此事。亲爱的小客人们，特别是小女孩们，你们当然知道，在如此奇妙的洋娃娃王国里旅行——哪怕只旅行了一小时，并且到了像果酱堡这样美丽的城市，这种记忆是难以忘怀的。玛丽很想对哥哥讲讲闷在自己心里的话，但她不敢。由于父亲说玛丽撒谎，弗里茨恢复了那些曾因为玛丽说他临阵脱逃而削职为民的轻骑兵的职务，并派司号手们吹奏轻骑兵进行曲。

玛丽嘴上不再说了，但心里总忘不了她在洋娃娃国度的经历。圣诞树林、玫瑰露河、果酱堡市……常常萦绕在她的脑海。渐渐地她不再像往常那样爱与玩具做游戏了，而是呆呆地、默默地想自己的心事。为此，大家都说她是个梦想家。

一天，挂钟出了问题，德鲁耶教父高高地卷起他那黄色外套的袖子，取下假发，把它抛在地上，舌头往嘴角一搭，就拿起一个又长又尖的工具修起钟来。玛丽像往常那样，坐在柜橱旁边，目不转睛地看着她的胡桃夹子，沉醉在对往事的回想之中。她忘了教父的存在，也忘了妈妈的存在。突然，她不由自主地说：

"啊，亲爱的小德罗先生，我爸爸坚持说你是木头娃娃，可是，如果你真的曾在世界上生活过的话，我是决不会做皮尔帕特公主那样的人的。如果你为我失去了你年轻的美貌，我是决不会抛弃你的，因为我真的爱你啊……"

她的话音刚落，屋子里突然喧哗声大作，玛丽一惊，从椅子上一头栽倒在地上，昏了过去。

当她醒来时，她发现自己躺在妈妈的怀里。

"我真不懂，你这么大了，怎么会那么笨，怎么会从椅子上摔下来。就在你摔下来的时候，德鲁耶教父的侄子刚巧从国外归来。好了好了，把眼泪擦干，学乖点。"

玛丽用手擦了擦眼睛。这时门开了，她回头一看，只见德鲁耶教父披着黄外套，头戴玻璃丝假发，把帽子夹在腋下，满面春风地走了进来。他拉着一位少年，个子不高，但长得十分标致、健美。

这位少年身穿一件做工讲究的天鹅绒金丝刺绣外套，前胸还戴着一朵美丽的花，脚穿白色丝袜和一双用高级鞋油擦得锃光瓦亮的皮鞋。他浓发卷曲，粉脸如春，背后还拖着一条梳得极标致的辫子。他腋下夹一顶精美的丝绸礼帽，腰上佩戴着闪光发亮的珍珠宝石。

人们一眼就能看出，这是一位品德高尚的少年。他一进屋，就在玛丽脚下放上一大堆玩具，还有玛丽爱吃的杏仁饼和糖果。如果说它们比不上她在洋娃娃王国所见所尝的东西，那也是世上少见的。

对于弗里茨，教父的这位侄子似乎早就知道，市长的这位公子是喜欢舞枪弄棒的孩子，所以他递给市长的公子一把大马士革产的精工细作的战刀。这还不算，在吃完饭，开始吃甜食的时候，这位可爱的少年咬碎了胡桃壳，分给大家吃。他用右手把胡桃放进嘴里，用左手把拖在背后的辫子一拉，咔嚓一声，不管多么坚硬的外壳，一下就破碎了。

玛丽望着这位英俊的小伙子，脸红到了耳根。饭后年轻人请她一起到放有玻璃柜的房间里去走一走，她更觉得害羞了。

"去吧，去吧，孩子们，你们一块儿去玩玩吧！"教父说，"我在客厅里已无事可干了，因为我的朋友市长家里的挂钟都走得很准了。"

两个青年人走进了客厅。当只有他们两人时，小德罗立即单腿跪在玛丽面前，说：

"啊，我的希尔伯豪斯小姐，在你面前的正是幸福的小德罗，也正是在这个地方，你救了他的命，因为你好心地说了，如果我为你而变丑，你是不会像皮尔帕特公主那样抛弃我的。你此话一出口便解除了老鼠太太加在我身上的魔力。因为只有等到一位漂亮的少女不嫌我面目丑陋而爱上我时，这种魔力才会消失，才能脱掉胡桃夹子的丑陋面目，恢复我本来的面目。正如你现在所见，我本来并不难看。亲爱的小姐，如果你对我的感情始终未变，那么就请你同我分享这个王室的宝座，共同管理这个洋娃娃王国，因为现在我已经是它的国王了。"

玛丽深情地扶起小德罗，并对他说："先生，你是一位善良的国君，你拥有一个美丽的王国。在这个国度里，有华丽的王宫，快乐的子民。"

说到这里，客厅的门轻轻打开了。两位年轻人因专注于倾诉感情，没注意到市长、市长夫人和教父已走到他们面前。他们使劲地向他们叫好。玛丽的脸一下红了，红得像一颗樱桃，我们的少年男子却并不因此而感到难堪，他径直走到市长和市长夫人面前，向他们深深地鞠了一躬。

玛丽和小德罗约好若干年后成亲。

之后，未婚夫乘着一辆小马车来接他的妻子。马车是金银制作的，马小似绵羊，但价值连城，因为它们是世上绝无仅有的。新郎、新娘来到了杏仁饼宫殿，在宫廷神父的主持下举行了婚礼。在婚礼上有两万两千个披珠戴玉的小矮人为他们翩翩起舞。时至今日，玛丽仍然是这个美丽王国的王后。在那里，只要你有一双足够明亮的眼睛，你就会看到霞光灿烂的圣诞树林，滔滔的汽水河、杏仁糖水河、玫瑰露河，还有晶莹发亮的冰糖宫殿和各种神奇而美妙的东西。

石头别墅里的怪人

菲利普·埃布里

　　菲利普·埃布里先生是法国著名的科幻小说作家，20世纪中叶前后，其创作进入巅峰时期，仅在《征服极限的人们》栏目就发表了二十多部涉及多个科技领域的科幻小说，其内容既贴近生活又预瞻科技发展的未来，深受读者尤其青少年读者的欢迎。《石头别墅里的怪人》是其《征服极限的人们》栏目中的一部，以机器人技术的未来发展为题材，情节跌宕有趣，文艺性和科学性均较强。

一

事情发生在威尔戈市七月初的一天。

一条漫长的山间公路，从卢依昂镇出发，沿途俯瞰着拉瓦尔斜谷，横穿过朗特森林，蜿蜒地通向威尔戈市。路边有一家小小的饭馆，坐落在朗特森林入口处的奥塔勒十字大道旁。它，环境宁静，饭菜便宜。

这天，是一个晴朗的日子。中午前后有一些客人坐在饭馆外边的凉棚底下就餐。他们当中有三位十六七岁的小伙子，围坐在一张桌子上吃着饭。

离他们几步远的地方，坐着一位四十来岁的中年人。他有一张学者的面庞，宽宽的前额，两鬓已开始斑白。他早就吃完了饭，又要了一杯咖啡慢腾腾地喝了下去，在付完饭钱之后，似乎仍无意离开。他久久地注视着这三个小伙子，并且微微地侧耳倾听他们的谈话。

就这样，一直等到小伙子们吃完了饭，准备要离去时候，他才起身向他们走去。

"我想同你们闲聊几句，可以再待上几分钟吗？你们是不是急着要走？"中年人问。

"噢，我们不急，一点也不急！"其中的一个小伙子答道。

中年人通过刚才那阵子耐心的观察，已经知道说话的这一位叫迪博。乱蓬蓬的乌发，长着一对又黑又大的眼睛，很是精神，一眼看上去便知道他健壮而自信。中年人在一张椅子上坐下来，问道："你们熟悉朗特森林吗？"

"不怎么熟悉。"迪博答道。

"可惜，"中年人说，"我有点小事想求你们帮忙，但必须是熟悉这森林的情况，并有把握不致迷失方向的才行。"

这时，其中一个叫塞治的小伙子凑了上来，他比迪博稍稍瘦削点，浅棕色的头发，一看便知道他是一位助人为乐的青年。他插话说："没问题。我们有一张地图，不怕迷路。只要能帮您的忙，怎么都可以。请告诉我们什么事儿吧！"

"我有一条狗在森林里失踪了。"中年人说，"我因为实在没时间，所以不能亲自去寻找。如果你们能帮我把它找回来，那这个忙可就……实在太大了。"

"什么样的狗？"迪博问。

"我这就告诉你们。"中年人说着从皮包里掏出一张照片，放到迪博和塞治面前的桌子上。这是一张彩色照片，照片上有一只非常漂亮的黑狗，旁边站着一个十五六岁的男孩用绳子牵着它。在男孩子的衬托下，可以看出这是一条个头很大的狗。

"多么漂亮的狗啊！"迪博喃喃地说，"这是条德国守门犬吗？"

"对！"中年人回答说，"我非常喜欢它，它的名字叫柯维克……"

中年人停了几分钟又接着说："怎么样？愿意帮这个忙吗？"

"当然愿意！"塞治回答说，"这样，我们还可以趁此机会在森林里转转。"

"你们不嫌麻烦吗？"

"一点也不。当我们找到你的柯维克后，把它送到哪儿呢？"

"噢，请等等……"中年人说。

这个问题似乎使他犯难了，好像这又引出了什么新的难题似的。他开始沉思起来。这时第三个小伙子也拿起狗的照片端详着。他叫索劳特，直到这时，他还金口未开呢。他大大的眼珠，目光平静，是一个地道的印第安人。中年人在经过一分多钟的思考之后，开腔了："此事并不那么简单，"他解释说，"当你们找到柯维克时，可能它现在已经死了，那就……"

"那怎么办呢？"迪博问道。

"如果它已死了，你们就别去动它，甚至连指头尖也别碰着它。这点非常重要……"

迪博感到非常惊奇，他正想发问时，中年人补充说："我甚至可以告诉你们它现在大致在哪里，请把地图拿来……"

塞治拿出地图，摊在桌子上。中年人瞧着地图，毫不犹豫地说："这是从奥塔勒去玛斯峰的林间小道，看清楚了吗？"

"看清楚了。"塞治说。

"请注意，如果我的狗死了，那么它应当是死在这条路附近的加利山口一带，这是毫无疑问的。"

由于天真，塞治差一点想问中年人："如果你知道它在什么地方，那么为什么自己不亲自去找呢？"话还未出口，便又想到狗可能钻进了灌木丛中，需花费很长时间才能找到它，于是他只简单地问："要是找到了它，该怎么办呢？"

"那就请立即给我打电话。"中年人回答说。

于是，他把电话号码写在一页纸上，说："给你，就照这个电话号码打，说找莫勒教授就行了。电话上只简单告诉我，你们找到了柯维克，其他的，什么也不要讲……"

"好的。"塞治回答着。当他接过写着电话号码的纸条时，才想起来大家还未互相通报姓名呢，于是他用简单几句话填补了这个缺欠。中年人心不在焉地听着，似乎脑子里又被别的事所缠绕，低声应付着说："认识你们很荣幸，感谢你们帮忙。不过，我还有件重要的事情要告诉你们……"

"什么事？"塞治问。

"关于这条狗的事不要告诉任何人，请你们能应允这点……"

为了找这条狗，三个小伙伴踏遍了整个加利山口一带的山林。到了傍晚七点钟正想收兵的当儿，塞治远远瞧见距公路五十来步远的一丛荆棘底下，有一团黑乎乎的东西。他走上前去小心地拨开枝丫，低声说："真的死了。它偷偷藏着死去了，不过这也是常有的事……"

"为什么会这样藏着？难道一条狗也会知道自己要死了？"塞治问道。

"不，确实不会的。但它觉着逐渐没力气时，它便会藏起来，避免受到外界的攻击……然后，便死在它藏身的地方，因为它再也没有力气站起来了……"

这是一条多么漂亮的狗，躯干又结实又灵巧，毛发黑得恰到好处。它侧卧着，两眼紧闭，神态那么自然，人们会以为它正在熟睡呢。当你仔细观察时，才发现它已停止了呼吸，永远地停止了呼吸。

"可惜啊，多好的一条狗……"迪博说，"现在怎么办呢？该通知教授吧。谁去跑一趟？"

索劳特一动不动，头也不回，好像没听见一样。

"我去吧！"塞治快快地说。

迪博听了半句便笑了，说："我一下就看出你并不愿意去，还是让我去吧，我……"

"你不嫌麻烦吗？"

"当然不嫌！在森林里走走总比泡在这里好。狗既然死了，我对它也不再感兴趣了……我先给教授打电话，然后再把他带到这儿，可以吗？"

"可以，我们就在这里等。"塞治回答。

迪博很快就消失在大路的拐弯处。这里只剩下塞治和索劳特了。他们坐在离柯维克几步远的草地上，两人都沉思着。后来还是索劳特先打破了沉默，喃喃地说："这件事真奇怪！"

"是啊，"塞治回答说，"教授告诉我们说当我们找到这条狗时，可能它已经死了……他怎么会知道呢？难道狗有病吗？"

"是的，我想是有病。"

"那就是传染病喽！因为教授不让动它嘛……"

塞治拔了几株野草开始编起辫子来，纯粹是为了不让手闲着，编了一会儿，又搭话说：

"你还记得教授在地图上指给我们看的地方吗？确实与他指的地方相差无几。他怎么会知道这条狗将死在加利山口一带？"

这位印第安少年转过头去，久久地瞧着柯维克躺的地方。

"你说，这狗死了很久了吗？"塞治问。

"肯定有六七个小时了。它可能是在中午前后死的，你不记得教授跟我们说的？"

"是的，我记得。"塞治说，"现在是盛夏天气，如果狗死了六七个小时，那么它周围就会有苍蝇，而且身上会盖着厚厚的一层苍蝇，你信吗？可是这里一只苍蝇也没有。"

塞治站起来，走近柯维克，想仔细地瞧瞧。印第安少年也跟在他后面，他思考了一阵子，又低头朝地上看看，想寻找潮湿地方的狗爪印。过了一会儿，他朝塞治喊起来："你看到这些印子吗？仔细瞧瞧……这里的狗爪印多深啊！太不正常了。"

"那是因为地太湿。"塞治不同意索劳特的看法。

"不对！你再看……"

索劳特把一只脚放到狗爪印旁边，用力踩下去，然后再把脚抬起来，说：

"你看，如果土地是松软的，那么我的脚印便会显得更清楚些。"

"是的，那么这是什么原因呢?"

"这就是说，柯维克比一般的狗要重得多，没错。"

"为什么它重得多?"

"这我就不知道了……"

二

一小时之后，在傍晚的百鸟啼唱声中，传来了汽车马达的轰隆声。这是莫勒教授驾驶着一辆小汽车顺着林间小道驰来。为了一直开进灌木丛，汽车倒着开过来，在离塞治和索劳特很近的地方停住。正当教授关了马达，拉起手刹车的当儿，从车里钻出一个十五六岁的少年。塞治立即认出他来，他就是照片上牵着狗的那位。

"我叫德尼。"小伙子自我介绍说。

他立刻朝狗走去。一边用脚轻轻地踢着它，一边观察着。接着，他问教授："狗确实死了，要不要把它抬走？"他差不多是笑嘻嘻地问教授的。显而易见，他对狗的死一点也不感到难过。而教授也并不比他更动感情。

"怪事！"塞治想着。

"当然要抬走，但别忘了戴上手套……"教授回答说。

"噢，对啰！"

德尼回到车里，打开后车厢，取出两双橡胶手套，一双递给教授，另一双自己戴上，然后弯下腰去抓住柯维克，等教授准备

123

好之后，一块儿使劲把狗抬了起来。

"教授，你准备好了吗？"

在德尼和教授把狗抬起来的一刹那，塞治清楚地看出他们是非常吃力的。心想："确实如此，柯维克是比一般狗重得多。"

把柯维克装上汽车后，教授嘴角露出了满意的微笑。

"你们把我的狗找到了，这太让我高兴了……"

然后他慢条斯理地把橡胶手套脱下来。猛然间，他的笑容消逝了，紧锁起眉头，好像想起一件别的什么事情似的。

"我不知道自己是否搞错了，"他自言自语地说，"真会有这样的巧合！简直难以置信，但确实长得这么相像……"

教授一边说着，一边盯着塞治看，似乎有点踌躇。

"对不起，"他终于对塞治说，"你刚才向我介绍姓名时，我未听清楚。如果不麻烦的话，请再告诉我一遍好吗？"

"我叫塞治·达斯波蒙。"

"噢！我在综合技术大学读书时，有一个最要好的朋友叫雅克·达斯波蒙。他难道是……"

"他是我爸爸。"塞治回答说。

教授立刻笑逐颜开地说："这简直是一次奇遇。这样说来，一切都得改变一下喽。因为你是我好朋友达斯波蒙的儿子，你和你的两位小伙伴现在就一同到我家去。我有好多东西给你们看。你们今晚有别的事情吗？"

"没有，教授。"

"那好，那我就把你们三位都带到家里去。"

教授坐进汽车驾驶座。德尼向塞治迅速做了一个手势，让他坐到汽车前排教授旁边的座位上。他自己与索劳特和迪博坐进后排，然后关好了车门。

汽车一开动，教授便低声地同塞治闲聊起来，德尼这时漫不经心地把脱下来的手套往身后一扔，然后伸出一只手把柯维克眼皮扒开，瞧了瞧它的眼珠。

"你不戴手套了？"索劳特问。

"现在不需要戴了。"德尼回答。

"怎么？不戴手套摸狗不危险？"

"一点也不危险。"德尼边说边开朗地笑起来，好像觉得很好玩似的。

"你对这只狗的死好像不觉得难过。"迪博议论说。

"噢！可它并没有完全死……"

德尼长着一头棕色的头发，蓝色的眼睛，表情十分丰富。乍一接触，你会感到他很亲热，不过他的声音很怪，有点沙哑，动不动就咧嘴一笑，像是随时都在挖苦什么事情，嘲弄什么人似的。

"我听不明白！"迪博说，"它到底死了还是活着？"

"你别担心，"德尼回答说，"它没有死……由于你的那位伙伴的父亲同教授熟识，所以你最后会知道是怎么回事的。"

"你是说他可以把一切都告诉我们吗？"索劳特问。

"当然喽！一到家教授便会告诉你们的，不会延迟很久的……"

这时德尼开始轻轻抚摸着柯维克，好像它真的还活着一样。

莫勒教授住在格列诺布尔市附近的埃亚纳尔山的山脚下，汽车一离开尚贝利公路，便驶入半边有建筑物的街道，接着进入一道筑有石头围墙的宽敞的院落，最后在一幢别墅前面停下来。这是一幢高大的别墅，里边可能有十五个房间。

"我们先把柯维克抬到试验室去。"教授边说边关上了汽车马达。

"好的，教授。"德尼回答。

迪博一边打开后备厢，一边问道："要我帮着抬吗？"

"那我太高兴了。"德尼回答说，"你知道这条狗有多重吗？"

"不知道。"

"有八十多公斤。"

"怎么可能呢！"

"就是这么重……一会儿你便会知道的。"

德尼和塞治把狗抬进地下室一个做试验用的房间里，放在一张台桌上。教授走近台桌，把手放在狗的前胸与脖颈相连的部位，仿佛寻找什么东西。然后用一个快速的动作一拉，于是发出一阵"扑扑扑""哧哧哧"的声音，活像在拉开拉链。

"这！"迪博惊叫起来。

教授像拉开滑雪衫的拉链似的"打开"了柯维克的胸腔。他一只手轻轻地把狗皮掀开，露出狗的内脏。而大家所看到的，并不是筋腱、肌肉之类……

"柯维克是一只机器狗，"教授解释说，"它的骨架是仿照真狗的骨骼制作的，它的每一根骨头都跟德国守门犬的骨头一模一样。整个骨架是钢制的，至于它的肌肉嘛……"

"也是钢制的？"迪博问，"就因为是钢的才这么重？"

"当然是的。"教授回答说。

他拉动着隐藏在黑毛里边的其他拉链，几下子就把狗的肌肉结构全部暴露在外边了。在灰色的肌肉组织之间，可以看到钢质骨头在闪着光。塞治和索劳特瞧着这一切，一言不发。而迪博却无法掩饰他惊讶的心情。

"真了不得啊！"他喃喃地感叹说。

"它还未死，"教授说，"只是电池消耗完了而已。只要再充上电，柯维克便会和从前一样地奔跑、欢跳。"

他扒开肌肉，先露出一个安在机器狗腹部的蓄电器，再就是两根连接在狗颈部的电线。

"就是通过这两根导线充电的。你看，这并不复杂。"教授解释说。

"你为什么要造一条德国守门犬呢？"迪博问。

"因为我想制作一条漂亮狗，而德国守门犬又漂亮、又灵活、又健壮，要制作成功是不容易的……这不是件轻而易举的事。我花了差不多二十年才制作成功柯维克。"

"那你为什么要选一种最难制作的狗呢？"索劳特问。

教授没有马上回答。他下意识地摸了摸覆盖着绒绒黑毛的狗头，好像另有所思，然后，从沉思中醒悟过来，说道："无论什么时候都要力图从最难的事情做起。想想看，如果我能够制作一条漂亮的机器狗，一条非常非常漂亮的机器狗，能使它会走，会跑，而且跑得和真狗一样好，那么我便会制作任何其他的狗，我就会……"

教授突然停住不说下去了，犹豫了片刻，改变了话题，然后提议说："你们想看看它是怎么奔跑和跳跃的吗?"

塞治马上回答说："想看，我们当然想看。但是，这不可能……如果是电池用完了，要重新充电，还得有几个小时的时间。"

"那当然!"教授说，"但我可以给你们放一部电影，如果你们有兴趣看的话。"

"我想我们是有兴趣的。不过，教授，天已晚了，我们不想过分打扰你。"

"不，这很方便，只需五分钟就可以了。请跟我来。"

教授走出试验室，迪博和德尼跟了出去。塞治由于走在后面，所以临走时还看见索劳特一直躲在那儿瞧柯维克。

"你去看电影吗?"塞治低声问他。

"去看，我马上就去。"索劳特回答说。但他仍然在继续观察这条机器狗。塞治心想："随他的便吧!"

他盘算着等电影开演时再来叫他。于是他快步去追赶走在前面的伙伴。

教授把他的小客人带进一间昏暗的屋子里，那里有一架电影放映机和一个银幕——别墅地下室的设备似乎是十分完备的。教授选了一卷片子，装进放映机，只听得机器一阵怪叫，马达停住了。

"被卡住了,"教授解释说,"自动装片子倒是很省事,但是一旦出了问题,那就比原先的机器更麻烦……"

他耐心地把影带又重新抽出来,换上另外一个启动器,开动了旋钮,这次自动装片设备正常运行起来。于是大家在银幕前坐定,关了电灯。塞治却完全忘了索劳特还待在实验室里呢。

影片不长,但完整地再现了机器狗柯维克。银幕上出现的这条德国守门犬在花园里走动着,时而停下来,时而也跑几步,但它的动作笨拙、步履蹒跚,末了,一头栽倒在地上。谁都会看出来这是一条机器狗。哪怕是王六岁的小孩也不会相信这是条真狗。

"好了,看过这个电影,你们觉得怎样?"教授问,"塞治,你觉得如何?这条狗制作得成功吗?"

塞治本来把机器狗想像得比这要好得多,所以看了电影后感到很失望。使他十分尴尬的是,他本想说几句既有礼貌而又不撒谎的话,然而现在办不到了。

"怎么样?你对柯维克有什么想法?"教授追问着。

"嗯……"

塞治搜肠刮肚地想找几句与此无关的话题说说,但一时想不起来,索性直说了:"要做到使它的动作像真狗一样自然,那肯定是很难的。教授先生,请原谅我这样说……你的放映机应该没有毛病吧?"

教授微微一笑,回答说:"放映机是完好的。你所看到的狗的动作有点笨拙和颠颠歪歪,是吧?"

"嗯……是的。"

"你刚才在电影里看到的狗，是我们最开始制作的。我们管它叫柯维克一号。从它之后我们又制作了好几条狗。今天咱们从加利山口找回来的那条，已是第六代了，我们管它叫柯维克六号……"

于是教授选了另一卷影片，装进了放映机。

"现在请看柯维克六号。"教授说。

当柯维克在银幕上出现时，它似乎是在睡觉。过了一会儿，它慢慢睁开眼睛，一蹬腿坐了起来，朝周围瞧了瞧，然后抖一抖尾巴站起身来。它的头部特别漂亮，两耳竖得笔直，每个动作都是那样协调。

"多么不同啊!"塞治低声自语着。

柯维克六号开始慢慢地走动几步，一下子又灵活地收住四足，停住了。随即又开始奔跑、跳越障碍。它，确实是一条标致的狗，动作敏捷而有劲。

"这不可能是条机器狗! 你拍摄的是一条真狗……"迪博叫起来。

教授平静地回答说："完全不是真狗，它正是柯维克六号，而不是别的……迪博，请你注意瞧，真狗跑得没它快，跳得也没它高。"

确实，这条狗越跑越快，四足蹬得又快又稳，它动作敏捷得简直迷人，它跳得也愈来愈高。

"简直叫人难以相信啊!"迪博还在说着。

电影正好到此结束了。教授关了放映机，打开电灯。这时索劳特已来到大伙当中，但塞治丝毫未察觉到他是在什么时候进来的。迪博一言不发，两眼发愣，就好像还未从惊疑中醒悟过来似的。过了好一会儿，他终于说话了："我算是知道它了，任何一条真狗都不可能这样奔跑、跳跃。真棒啊！教授，真是成功到家了！"

他迟疑了一会儿，又接着说："请原谅，不知能否让我们再看看柯维克？如果这不使你太烦的话。"

教授还未来得及回答，便听到德尼的声音："抱歉，天已很晚了，家里人还在等着我呢！教授，你这里还需要我吗？"

"不需要了，德尼，你可以回家去了，谢谢你今天帮了忙。"

"嗨，不必说这了！如果还需要我做什么，我随时都在。"

小伙子同大家一一握过手，便走出了房间。一会儿，听到摩托车启动的声音，接着马达声音很快地远去了。

三

　　不一会儿，塞治和他的小伙伴们同教授一道又围在柯维克身旁了。迪博开头就问道："教授，可以提问题吗？"

　　"当然可以。"

　　"那好。狗的肌肉组织是用什么做的？"

　　教授只需两三下子就把一条狗腿上的皮扒开了，露出了里边的肌肉。剥开盖在一块肌肉上的灰色薄膜，便看到如同橡皮膜一样的肌肉，又细又软，还看到好多小小的发光盘，相互之间都隔着一条缝隙。

　　"请往这里看，"教授说，"这是些金属盘，肌肉便是由它们组成的。这是用一种新型合金钢制的，钢的名字嘛，说出来你们也不懂，这种合金钢的成分目前还须保密。"

　　"那么这些盘子是怎么运转的？"

　　"当肌肉处于休息状态时，盘子之间相互脱开约两厘米的距离，一通上电，相互便交织在一起，请看这个……"

　　教授从桌子上选出两根导线，将其连接到刚才剥开的肌肉上，另一头接到电盘上。当他一边拨动变阻器，一边按动电钮时，那些金属盘子便相互靠拢在一起。于是机器狗的腿便慢慢蜷了起来。

"这玩意儿，结实吗？"迪博问。

"还算结实！"教授微笑着答，"倘若不信，就请拉拉这条狗腿。当然，别碰电线。"

迪博用两只手紧紧抓住狗腿，不让它动。教授把变阻器往右边一拧，狗腿的肌肉交织得更紧了。迪博用尽吃奶的力气也未能扭过它。

"真厉害啊！这条狗简直可怕……"他说。

教授回答说："这很自然，因为柯维克六号有八十多公斤重，为了能支撑住这个重量，并使它既能跑又能跳，需要有结实的肌肉。"

他把变阻器的指针扭回到"零"上，于是狗腿又恢复到原先的位置上。塞治默默地看着，一言不发，他目不转睛地注视着每一个细节，好像想在几分钟内把一切都看个遍似的。但他什么问题也未提。索劳特也是光看不问，他显得有点心不在焉，似乎柯维克已不再能吸引他了。

"它很危险吗？"迪博问。

教授一面扒开了狗的下嘴唇，让其露出牙齿来，一面说："它的确很危险，所以我才把颚部肌肉的劲头削减了，并限制了它的牙齿功能，从而减少了它的危险性……但是它仍然是危险的，光凭它的劲头和重量就构成了危险。如果它去咬人，哪怕是一个强壮的汉子，也会被它咬伤的。"

可以看到，沿着肌肉的那些导线，是一些非常细的绝缘线，就像电子仪表上安装的线那样细。教授巧妙地移动了其中的几根，把肌肉拨弄开，露出附近的一块骨头。

"这些骨头是用不锈钢制成的，但最令人头疼的是制作骨关节。"

"为什么呢?"迪博问。

"因为要让柯维克像真狗那样奔跑，首先取决于这些关节，而做好这些关节并不容易。其次是润滑剂问题……"

"什么?"

"凡是机器，要使它运转良好，不致磨损，都需涂润滑剂。而我又不能每隔三天就替柯维克涂一次润滑油，把时间浪费在这上面……"

"那怎么办呢?"

"要让所有的关节都自动滑润，也就是说，由机件自己替自己涂润滑油……这并不是一件简单的事情，但现在总算解决了……"

教授深情地抚摸着柯维克的头部，多么像德尼在车里抚摸柯维克时的神情。可以说，抚摸机器狗已成了他们的习惯了。与此同时，教授似乎又在沉思着什么事情。最后终于说道："要不了多久柯维克又要跑掉了。"

"为什么?"迪博问。

"因为它学会跳墙了。今天它已是第三次了。而每一次它总是往同一个方向——朝着朗特森林的方向跑。"

"为什么它要跑出去?"

"不知道。前两次我们都是顺着它的蹄子印把它找到的。这并不难，因为那时地面是松软的，而今天却不行了，已经有多日不下雨了。但可以推断它是朝原来的方向跑的……"

"它从来不跑远吗？"迪博又问。

"不跑远，因为电池消耗得很快，就因为这样，我才能大致肯定可以在加利山口一带找到它……"

教授待了一会儿没说话，然后看了看手表，说："已经九点多了，如果不是非走不可的话，今晚你们就在这里过夜，好吗？"

几分钟之后，三个小伙伴来到了别墅的三楼上，在一间宽敞的居室内住下来。这是教授为他们安排的房间。他们都各自默不作声地为自己的气垫褥子充着气。过了一会儿，迪博表示："现在睡觉太早了，我一点睡意也没有，我可真没想到会看到这玩意儿！太神了……"

他回头又对索劳特说："你想像不到的，你进来的时候电影刚好放完了，你错过机会了。你还不知道错过了什么……"

"你搞什么鬼去了？"迪博继续说，"你原来是待在那儿看柯维克啊！不然的话，又干什么去了？"

索劳特微微一笑，回答说："我并没有失掉所有的机会。我在那儿看柯维克只用了两分钟，因为我觉得它太有趣了，后来我去找你们的时候走错了门……"

"怎么？"

"我走到另外一间试验室去了。在那儿，我看到了……你们猜，我看到了什么？"

索劳特没有马上回答，很明显，他故意想让他们多急一会儿。

"怎么样？你讲不讲？"迪博追问着。

"讲，我讲，我看见的是一个人，一个机器人。"

"什么?! 什么?!"

"一个机器人，他躺在一张桌子上，皮还没有装好。我在那儿足足看了五六分钟，他的构造跟柯维克一样，同样的肌肉和骨头，浑身都是电线……"

迪博慢慢地摇着头，好像不愿意去相信索劳特的话。

"不会的，"他低声说，"制作这玩意儿是不可能的。做一个机器人，这要比制作一条狗复杂多了，不会成功的。"

塞治听着他的两个小伙伴的交谈一直没有插话。他已经脱了一半衣服，正在找他的睡衣，几乎把背包里的东西都翻腾出来了。

"我倒早就想看看安德洛伊特了。"他低声说。

他思索了一会儿，然后对迪博说："你认为不可能吗？我可相信是有可能的。不过，咱们这位教授究竟要搞些什么？制作一个安德洛伊特这大概并不算首创了，而……"

"一个什么？你怎么说话与众不同？安德洛伊特是什么意思？"

"安德洛伊特就是机器人，他的外表与人一样。"

"你是说已经有人制造出机器人了？"

"已经制造出好几个了。"塞治慢腾腾地回答说。

他终于找到了睡衣，开始整理从背包里掏出来的东西。然后接着说：

"当然，我知道得并不全，但是我想起其中有一个机器人能在纸上写文章。他拿起羽毛笔写着，每写完一行便蘸一下墨水，接着再写下一行。"

"你是说他真的会写字？"迪博问道。

"是的，但他写的内容都是一样的。"

"这是很久以前的事了吗？"

"已有两百多年了。那是在一七七○年，当时人们对电还不太熟知，所以机器人完全是以机械为动力的。那是两个年轻人在简陋的作坊里完全靠手工操作制成的。你想不到吧？"

迪博好像被震动了一下。接着他追问道："你不是说还有别的机器人吗？"

"还有好几个，"塞治回答，"你想想看，在那个时代都已经可以制造机器人了，而有了电子技术的今天，更可以想像到会创造出什么来……"

"唔……"

"根据刚才我们看到的那部片子，可以肯定教授有足够的本领制造出机器人来，这是毫无问题的……但是还有些事情他办不到……"

"什么事情？"

"当然是电池部分。如果需经常充电，那会怎么样，你想到这一层了吗？那就是说，机器人得每天在充电器附近待着，而如果万一找不到充电器，那他就会像柯维克一样栽跟头。这是不行的……"

塞治脱了衣服，穿上睡衣，然后说："我相信明天早上便会知道得确切些。既然教授留我们住在这里，他心里肯定是有所打算的。"

四

第二天吃早餐的时候，这三位年轻人认识了莫勒夫人。她身材矮小，红棕色的头发，讲话干脆，动作利索。很快就使人觉得她和蔼可亲。

"我丈夫说，昨天下午你们把柯维克找回来了。看来这不是件容易的事。可真难为你们帮了他的忙……"

"噢。这没有什么，太太。"迪博说。

"不能这么说。找到了柯维克我们太高兴了。你们不会想像到，它给我们家带来了多么浓厚的生活气息。"

迪博好不容易控制住他惊讶的神情，心想："真奇怪，看她说的，这条狗活像真的似的。要忘掉柯维克是条机器狗，是多么不容易啊！"

"我丈夫每天都起得很早，"莫勒夫人又说，"他现在跟机械师一块儿在试验室里。不过他们很快就会来吃早餐的。如果你们愿意的话，就等他们几分钟，不会很久……"

餐桌上已经摆好了六副餐具。塞治马上想到了德尼，他真怪，昨晚他为什么走得如此突然。迪博大概与他有同感，因为听他问道："机械师是不是德尼？"

"不是，"莫勒夫人回答说，"这是个年轻的越南人，跟我丈夫在一起工作已有两个月了，他叫霍姆，很可爱，你们马上就会看到他的……"

五分钟后，餐厅门开了，教授走了进来，后面跟着个年轻的越南人。他穿着羊毛套衫，蓝布工装裤。教授三言两语为他们作了介绍。霍姆带着可亲的微笑分别与大家握手，挨个儿说道："很荣幸认识你们。"

吃早餐时，索劳特正巧坐在霍姆的旁边。而塞治就坐在他俩的对面，一抬眼就能看到他们俩：同样的褐色皮肤，黑黑的头发，深色的眼珠，高高的颧颊，好像同一个家族的人。塞治心里暗暗地说："真有意思。"莫勒夫人拿了一小筐奶油月牙面包给索劳特，年轻的印第安人自己拿了一个，然后又拿了一个给霍姆。

"我不饿，谢谢你。"霍姆一边很有礼貌地说着，一边接过面包筐，顺手递给了教授。塞治瞥了一眼索劳特和迪博。三个小伙子全都没作声，但他们都在思索着同一个问题：机器人是不吃饭的，难道霍姆是个机器人？而且无论教授也好，教授夫人也好，对霍姆不想吃饭这点都不觉得意外，这到底是怎么回事？

"塞治，再来一块面包好吗？"教授对他说。

塞治听教授这么一说，从沉思中回过神来，拿了一个月牙面包，谢了谢，然后把面包筐递给迪博。"如果霍姆不吃东西，他为什么坐到桌子上来？也许他已经吃过了？怎么才能知道实情呢？"正在这个时候，霍姆拿了个玻璃瓶，倒了一杯水，慢慢地喝了起来。

"机器人是不喝水的。"塞治想。

塞治不知该怎么想才好，他猜想霍姆是机器人，但怎么证实呢？他一面吃饭，一面偷偷地用眼角观察他的每个动作细节，心想："如果他是个机器人，应该能看得出来。"

霍姆的头发、耳朵、眼睫毛没有一点异常，而且他的眼睛、脸上的皮肤及嘴唇也找不出任何与众不同的地方。他平静地看着前方，不去特别地注意什么人。他的目光茫然，眼帘时而眨两下。如果有人想要糖或黄油，霍姆就会带着亲切的微笑把东西递过去，好像他在那儿就是专为大家服务似的。

"这不是机器人。"塞治思忖着，"如果他真是机器人的话，那么他太善于掩饰了。他说话没有越南口音，我再也猜不出来了……"

霍姆的两手一有空，便放在桌子上，动作是那样的自然，而且它的手看上去完全正常。再看看他的指甲，红润润的，剪得短短的。

他的指甲跟别人的一模一样，没有任何迹象可以区分霍姆到底是机器人还是真人。

吃完早餐后，教授对霍姆说："霍姆，我现在还不回试验室，大约过半个小时之后我再去。你可以先去，把东西收拾一下，等着我。"

"好的，教授。"霍姆回答。他站起来，走出了餐厅，随手把门小心地关上。

隔着门可以听见他的脚步声逐渐远去，走向地下室去了。教授挨个儿看了看三个小伙子，对他们说："我想你们大概已经明白了……"

"他是一个机器人吗，教授？"塞治开门见山地问。

"是的，索劳特昨天走错门在房间里看到的就是他。"

"啊！你知道了？"索劳特说。

"对，"教授回答，"这不难猜到……因为你离开的时候没有把门关好。"

他们感到有点尴尬，塞治为了缓和这种气氛，马上说：

"教授，我们有很多问题要问你。我们还在惊魂未定之中，你如果允许的话，我们先随便提一个问题……"

"讲吧。"

"你怎么让他说话的呢，教授？"迪博问道。

"迪博，他完全跟我们一样。他有肺，这只肺只是用来帮助说话的，他有喉腔、声带和舌头，他的舌头可以跟我们的一样活动。不论哪个部位，我尽可能都仿照人体的结构。他的所有肌肉都与我们的一样……"

"他要讲什么话，你是不是都事先预计到了？"迪博接着问。

"当然不是，"教授回答说，"霍姆与从前的机器人完全不同，他的举动不是千篇一律的。他的动作、他要说的话，都是根据当时、当地他所看到的和听到的而不断变化着。"

"那么，他有一个像我们一样的大脑？"塞治问。

"不是，他的大脑结构与我们的完全不同。"

三个小伙子怀疑地你看看我，我看看你。莫勒夫人一直平静地听着他们谈话，这时，她插话说："我在两个月前也和你们今天一样不太相信，直到亲眼看见霍姆后才相信的……"

塞治觉得有点不自然，犹豫着，好像一下子不知道该提什么问题，最后他下决心说："教授，请给我们解释解释：假设我在霍姆的旁边，我给他月牙面包，他不要；我给他一瓶水，他却马上接受了。那么他拒绝也好，接受也好，在他脑袋里到底发生了什么变化？这些我们很想知道。"

教授微微一笑，毫无疑问他本来已经预料到他们会提出些别的问题。塞治刚才的问题好像并没使他为难，他回答说："你一定知道什么是道岔装置吧？当火车离开站台后，总是通过道岔把火车引向这个或那个方向去。"

"是的。"塞治说。

"因为有人远距离控制着道岔，他在操纵室按一下按钮，火车就往左或往右行驶。"

"是这样。"

"好了，"教授接着说，"在霍姆脑袋里发生的事，正好就有点像道岔。我们在他的脑子里安装有一根可导电的电线，线的另一端有道岔装置……"

"我懂了，"塞治说，"如果电流从这边来，霍姆就接受，如果从另一头来，他就拒绝。"

"正是这样。"

塞治又犹豫了一会儿，然后说："我开始清楚些了，但这些道岔装置是些什么呢？它们应当数量很多很多，而且都安在霍姆的脑袋里。那么，它们的体积肯定很小喽。这样说对吗，教授?"

"对，你说对了。几十年以前，用的是电子管，在一个机器人脑袋里可以安上十个或一打电子管，实在太少了。现在，可比那时好多了。"

"用半导体管?"塞治冒失地问。

"不是的，是用比半导体还小得多的微型电路……"

"能有多大的体积?"迪博插嘴问。

"这个嘛，我不想给你们讲得太细，太具体了你们会感到腻味的……我可以告诉你们，现在能够制造出比豆粒还小的微型电路，一个相当于两千个电子管，也就是两千个道岔装置。"

"这……"迪博惊疑得说不出话。

"而霍姆的脑袋里约装有六百万个道岔微型电路。"

又是一阵长时间的沉默。三个小伙子惊讶地望着教授，好像自己也不知道是否听懂了教授的话。最后还是塞治从惊讶中稍稍恢复过来，他又提了一个新的问题："那么，教授，霍姆的大脑是不是很了不得呢?"

"完全不是，你知不知道在人的大脑里，什么东西起道岔的作用?"

"不知道。"

"那就是神经元。人的大脑里约有三十亿个神经元。这样一比较，你便知道霍姆只有一个很简单的大脑。"

"这些微型电路是你自己制造的吗，教授?"迪博问。

"不是，是我的一个朋友马西拉克先生制造的。他是优秀的微型电路专家。"

"他是德尼的父亲?"

"正是他。他花了好几年工夫才设计出柯维克的大脑。如果没有他,霍姆也就不会有今天这个样子。"

莫勒夫人一直听着,时而补充些细节,这时她插话说:"人们说霍姆的大脑很简单,这是真的。不过,我已经看见他能做很多事情,而有些事情是相当难的。我相信使我们吃惊的地方还不只这些。总之,他很灵巧。幸好,他从来没有踩过谁的脚。"

"啊?他很重吗?"迪博问。

"两百公斤。这么重,确实应该使他知道脚该往哪儿放……"

索劳特还没有提过问题呢,这时他开腔问:

"那他的皮肤呢?是用什么做的?"

"用布纳橡胶做的。"教授回答,"人们习惯这么叫,这是一种人工合成橡胶。但用在霍姆身上的是高质量的布纳橡胶,比天然橡胶柔软而且结实得多,这样霍姆就可以经受猛击而皮肤不致破裂。"

"可是,我昨晚见他时,他还没有皮肤呢……"

"是的,为了最后检查一下他的肌肉,我昨天把他的皮肤扒了下来,今天早上又装上了。由于布纳橡胶的柔软性,脱和装都不太困难,几分钟就行了……"

"他的耳朵是用什么做的?"

"是两个灵敏度很高的麦克风。"

这位小印第安人一向很寡言，而这时他却变得一切都想知道。他继续问道："他的头发呢?"

"是用的人发，把它们扎在很细很细的布上，然后贴在他的头皮上。"

"还有他的指甲，用什么做的?"

"用不锈钢做的。每个上面都涂了一层珐琅质，使它看上去像真的一样。"

索劳特显得很惊讶。接着又问：

"为什么要用不锈钢做？是不是要它在打架的时候像猫爪一样对付敌手?"

"当然不是。霍姆是机器人当中最温顺的一个，他压根儿不需要打架。不要忘了，你的指甲磨损或断掉后会长出来，而他的指甲却不能，所以需要牢固的……"

索劳特大概再也提不出问题来了，因为他已不作声了。接着便是足足一分钟的沉默。教授好像在思考什么，他的眼睛不住地打量着三个小伙子，一会儿看看这个，一会儿又看看那个，好像有话不便说出口似的。他最后终于下了决心，突然问他们："你们愿意和霍姆一起做一次短暂的旅行吗?"

五

开始，塞治不说话，似乎不太相信他刚才所听到的。继而，他问："您讲这话当真吗，教授?"

"是的，完全当真。如果霍姆跟你们一起外出度假，这正是你们帮我的忙。"

莫勒夫人大概了解她丈夫的计划，因为她并没有显出任何惊讶的样子。

"是的，这将帮了我的忙。"教授重复说，"你们一定知道做成像霍姆这样的机器人是不容易的。"

"当然知道。"

"正如你们知道的，制成以来已有两个月了。在别墅里，在我的住宅内，我细心地观察他的举动。而现在我想把他放到更为广阔的天地去试验。"

"您想把他放到大自然中去?"塞治问道。

"对，"教授回答说，"这是最后阶段的试验，也是非常重要的一个阶段。我想把霍姆放出去，但又不想让他单独外出。我担心他会出差错，从而被置于困境中。显然我不能预测到一切，如果发生事情，需得有可信赖的人跟他在一起，于是我便想到你们三位。"

迪博一边听教授说话，一边用眼角观察着塞治，心想："他肯定会接受的。实在拿他没办法。每当有人让我们干一件什么冒险事的时候，他总是高兴得手舞足蹈。"由于他比塞治谨慎，马上便想到了试验的危险性。

"对不起，教授……"他说，"既然霍姆有两百公斤重，那么他比我们都厉害，因为他身上要承受两百公斤，是不是?"

"是这样。"教授回答说，"正如柯维克要比真狗厉害得多一样。"

"那好。"迪博说，"假如霍姆做了蠢事，或者他处于危险之中，而又不听我们的劝告，那该怎么办呢? 我们不能强制他，因为他比我们的劲儿大。在这种情况下，将会出现什么后果呢?"

教授似乎早就料到了，不假思索地回答："这不成问题，我刚才只对你们讲了霍姆大脑的构成，但并未讲完。我们在他的大脑里还保留了一块小地方，起永久性贮存的作用。普通性贮存是会消逝的，但永久性贮存却是永不消逝的。正是在那块永久性贮存里，录制着非常重要的'训示'，也就是我们的机器人无论如何不会忘却的'训示'。这点，我想我还没有来得及对你们讲……"

"是的，教授，您还没告诉过我们。"

"事情是这样的，我们将要利用一部分永久性贮存，使霍姆对你们三人当中的一位——请注意，只能对一位，无条件地服从。霍姆将会严格地毫不怠慢地按照这位主人的吩咐行事……"

塞治的表情变了。可以看出，这种以主人的身份监督、控制机器人的念头深深地吸引着他。教授停顿了一会儿，又瞟眼瞧了瞧三个小伙子，然后补充说："我想就请塞治当他的主人……"

"我愿意当，教授。"塞治马上回答说。迪博和索劳特听着未插话。他俩看到塞治迫不及待的样子，有点想笑。

"太好了！"教授最后说，"那么我们还有件小事要办，就是要把你的声音录入磁带，以便确有把握使霍姆不致弄错。今天下午就录吧。"

午后不久，塞治就来到马西拉克先生家里。来之前，莫勒教授对他说："肯定是由德尼负责录制，你不必担心，这件事他都知道，而且他也知道该怎么录音。"

马西拉克先生住在萨斯纳治村边一幢独门独院的别墅里。塞治一按门铃，果然是德尼出来开门，他还像昨天那样一副大大咧咧的样子。

"你好！"德尼向他打招呼，"你要当保姆了？当机器人的保姆，多好的差事！可怜的小霍姆……这对他来说，可不是闹着玩的……"

他把塞治请进一间宽大的、既当试验室又作会客厅的房间，便开始摆弄录音机和话筒。他工作起来从容不迫，表面看上去有点漫不经心，但实际上却十分内行，熟知要做的每个环节。

"看来你很精通。"塞治说。

"你说对了！我和爸爸在一块干了三年了。我亲眼看着柯维克的组装和霍姆的最初试验……倘若我高兴的话，还可告诉你很多事情。"

德尼调好录音机，让塞治坐在距话筒适当的地方，先录了两三句话，然后将磁带倒回来听了一遍。塞治看到他使用的是最快的转速，便问："你为什么要用这么大的转速？"

"好使声音逼真。我爸爸对工作要求极严，应当让可爱的小霍姆准确无误地辨认出你的音律，看来这点很重要……喏，你就照这些纸上写的讲，咱们就开始吧。"德尼说着，用手指了指放在桌子另一头的一叠稿子。

"这么多全录？"塞治拿起这一大沓稿子，惊讶地问道。

"是的，全部录，可能要录上十盘磁带。"

"这可太多了……内容又没多大的意思……"

"这你别操心！当然，这里把所有常用词都写上去了，所组成的句子也不构成什么意思。但这无关紧要，这不是写小说……怎么样，准备好了吗？要不要开始？"

塞治开始读了起来，但不时地受到德尼的责备："这一句再来一遍！不能像读文章那种念法。应当念得像说话一样，否则是不行的。你从来没有演过电影吧？"

"没演过。"

"看得出来你没演过。"

尽管德尼表面上看起来有点大大咧咧，但工作起来可真认真。两个小时之后，录音结束了。德尼又从头到尾听了一遍，最后宣布效果满意。

"可以了，"他说，"今晚我爸爸就把这些编入霍姆的大脑程序中。如果一切顺利的话，明天一早你们四个便可上路了。"

"你呢？你不想和我们一块儿去吗？"

"不行！"德尼回答说，"我不想当保姆，再说我还有别的事儿要干。"

德尼说着，露出一丝古怪的笑容，好像他深知其中奥妙而又不愿说出口似的。

"这小伙子真怪！"塞治心里想着，"他总是摆出一副正经的样子，不知道他到底在吹牛皮还是在认真说话。"他犹豫了一阵，最后决意要提一些关于霍姆的问题，而德尼回答得很痛快。

"当然啰，霍姆设计得很温顺，"德尼解释说，"而且也很成功，这点是不容置疑的。他的确十分可爱，但是似乎也不要因此就以为完全可以放心了……"

"为什么？"

"因为你若在他大脑的一角触动三个焊接点，它就会变得比红驴子还凶。"

"试过吗？"

"亏你想得出！那该是多危险啊。你想像不到他的劲有多大……"

德尼对所有情况都十分熟悉——甚至有点过多了，因为他有时讲的技术名词，塞治不一定能听懂。塞治掌握了某些确切的细节，而他所真正关心的问题尚未得到回答，于是他最后问："不管怎么说，他的大脑仍是很简单的。他仅仅只有六百万个神经细胞，干不了什么事情。"

德尼十分惊讶地说："可不能这样认为。是的，他的细胞不多，但是有一点你忘了……"

"哪一点？"

"那就是，我们的大脑使用的是神经脉冲，神经脉冲的程序是很缓慢的，可是霍姆使用的是电子，反应十分迅速。他的大脑工作起来比我们的快十万倍。"

"是吗？"

"当然是，请相信我的话。如果你和霍姆比赛大脑反应的速度，你是注定要输的。"

这时，塞治看了看表，说："得了！我该走了，请原谅。谢谢你提供的消息，再见。"

"再见！"德尼回答说。

这天晚上，塞治和他的小伙伴们仍就霍姆的事同莫勒教授交谈。

"你想知道我的全部想法吗？"塞治说，"那好！首先，我不知道明天怎么办才好，我有点胆怯了……"

"为什么？"教授问。

"因为我知道他是一个机器人。如果是随便一个什么人，我是不会有这种想法的。但是，我已知道了他是个机器人，他的骨头是钢做的，他的皮肤是橡胶的，大脑是微型线路……"

"那又怎么样呢？"

"可以想像到，当我站在他面前时，我便不知道对他说什么好。跟他在一起我会不自然的……"

教授认真地听着，但这些话并不使他感到惊奇。

"你说的这些，我也想到了。"教授说，"你就努力忘掉他吧。你应该完全像对一个同年龄的小伙伴那样同他说话，一切都会顺利的。"

"我试着这样做吧。"

塞治沉默了一会儿，又说："我有大堆大堆的问题要问。我努力都记住，不忘掉每一个细节。教授，请告诉我，应当怎么样为他充电？是应该帮他充还是由他自己充。"

"这毫无问题，霍姆根本就不需要充电。"

"啊！"塞治惊讶地说，"那么霍姆的能源从哪里来？"

"我在他的体内安装了一个原子反应堆。确切地说，是安在他的腹部的一个小型的、以钚为动力的反应堆。可以供给他终生所需的能源。有了这个反应堆，霍姆完全可以自理了。"

"啊？那好。"

索劳特一言不发地听着，半眯着眼睛。迪博也有点心不在焉，好像在想："既然都由塞治管了，我又何必费神。"

每次听到教授的回答，塞治就感到心中有了数——但是只维持半分钟，因为他再一想，新的问题又冒出来了。他很担心第二天的事。

"教授，请你告诉我，假如我们明天或者在今后的日子里遇到一个什么人，不管他是谁吧，反正是个陌生人，如果他要和霍姆聊天，向他提什么问题……当然我们不能上去阻止……"

"是的，你们不能去阻止。"

"那么，如果霍姆说了蠢话呢？我们总不能给他套上个嘴套吧？"

"这没什么危险，"教授回答说，"我们已考虑到了这种情况，霍姆通过'永久性贮存'，接受训令，这是无论如何也无法消失的训令，如果有人向他提出不适宜的问题，它总有一个现成的答案。它的回答将是简单的，无论谁都会赞同的……"

塞治显得更有把握了，可过了一会儿，他又接着问："那么，怎么同您取得联系呢？"

"你每天早上给我来个电话，告诉我前一天的情况。"

正当塞治想要提一个新问题的时候，教授给了他十来页稿子，说："时候已经不早了，我们大家都累了。这是我给你准备的几页说明书，可以帮助你克服可能出现的困难。明天你把这十来页稿子都带上，你会看到，一切都将是顺利的。"

六

第二天，塞治和他的小伙伴们与机器人又会面了。霍姆昨天被装在小卡车里拉走了，今天一清早又悄悄地被送了回来。马西拉克先生昨夜又工作了好长时间，只有德尼在他身边做他的助手。显然，他不愿意有别人在场，或者，也许是德尼不喜欢有好奇心的人参加。

跟前一天一样，霍姆迈着同样的步伐，脸上挂着同样亲切的微笑。举止与昨天一样，乍一看，发现不了有什么不同之处。然而，你再仔细观察，就会看到某些新的东西。

"他比昨天更注意瞧我。"塞治心里说。

的确是这样，机器人很注意瞧塞治，仿佛在等着他的吩咐。好像他大脑的"永久性贮存"里已经接到了所有必要的训令。看来马西拉克先生和德尼的工作做得很不错。

出发很顺利。吃完早餐后，塞治简单明了地说："我们一块儿出去几天。霍姆，你跟我们一起走……"

机器人带着通常的微笑回答说："好的，塞治。"

于是三个小伙子便告别了莫勒教授和夫人，霍姆背着一个与

155

别人一样的包，同大家一样躬身握了握教授和夫人的手说："再见，太太。再见，教授。不久再见吧！"

四人一同上了路。一开始大家有点不自然，塞治的神经有点紧张，他竭力想忘掉霍姆是个机器人，但同时又不断想着他是个机器人。由于找不到其他的话题，最后只好问道："你这是第一次离开教授吗？"

"是的。"

于是塞治告诉他，他们将要走什么路线，霍姆似乎在听着他讲，不时地称"是"，时而也提些问题。很快地，塞治觉得开头的那股别扭劲没有了。慢慢地迪博和索劳特也凑上来和他们交谈。这时塞治长吁了一口气，心想，最困难的时候过去了。

有一次，他差点问霍姆："你不累吗？"但马上适时地把话咽了回去。霍姆是不会累的。他能跑得比任何人都快，而且能更持久。困难的是要捉摸机器人到底懂得些什么。他知道汽车是危险的，所以行走时靠马路右边走，横穿马路时小心翼翼。他学会了许多事情，甚至还学会认字，轻易就能认出路标。但每次在看路标之前总要先走近路标牌。"他是否因为视力不好呢？"虽然塞治很快注意到了这个特点，但决心不捅破他，心想，"等些时候再说吧！"

他们在十一点左右来到了圣·玛敦杜里镇，霍姆说他口渴了。塞治还不明白为什么机器人需要不时地喝水，但他仍然毫不犹豫地答应说："好吧，我们和你一块儿去喝一杯吧！"

他们一行走进一家外观讨人喜欢的小咖啡店，围着一张桌子坐下来。霍姆选了一把椅子，并稍微压了压椅背，试试看它的坚固程度是否能经得住自己的分量。塞治想："霍姆真是训练有素，和他在一块儿是不会感到麻烦的。"

塞治刚刚坐定，便突然想起一件事来。于是又站起来走到大厅的另一头，两肘支到柜台上，向那位亲切的、端坐在柜台后面的白头发老板娘打招呼："您好，太太。"

"您好，年轻人。您想喝点什么？"

"霍姆，你喝点什么？"塞治扭头朝着三个小伙伴坐的方向问道。

"要点矿泉水。"

"好的。你们两位呢？"

"一杯苏打橘子水。"迪博和索劳特同时回答。

"我自己要一杯柠檬水。"塞治补充说。

正当老太太开瓶塞时，塞治又问："霍姆，如果我把杯子和瓶子扔过去，你能接住吗？"

"能接住。"

"那就请接吧！"

塞治把一瓶开了塞子的饮料扔了过去，霍姆只用一只手便从空中把它抓住了，接得那么稳当，连一滴水也未洒出去。接着又把其他三瓶饮料和四个杯子一个个接住。而且机器人一直未离开座椅，他的动作是那么迅速、灵巧，以至于大家几乎来不及看个明白。老太太发抖地瞧着他们而未说什么，她担心杯子被打破。当霍姆接住最后一个杯子时，她长吁了一口气，低声说："如果客人都像你们这样，那就……"

索劳特觉得好玩极了，但未外露出来。迪博差点哧哧笑出声来，最终也还是憋住了。

"你们几位都能接住吗？"老太太问。

"不行，"塞治老老实实地回答说，"只有霍姆一人行。如果是我的话，至少有一半接不住。"

霍姆像惯常那样微微一笑。塞治却看得很真切，心中产生了一点疑虑——他非常清楚地觉出机器人笑得超过往常。

"他也有人的幽默感吗？"塞治心里想着，"不会的，不管怎么说，他只是个机器人，不可能有……"

刚想到此，塞治醒悟了，他知道使人惊讶的事还在后头呢，还是放着以后再去想它吧。于是又回到三个伙伴旁边坐了下来。

下午一点钟左右，他们在一家小饭馆里停下脚吃午饭，霍姆只喝了一杯水，说了句："我不饿。"

女招待一听，有点惊愕了：这不是稀奇事儿吗？在一个旅行团里单单只一个同伴不吃饭，是钱不够呢，还是别的什么原因？尽管霍姆有点小小的别致之处，但却不太引人注目。

"一切都顺利，的确不麻烦……"塞治心想。

午饭后，三个小伙子和机器人继续赶路南下。塞治对这次探险旅行感到非常乐观，因为霍姆无条件地听从他，估计不会出什么大事儿。他心想："不管什么事，我只需吩咐一声就行了，他会照办的。"想到这儿，他有点飘飘然了。当他们顺着普雷莫尔森林行走时，塞治再也憋不住了，他在路边停住脚，突然对霍姆说："如果我不蹲下去，就像现在这样站着，你能双脚并拢从我头顶跳过去吗？"其实，他是想看看霍姆能否像柯维克那样的奔跑、跳跃。

机器人毫不犹豫地回答说："可以。我可以很轻快地从你头顶跳过去，并且远远高过你的头。"

"那你就跳吧！"塞治说。

霍姆跳了起来，他毫不吃力地弹离地面，高高跃过塞治头顶，又轻盈地落到地上，几乎是连一点声音也听不到。这真是绝妙的一跳。其动作无懈可击，洒脱利落。

"棒极啦！"塞治喝彩道。

他看了一眼两个小伙伴，便马上闭上了嘴。只见索劳特的表情异样，欲言又止，踌躇的目光从他身上移向背后的马路上。塞治敏捷地躲过身子，只见一辆小汽车飞驰而来，已快到跟前了。他马上明白了是怎么回事，心想："但愿汽车里的人什么也没看见。"

汽车减慢了速度，好像要在他们面前停下来似的。车上坐着一男一女，开车的男人约三十来岁，女的就坐在他身旁。那女人死盯着霍姆看，而霍姆却仍像通常那样满面笑容。

"活见鬼！"塞治暗想，"我竟这样愚蠢！"

汽车缓慢地从他们身边驶过去，没有停下来。这时那个女人又回过头来想更仔细地看看霍姆。就这样，她把霍姆从头到脚仔细地打量着，直到汽车消失在公路拐弯处的那一刹那。

"真该死！"塞治低声说着。

迪博有点不安起来，他张了张嘴想说什么但又哑巴了似的。塞治明白他不愿意当着霍姆的面讲，从表情上可以清楚地看出他想说："塞治呀塞治，如果你稍稍谨慎一点便不至于出这档子事的。"对于这一层，塞治是醒悟了，可是醒悟得太迟了。他只好"哼"了一声，来掩盖自己窘迫的心境，然后说了声："好啦！咱们上路吧。"

七

傍晚时分，三个小伙伴和机器人一道走进了塞什恩村，没费任何周折就找到了一家安静的小客栈住下过夜。

由于在普雷莫尔森林边上出了那档子事情，塞治变得小心多了。吃晚饭的时候，他特地为霍姆要了一份饭菜，等店主人一背过脸，他们就悄悄地把它分吃了。

"这个办法好！"迪博赞赏地说，因为他的胃口特大。

客店里养着一只猫，一只非常漂亮的暹罗猫，一岁多一点，长着一对蓝眼睛。晚饭刚开始的时候，它跑来蹲在索劳特的旁边，索劳特夹了一小块肉喂它，还拂了拂它的毛。迪博用打趣的目光瞟着他们，低声说："这是彼此要好的开始，索劳特的祖宗里有属猫的。"

过了一会儿，谁也没料到小猫忽地跳起来，爪子伸得直挺挺的，脊背弓起，好像受了惊吓似的，它慢慢地抖动着头，毛须直竖，"喵！喵！"直叫，叫得又刺耳、又凶狠、又可怕……

"我可一点也没惹它呀！"索劳特十分惊异地说道。

小猫越叫越凶，一边慢慢地后退着。这时店主人过来了，平静地对小客人们说："不要理它，它这是在对客人发怒，这事常有。因为是只暹罗猫，这种猫脾气都很古怪……狸杜，闭上嘴巴！"

小猫还在往后退着，眼睛朝着一个方向——死盯着霍姆不放，神情既愤怒又恐惧。塞治和迪博一句话不说，他们早就知道是怎么回事。狸杜是给吓坏了，因为它闻出霍姆没有人的气味，但它怎么能闻出来的呢？塞治自言自语说："等以后再去想它吧！"接着他又吃起来了。

晚饭后，四个小伙伴围着桌子又闲聊了一会儿。霍姆只是在别人问他时才答上一句，但他的眼睛时而瞧着这个，时而又瞧着那个，好像对别人的话一个字都不愿漏掉似的。

"确实一点也看不出他有什么烦恼。"塞治心想，"他是否也有厌倦的时候呢？这当然又是一个永远也找不到答案的问题……"

店主人给他们安排了两个双人房间过夜。

"我和霍姆合住一个房间吧。"塞治说。

这样安排最好，因为如果需要机器人干什么事的话，只有塞治有资格吩咐，所以索劳特和迪博两人合住了另外一个房间。

当霍姆和塞治单独走进房间时，霍姆问："我可以睡了吗？"

"当然可以。"

机器人便打开背包，掏出了睡衣，再把穿的衣服脱掉，换上了睡衣。塞治在一旁也换上了睡衣。

"我应当睡哪张床？"霍姆问。

塞治差一点想说："随你的便……"然而马上又想到机器人

162

需要的是一个具体的回答，而不是一句客套话。于是他指了指霍姆身边的那张床说："就睡那张吧！"

霍姆马上打开被子躺了下来。床铺在他沉重的压力下咯吱咯吱作响，但总算经住了重压。只听他说了声："晚安！"还未等塞治答话，他便闭上了双眼。一只手很快往左耳后边一按，就一动不动了。塞治莫名其妙地瞧着他，对这个意外的动作感到迷惑不解。

"霍姆，你是……"

塞治未说下去，心想，机器人可能已经"熟睡"了，纹丝不动的样子，便说明进入梦乡了。塞治开头还有点不知所措，后来想起教授交给他的一叠说明书，心想："本来我昨天就该看一遍，那上边肯定对机器人古怪的睡眠会有所解释的。"

他去背包里一找，很快便找到了这叠说明书。然后他朝门外走去，走到房门口时，伸手去关电灯，但又有点犹豫，最后，在走出房门前，还是把电灯关了，因为霍姆已经熟睡了嘛。

塞治走进迪博和索劳特的房间时，他们刚刚刷完牙，已经穿上睡衣了。

"你不累吗？"索劳特问塞治。

"怎么不累呢！"塞治回答说，"但我要同你俩聊一会儿。我心里有一大堆问题……"

他用几句话就把霍姆入睡的情况给他们描绘了一番。

"我也要像他那样了。"索劳特说。

塞治未听懂索劳特的话是想客气地逐客出门，他坐下来，开始翻阅他带来的那叠说明书。

"我想要弄清楚……"他自言自语地说。

他一目十行地浏览着，整段整段地跳着看，以便快些找到他眼下所需要的答案。

"找着了！"他突然叫起来，"本来早该看这玩意儿了……现在我明白了，霍姆的耳朵后面有一个断电器……"

"一个什么器？"迪博问。

"也可以说像一个开关那样的玩意儿，当然比普通开关要复杂些……这个断电器装在霍姆颅骨下面的表皮里。每当他想睡觉时，便用手指朝左耳后根上按一下，于是断电器便关闭了……"

"那又是怎么回事呢?。"

"这样，所有电路都切断了，他便成木头一块了。懂吗? 有了它，机器人便不会失眠了……"

"我也没有失眠症。"索劳特一边说一边悄悄地打着哈欠。

迪博倒是被这个问题吸引住了，他接着问："那他怎么醒呢?"

"等一等！"塞治说，"让我找找看……找着了，他在八小时之后会自动醒来。因为八小时后断电器会自动接上，或者外界的吵闹声也会使他接上电，就像一个警铃那样……"

"这跟人一样了！"迪博说。

"我们也可以从体外为他打开电路。"塞治说，因为在他耳根后面的皮下还安有另外一个开关，只要一按这个电钮，霍姆便会醒来……妙极了！一切都想得那么周密。"

　　塞治继续翻阅着说明书，迪博在沉思着什么，而索劳特却双眼无神地躲着，好像一半已进入睡梦中了。有好长一阵子大家都不说话，最后还是迪博提了个问题："他为什么要喝那么多水呢？"

　　"让我查一查……啊！有了！你听着：当机器人工作的时候，他的肌肉要散发出热量。因为每块肌肉都相当于一个发动机，当肌肉活动时，发动机的温度就升高，听清了吗？"

　　"听清了。"

　　"继续听着：这就需要在某些地方散热，通过不同的途径使机件冷却，你永远也想像不到怎么样使霍姆的肌肉冷却，真妙啊！"

　　"怎么样呢？"

　　"霍姆跟我们大家完全一样，还会排汗。在他的皮肤上到处布满了毛孔，他喝的水都从那里挥发出去了。就是用这种办法对肌肉进行冷却的。你想到了吗？他和我们人多么相像啊……"

　　迪博的兴致越来越高了，一个接着一个地提新问题："为什么他要走近牌子才能认出路标？是他的视力不好吗？"

　　"他的视力是不太好。"塞治回答说，"他的眼睛实际是两只摄影机。体积当然很小，因为须得把它们放进眼眶里，而眼眶又不能做得太大……"

　　"你继续说下去。"

　　"原因很简单，因为装在他眼里的这两只摄影机很小，所摄取的画面也就不像真的摄影机那样清晰。"

"那么，他是近视眼啰？"

"不完全这样。他看东西有点模糊，因为所摄取的画面线条不够。你要给他配副眼镜那是无济于事的。"

迪博还要讲下去，但索劳特不等他开口，便突然插上来说："好啦！塞治，现在是不是该去睡觉了。"

第二天一早在离开客栈前，塞治小心地避开霍姆，给莫勒教授打了个电话。电话上讲得很简短。教授只是听他讲，对细节一句也没有问，然后三言两语道了谢，便挂上了电话，好像他有更重要的事要做似的。

"真奇怪！"塞治心想，"可以说他的兴趣不在这儿了……"

他们一行四个顺着罗芒士峡谷往布尔杜瓦市的方向走着。三个朋友和霍姆之间已亲密无间了，一切都比前一天顺利多了。

接近中午的时候，有只在田野里溜达的狗跟上了他们。这条狗起先距离他们只有二十来步远，像所有的狗一样，时而停下来在地面上嗅一嗅，然后昂起头快步再追上来。就这样过了几分钟之后，狗就迫近了他们，显出一副好斗的架势。在低声吱呜了五六声之后，便龇牙咧嘴地狂叫起来。

霍姆走在队伍的前头，狗就一直冲着他叫。后来干脆一边围着他打转，一边凶狠地狂吠着。塞治紧跟在机器人后边两三步远的地方，随时准备着帮霍姆对付这条狗。而霍姆却继续安详地迈着步子赶路，一边小心地监视着狗的举动，显得毫无不安之感。

"看来没啥问题，"塞治心想，"本来我应当告诉霍姆，狗叫意味着什么，但是，看来他已经知道了应当怎么对付。"

同时塞治还在想，不知霍姆和柯维克是否互相认识。他想像着：当霍姆坐在椅子上抚摸柯维克时，却不知道彼此都是一架机器。那条狗还在不停地叫着，跟着他们走了五六百米远，最后累了，才突然掉头跑掉了。迪博和索劳特落在他们后边二十来步处，为的是不让霍姆听见他们的谈话。

"瞧见了吗?"迪博低声问，"这条狗好像嗅出了什么……"

"是的，"索劳特用同样低的声音回答说，"我想它是闻到了橡胶味。当我挨近霍姆时，我也能闻到。而狗在两三米远的地方便能闻到这种味道，一闻便知道这不是人身上的味……"

索劳特的嗅觉非常灵敏，往往他能闻到的，他的两个伙伴却闻不到。

"那么昨天晚上那只猫呢? 你认为它也闻到了橡胶味吗?"迪博继续问道。

"不会的，猫的鼻子没那么灵，它之所以发怒，不是因为闻到了什么味。"

"那是因为什么呢?"

"不知道。"

天快黑的时候，远远望见了布尔杜瓦市，他们在离城边五六百米远的地方选了一家僻静的小客栈吃晚饭和投宿。

当霍姆一闭上眼，睡起无梦之觉的时候，塞治又来到迪博和索劳特的房间，想同他们聊一阵子。

"怎么样?"塞治一边关上门一边问道，"你们俩对霍姆还有什么想法?"

索劳特今晚的睡意比昨天少了，他首先答话说："我呀，我已经开始把他看作一个伙伴了，他每次都带着亲切的微笑看我们，真让人喜欢……有了这样一个开头，以后我们就会更喜欢他了。"

"可是他只不过是一架机器呀！"迪博不同意地说，"他的皮是橡胶做的，骨头是钢的，肌肉嘛，我还不知道是什么玩意儿制成的。他的大脑是微型线路……他浑身都是齿轮，这是毫无疑问的……"

"不对，不是齿轮。"塞治纠正地说。

"说到底还是一架机器！"迪博犟着嘴，"不管怎么说，不要忘了这一点。"

"我可不知不觉地把这一点给忘了。"索劳特回答说，"我习惯了他身上那股橡胶气味。现在得费点劲才能记起来他是一个机器人。"

"真怪！"塞治自言自语着，"我也是这样，常常忘了霍姆是个机器人……"他没说下去，沉思了好一阵子，好像力图要把自己的想法勾画出一个具体的、准确的图像似的。隔了一会儿，他终于开腔说："如果我未弄错的话，教授把霍姆设计得始终脸上挂着笑容。这一点肯定输入到他大脑的永久性贮存区中去了。平时挂在他脸上的笑容是第一号笑……"

"还有呢？"迪博问。

"还有就是，如果有人当面对他表示亲善，无疑的，另有一个微型线路迫使他笑得厉害些……"

"这就是第二号笑。"索劳特说。

"对！而那位在他面前的小伙子，因为他的第二号笑，对他产生了好感，即便知道他是机器人，也同样对他产生了兴趣。这真叫人难以理解。"

"嗯……"迪博哼着。

又是一阵沉默。迪博出神地仰天望着，在思考着什么问题。

"真奇怪，"他终于开腔了，"但另外还有些事情同样很怪。我们现在这样做有什么用处呢？"

"你指的是什么事？"塞治问。

"简而言之吧！"迪博回答说，"霍姆制作得很成功，他很壮实，又不危险……他甚至可以认字，教授只需给他些文字训令就行了，这样霍姆就可以自己去活动了，那样要简单得多，用不着我们陪他……"

塞治作了一个含糊的手势，说："我想他还是需要我们的。文字训令不可能事事都想得那样周到，正因为如此，才需要我们今天到这儿来。谁也说不好霍姆会不会发生什么事情。每当我们以为一切都顺利时，那么伤脑筋的事便离我们不远了。"

和前一天早上一样，塞治于八点整准时给教授打去了电话。电话机是在一间小办公室里，与他们刚才吃早饭的大厅完全隔开着。一分钟之后，塞治走出来喊迪博和索劳特。

"跟我来一趟。马西拉克先生正在教授家里接电话，他要对我们三个人讲讲话，好像事情很要紧似的……"

"那霍姆怎么办？"迪博问。

"噢，对了！"塞治接着对霍姆说，"霍姆，你先在这里等着，我们一会儿就来。"

机器人像通常那样微笑着回答说："好的，那当然啰。"

塞治几乎未等霍姆答话便回身走进那间小办公室。迪博和索劳特跟着他走了进去，随手关上了门。这时霍姆正从容地在桌子边对着水杯坐着。

通话了许久，马西拉克先生先是向迪博提了几个问题，然后又向索劳特也提了些问题，塞治专心致志地听着，不太明白他为什么要提这么多问题。

"奇怪！"当索劳特挂上电话后，塞治嘟囔起来，"我在想，这些情况对他有什么用处！何况都是些鸡毛蒜皮的事情。咱们快去找霍姆吧！"等他们回到大厅，三个人都愣住了。

霍姆不见了！

八

　　塞治立刻向门口冲去，哗啦一声打开了门，刚迈出门槛，便看到一辆中型轿车消失在公路的拐弯处，因为距离太远，没看清车的牌号。除此之外，眼前什么也没有。

　　"糟了！"塞治叫道，"他大概是钻进中型轿车里了……"

　　当他扭身回到旅店时，看到机器人的座位旁边有一位棕发少年。塞治因为刚才心里惦记着霍姆，而没有注意到他。这时棕发少年像是早已同塞治谈熟了似的告诉塞治："不错，他正是乘着那辆中轿车走了。"

　　塞治一听吓了一跳：这小伙子讲话声音有点……不，不可能。这声音又古怪，又沙哑，好像在嘲弄什么东西或嘲笑什么人一样。这样的声音，你简直找不到第二个。塞治走近一看，才认出他是德尼。因为他坐在背光之处，所以刚才未看清他。迪博这时也认出他了。

　　"你染发了?"迪博问。

　　"不是，"德尼回答说，"只是把原来的颜色脱去了而已。用氧化水脱去的，如果你感兴趣的话……"

这时塞治看到德尼的穿着和自己一模一样：白色的翻领毛衣、灰色的裤子、"光明牌"带拉链的夹克衫上，每边一个口袋，连鞋都是一样的。塞治立即明白了事情的原委。

　　"是你叫霍姆上中型轿车的？"他问。

　　"是我。"德尼回答说。

　　"你专门穿着和我一样的衣服，染成和我一样的头发，就是为了让霍姆把你当成我？"

　　"是的。"

　　"你明明知道他的视力不好，不容易分辨清楚你我的面孔，是吧？"

　　"是的。"

　　"而你的声音呢？"塞治继续问着，"你的声音与我完全不同，你是用什么办法让他上当的？"

　　德尼讪笑着瞧着这三位而不作答。这神情，活像是一个人成功地耍弄了别人或者赢了一球那样，现在他有意慢条斯理地不马上答话。未了他才开腔说："这并不难……"

　　于是他把手伸进上衣口袋里，指头好像在兜里操作着什么家伙，只听轻轻咔嚓一声响，便出现了塞治的声音："霍姆，你听我说，现在你照我说的去做……旅店门口现在停着一辆中型轿车，车上有司机，你从车的后门进去，他会带你到……"咔嚓又一声响，塞治的声音立刻停住了。这时，一切都明白了。

　　"你口袋里装着一架小型录音机呀！"塞治压低声音说，"你刚才放的那些话是从我三天前的录音里编制出来的……你把所需

172

要的字句都从录音带上剪下来，重新拼凑成完整的句子，是吧?"

"是的。"德尼回答说。

"你爸爸肯定知道此事喽! 他之所以把我们三人都叫到电话机旁，向我们说了一堆废话，正是为了给你制造机会，是吧?"

"是的。"

"那么，请问，你为什么要这样干? 是为了寻开心吗?"

德尼耸了耸肩膀，指着褪了色的头发说:"如果你以为亮着这副棕绳般的雀窝头出来游荡会使我开心的话，那你就错了……"

"这种颜色并不比你那种差……"塞治刚想接下去说几句刻薄的话，转念一想，闹得太僵了也无济于事，于是又换了口气对他说:"我想你至少会给我们解释解释，是你爸爸要你来放掉霍姆的? 又为了什么? 他和教授闹翻了吗?"

"都不是。"德尼回答说，"事情要简单得多。你该知道霍姆的大脑是我爸爸制作的吧?"

"知道，请往下说。"

塞治在不知不觉中说话的声音高了起来。他刚一回头，只见索劳特用手指指半开着门的那间办公室，示意他说话小声点。德尼也注意到了这位印第安青年的手势，这才想起来一切都得保密呢!

"我爸爸对他的工作成果非常有把握。"德尼压低声音说，"霍姆设计得很完美。如果遇到什么麻烦事，他会单独应付的，他身边肯定不需要保姆，尤其是不需要三个保姆。像你们这样兴师动众的样子，简直有点愚蠢。于是我爸爸才决定把他单独放出去。原因就这么简单……"

"就这么多了？"

"是的，没什么了不得的。我爸爸将能证明：他的机器人是可以自食其力的。"

"如此说来，这仅仅是做做试验而已？"迪博问。

"正是这样。"德尼回答说，"五、六天后我会把可爱的霍姆再找回来的，并且把他装在一个漂亮的硬盒子里，外边系上一条粗粗的粉红色彩带，送去交给教授，这样不好吗？"

塞治沉思起来，一个又一个问号翻腾在他脑海里：德尼说的话可信吗？他真的是按他爸爸的吩咐而干这件事吗？他会不会是在替别人做事？塞治踌躇起来。他想再进一步了解，又问道："那么，现在我们该怎么办？"

"这没问题，"德尼回答说，"继续你们的旅行——没有霍姆的旅行。因为你们的使命到此结束了，完全地结束了。"

"那不行，"塞治反驳说，"教授原是把霍姆交给我们的，我们不能让霍姆就这样走丢了……"

德尼又是冷冷一笑。因为王牌都拿在他手里了，他会毫不客气地打赢这场牌，这点他心里很清楚。

"简直笑话。"他说，"你已经把他弄丢了，这说明你并不高明。你自以为很有办法，可就这么一下子就被难住了，你还有什么能耐去找回霍姆？"

"那你呢？你有什么能耐去找回他？"塞治说。

"我嘛，那就不同了。首先我知道我让他到什么地方去了；其次，我需要监视他，以便把情况告诉爸爸。你应当相信我会把他找回来的。"

"是不是他腹部装有一台无线电收发器?"塞治问。

"不是的，比这可高明多了。"

"那，到底是什么?"

德尼虽然确信自己是打赢了牌，但这并未使他冲昏头脑。他清楚地知道塞治是在套他的话，所以他得十分谨慎。

"你应当知道我不会把这个告诉你们。"德尼一下子把塞治顶了回去。

"你在这儿吹牛皮，其实你葫芦里什么药也没有。"

"当然有。那就是霍姆身上所固有的、永不会消逝的东西。无论他走到哪里，都得留下踪迹。这样无论它在何方我都能找到它。"

德尼显出很自信的样子。塞治明白了德尼不是在撒谎，而是确实有办法找到霍姆。但不管怎么说，总觉得这里有点蹊跷，什么蹊跷呢?

"你说的肯定不对。"塞治嚷嚷起来，"如果你能远距离操作把霍姆找回来，那为什么教授还要我们去帮他找柯维克?"

德尼一听，不由笑了起来，说："你不懂的事太多了。霍姆和柯维克是不同的，若是柯维克，我永远也不可能找到它，但我却能一直跟踪住霍姆。不信咱们可以打赌，随你赌什么都行。咱们走着瞧……"

他站起来要走了，最后又说："够了，我不会对你讲更多东西的。我还有事呢，该走了。"

刚才德尼把他的轻骑摩托放在距离旅店二十来步远的树丛后面。塞治他们只听他启动了马达，朝着格列诺布尔市的方向远去了。

"现在我们该怎么办？"迪博问。

索劳特却一言不发，他摸透了塞治的脾气，知道他不会服输的。

"我们输了第一局，"塞治说，"但我们不能就此善罢甘休，要报复，要取胜，要把霍姆找回来，重新挽回局面，除此之外，还有什么好说的？"

他从背包里取出一张地图，打开来摊在桌子上。

"你觉得我们能够琢磨出霍姆的去向吗？"迪博问。

"这并不难。"塞治回答说，"这里是第九十一号国家公路。而中型轿车是往东边去的，肯定走不远。"

"为什么？"索劳特问。

"因为那辆中型轿车是从一家车行里租来的，开远了，租金会很贵的。所以我想此车会在布里昂松停下来。"

"为什么偏偏要在布里昂松停下来呢？"

塞治没有马上回答，边看地图，边嘴角吹起口哨来——这是他认真思考事情的标志。他吹完了一曲《未奏完的交响曲》，接着说："不要忘了，按霍姆的体重，他是无法乘上小轿车旅行的。如果想把他送出很远，必须是乘火车。在这个多山的地区里，火车站并不多，附近只有布里昂松有一个。我们可以到那里去看看。"

这天，九十一号公路上来往的车辆不多。那些飞驶而过的汽车没有一个愿意停下来把他们捎上。他们费了好大的劲儿才等到一位好心肠的司机帮了忙。当他们抵达布里昂松车站时，已近中午了。车站售票窗口的女售票员不假思索地告诉他们说："一个越南人？有，我清楚地记得他买了一张去马诺斯克的车票……"

这一下，塞治有了胜利之感。

"我本来就有把握找到他的行踪嘛。"他说，"一切都会顺利的。傍晚之前我们准会把他揪住的。"

然后，他久久琢磨着火车时刻表，专心致志地观察着地图，然而他的情绪却在低落。

"不对，"他低声自语着，"为什么要把他送往马诺斯克去呢？这说不通啊。"

"你不喜欢马诺斯克吗？"索劳特问。

"我嘛，无所谓，但那地方很远。德尼把霍姆送往天涯海角可不合逻辑。因为过后霍姆还得回格列诺布尔市去。这里面设有圈套。"

"专为我们设的圈套？"

"那当然。德尼知道我们不会就此罢休的，会到布里昂松车站来打听的，于是他多了个心眼，让霍姆买一张去马诺斯克的车票，但让他在中途某站下车。正是这样，那么，他会在哪个车站下车呢？"

177

塞治又研究了一番火车时刻表，最后说："只有一个办法：去打听霍姆今天乘坐的那趟车的检票员，他会告诉我们霍姆在什么站下车的。"

"对，可是我们到哪里去找这位检票员呢?"迪博问。

"咱们先去看看时刻表。"塞治回答说，"检票员肯定是随火车到终点站，然后再乘原车于下午返回这里。也就是说，明天早上他还要随同一趟车查票。我们明天就乘他这趟车，向他打听。"

九

　　不出塞治所料，霍姆没有一直乘到终点站马诺斯克，而是按照几个小时之前德尼的吩咐，乖乖地在加埔站下车。当时德尼告诉他："你在加埔站下车。走出车站后，愿意干啥就干啥，但不得离开加埔市。我随后就去找你，到那时再告诉你下一步该干什么。听明白了吗？"

　　霍姆亲切地回答说："听明白了。"

　　于是他离开了旅店，登上了等待着他的那辆中轿车——车马达这时还转动着，等他一上车便出发。一切都进行得很顺利。到了加埔市，走出车站后，霍姆在城里漫无目的地溜达着，但始终不越出德尼给他规定的活动范围。到了下午四点钟左右，他已走遍了大街小巷，平静地浏览着一切。当他走到卡尔诺街时，感到渴了。那里正好有一家安静的小咖啡馆，于是便走过去坐在平台那里，要了一杯矿泉水。

　　霍姆喝着水。约莫过了一刻钟光景，又有一位客人进来坐在他旁边的一张桌子旁。这是一位十五、六岁的小青年，手里牵着一条黄褐色的、很漂亮的布里牧羊犬。这条布里牧羊犬长着长长

179

的毛絮，把两只眼睛盖得严严实实的，见到它的人或许都会诧异地想：它怎么能透过毛看到外边呢？小青年要了一杯薄荷牛奶，而布里牧羊犬就卧在他旁边，下巴颏儿放在自己的两只前爪上，闭上双眼，似乎想睡觉的样子。

过了两三分钟，小狗一下子睁开眼睛，昂起头，往周围嗅着，一边轻声地呜呜叫着，但尚未发作。这叫声，与其说是犬吠，不如说是在呼唤主人。

"闭嘴，骆格！"小青年低声朝着狗嚷嚷，一边用手抚摸着它的毛。于是小狗又卧了下去。过了一阵，由于霍姆动了一下，小狗便忽地扬起头，耸起鼻子朝空中又闻了起来，接着一蹦站起来，向机器人走去——慢慢地挪动着四肢，既像是胆怯，又像是迟疑：霍姆身上散发的橡胶气味使它惊愕不已。而霍姆呢，他瞧着这条狗，一点也不显得冲动。

"它不咬人。"小青年对霍姆说。但话音还未落，这条狗已朝着霍姆扑了过去，只听犬牙因未捕咬住东西而发出的嘎嘎嘎的磕碰声。

"骆格趴下！快趴下！"少年急得叫了起来。

可是骆格这时已难以驾驭了。霍姆却一直稳坐在凳子上，纹丝不动。当狗扑上来的一刹那，只见他一只手往旁边一闪，顺手卡住狗的脖子，动作如此之干净利落，真是迅雷不及掩耳。现在狗已被霍姆牢牢抓在手中，任凭它拼命地狂吠、挣扎，霍姆却总是不动声色地坐着，脸上始终是那样的笑容可掬。这下可把小青年吓坏了，连忙上前去问："没咬伤吧？"

"没有。"机器人回答说。

狗还在那里狂叫，而霍姆却一直不松手，面对面地瞧着它。末了，狗像服输似的慢慢平息下来了，把头扭到一边不再吭声了。霍姆才轻轻地把它放回地上。小青年马上过去抓住绳套，把它拉回自己身边，强迫它在座椅的另一边躺下来。

"真没咬破什么地方吗?"青年又问。

"没有。"霍姆说着，把手掌手背都伸给他看了看，让他知道没有一点伤。小青年看了看，有点不敢相信似的说:

"它扑得好猛啊! 我简直来不及拦住它。真以为把你咬伤了。"

"没咬住。"霍姆还是那样平静地回答说。

"我确实不知道这是怎么回事。它从来没有咬过人，这还是第一次。"

骆格几乎动也不动地躺在那里，时而怯生生地扭头偷偷看霍姆一眼，既好像害怕，又好像随时准备拔腿逃跑。

"我不知道如何向你道歉才好，"小青年还在说，"刚才的事真使我难过。"

"没关系。"霍姆回答说。

当小青年慢慢恢复了镇静时，他开始思索起来:从来没见过一个人动作如此敏捷，在受惊之后又如此沉着。这个古怪的人反应竟这么快，他到底从哪里冒出来的呢? 这时他想到应自我介绍一番了，便说:"我姓贝尔纳，叫贝尔纳·索塞，我爸爸是医生，我家就住在本市的那一头。"

"我叫霍姆。"机器人笑得更可爱了——也就是索劳特所说的二号笑。这时贝尔纳觉得可以问他几句了，便说："你不是出生在此地吧?"

"不是，我出生在越南，很小就来法国了。"

"你还会讲越南话吗?"

"不会。"

霍姆回答得简明扼要，没有丝毫吞吞吐吐的样子。看来他大脑的"永久性贮存"设计得非常完美。看他每次都回答得这么干脆、明了，小贝尔纳心中的疑团慢慢消散了。心想："他一点也不像个神秘莫测的人，唯一与众不同的是他反应敏捷，不过这种人是有的，他们反应比一般人快，比一般人沉着、冷静……他身上没什么不正常的。"

现在轮到贝尔纳介绍自己的情况了，他同时也问问霍姆一些事情。不知不觉中，快一个小时过去了。在这一个小时里，骆格的态度慢慢变了。它站起来，一步步往霍姆身边靠去，最后挨着它卧下去。机器人轻轻地抚摸着它的头和脊背。小狗不断地摆着尾巴，卧在地上，任凭它抚摸。

"我就喜欢它这样。"贝尔纳压低声音说，"它以前就是这个样子，是一条挺可爱的狗。我真不明白刚才它着了什么魔……"

霍姆继续轻抚着布里牧羊犬的毛，好像他喜欢干这事似的。贝尔纳迟疑了一下，然后问："你是单独一人在这里吗?"

"是的。"机器人回答说。

"你在加埔市还要住多长时间?"

"我也不知道。我的朋友们很快会来找我的，然后再同他们一道走。"

"他们什么时候来？"

"也许就在明天，或者更晚一点……"

贝尔纳不说话了，好像在考虑什么事情。他觉得霍姆可亲又可爱。心想："这是一位心胸豁达的小伙子，刚才骆格要咬他，他不但不恼怒，现在还同它热乎起来了。"但同时他总觉得有一种难以言喻的神奇之感。经过一阵犹豫之后，他鼓足勇气说："你准备住到哪里去等你的朋友们？"

"我也不知道。"霍姆回答说。

"你听我说。这几天只有我一个人在家，爸爸妈妈都外出旅行了……你愿意到我家住吗？"

"愿意，太感谢你了。"机器人毫不谦让地同意了。

与此同时，塞治和他的伙伴们正漫无目的地在布里昂松城里溜达着，以便消磨时间。最后他们在一家小客栈里住下来，并在那里吃了晚饭。吃饭时迪博问："他今晚在什么地方过夜呢？德尼肯定会照顾他的吧？"

大家都知道迪博说的"他"是指的谁，这是不说自明的。

"我不相信。"塞治回答说，"照我看，马西拉克先生是想进行一次相当严峻的试验。这也就是说，德尼不会去管他的……"

"霍姆身边有钱吗？"迪博问。

"有一点，但不够住旅馆用，除非德尼又给了他钱。但我不相信德尼会给他钱。"

"那它怎么办?"

"当然,他终归有办法的。马西拉克先生是想把他放到困难的环境里去,迫使他自力更生。这,就是他想做的试验。"

"霍姆能坚持多久?"

对此塞治没有马上回答,他独自思考起来,想琢磨一下机器人下一步会干什么去。末了他回答说:"他能坚持很久很久。别忘了,他不需要吃东西,只喝点水就行了。他还可以去找泉水解渴,也可以露天对着繁星睡觉,哪怕是天寒地冻、刮风下雨或大雪纷飞……"

"照你这么说,他可以无限期地坚持下去喽!"迪博说。

"那当然不行。他身上的衣服总有一天会穿破的。不过这不是眼下的事情。他在身无分文的情况下可以生活上数月乃至一年。看来这项试验也许还长着呢!"

三个伙伴低下头去默默地吃了一会儿饭,塞治似乎比别人更为不安。最后,他打破沉默说:"令人伤脑筋的是有些事情我们还不了解。我们手里固然有几页说明书,但有些事情,上边查不到。譬如说昨天那只猫的吵闹,到底是什么原因?是因为霍姆身上的气味吗?"

"肯定不是,看来是别的原因,但我也说不准到底是什么。"索劳特说。

又是一阵沉默。索劳特好像在顺着一条什么奥秘的线索追踪着想下去似的。他犹豫了一阵子然后说:"德尼说的那句话是什么意思?他说,无论霍姆跑到哪里,他都能找到他,这是在吹牛皮呢，还是当真？"

"鬼知道他是在开玩笑还是当真。"塞治说。

"我同意你说的，但他是说，霍姆身后留有踪迹，这可能吗？什么样的踪迹？"索劳特说。

塞治知道索劳特下边想说什么，便冲着他说：

"你呀，你还在想那只猫。你的意思是说霍姆身后的踪迹不是气味，而是猫能闻到的一种什么，对吧？"

"我是这么想的。可是……"

"可是什么？"

"算了，我也搞不清楚。"

这时迪博显出一副忧心忡忡的样子，说："我倒是为另外一些事情担心。"

"什么事情？"塞治问。

"明天又该给教授打电话了，该如何向他交代呢？"

贝尔纳领着霍姆回到家里，一边整理东西，一边对霍姆说："你看，请你到我家来吃吃便饭，我给你准备了一间卧室，饭菜嘛，由我自己做，你不嫌弃吧？"

"这样很好。不过，我不饿。"霍姆回答说。

贝尔纳耸耸肩膀说："你这是在客气。可能你认为我冰箱里存货不多是吧？别担心，我这里存放的足够做一份六个人吃的油煎鸡蛋。煎鸡蛋是我的拿手好戏，煎得一点也不过火。"

"谢谢你，可是我不饿。"

这一次贝尔纳可有点惊讶了："这是怎么说的？我不是告诉你了，我有的是鸡蛋吗？你要吃点东西，跟大家一样"。

"谢谢你，你太好了，我真的不饿。"

"你身体不舒服？"

"没有。"

贝尔纳瞧着机器人，见他还像平常那样微笑着，确实不像有病的样子。于是他又问："你是中午饭吃得太饱了？"

"是的。"霍姆回答着——他还会随机应变地撒谎呢！

"哦，那好，我知道了。"

在贝尔纳煎鸡蛋时，霍姆倒了一杯水喝了起来。贝尔纳瞟眼看了看他，很羡慕他的动作如此之优雅。心想：

"这小伙子真少见，他一举一动从来都没有过分的时候。看，他把杯子放回桌子上时，一点响声都没有，好像他的喜好就是不出声似的。"

贝尔纳匆匆吃了晚饭，想和霍姆聊聊天，但他们的交谈很快就卡壳了：贝尔纳讲话时，霍姆彬彬有礼地听着，但从不向贝尔纳提任何问题。贝尔纳想："这小伙子是一个不爱打听事的人。"慢慢地，他也就没有兴致了。为了打发时间，他想找点什么事情干干。他问霍姆："你会下象棋吗？"

"不会。"

贝尔纳有点窘了，没想到客人会这样回答。刚想提议玩点别的什么，末了仍旧大胆地问："你从来都没下过？"

"没有。"

"我来教你，愿意吗？"

"愿意。"

这下教起来可费大劲了。机器人对下棋一无所知——这显然是马西拉克先生疏忽了的地方，贝尔纳心里说："真新鲜，他连什么叫'车'、什么叫'象'都不知道，对棋路一点都不懂。"

霍姆显得比贝尔纳更为腻味。不难想像，一下子便被"将"死了。这一盘棋就这样兴味索然地结束了。贝尔纳也确实厌倦了，开始有点后悔自己过分好客了。

"不早了，咱们睡觉去好吗？"

"好的。"霍姆回答说。

"那就请上楼吧！你睡我弟弟的房间。"

"你弟弟不在吗？"

"不在，他跟我爸爸妈妈旅行去了。"贝尔纳迟疑了一阵又接着说，"我应当向你解释解释。我弟弟度假去了。而我呢，因为学习不太好，所以留在家里复习功课，一直要复习到开学。明白吗？"

"明白了。"

"好，现在我就领你到房间里去。拿着你的背包，咱们上楼去。"

夜里狗叫了起来，声音很轻，如同呻吟一般。贝尔纳没有马上被吵醒，朦胧中，在床上翻了几个身，眼睛还是睁不开。狗继续低声叫着。它被关在厨房里过夜，贝尔纳的卧室就刚好在厨房上边的一层，这样，一有动静他便能听到。最后他终于醒过来了，伸手摸到了手表，打开灯一看，才半夜十二点钟。

"我得去看看是怎么回事。"贝尔纳心里想着，"不然，半个城都会被它吵醒的。"

他坐起来蹬上拖鞋，穿着睡衣走下楼去。一走进厨房，只见小狗极其烦躁。

"你哪儿不舒服了，骆格？"

他抚摸了几下，狗便不再呻吟了，又安静地卧下去睡了。贝尔纳心里嘀咕着走回自己的房间，心想："骆格从来没有这样嚎叫过，不对，肯定是发生了什么事情……"

后来他想到也许是霍姆到厨房找东西吃把狗惊醒了。贝尔纳于是又去打开电冰箱，仔细看了看，什么也没少。那么到底发生什么事情了呢？贝尔纳有点心神不安起来，自己也说不清什么原因。不管怎么说，霍姆是有点古怪啊！

"我得去看看他睡着了没有。"他心里想。

他把狗安抚了几下，走出厨房，上了二楼。当他走到霍姆房门口时，犹豫起来了。但最后还是蹑手蹑脚地把房门推开了一半，轻轻地喊了声："霍姆，你睡着了吗？"

没有人应声。正当他想要把门重新关好走开时，忽然变了个念头，一下把门完全推开了。借着楼道里微微的光线，影影绰绰地可看清房间里的东西。昏暗中，贝尔纳看到霍姆闭着眼躺在床上。

"他睡着了。没有什么反常的。"

尽管心里这样给自己打气，但他知道这里边确实反常。最后，在一股不可抵挡的勇气的推动下，他踮着脚尖进了房间，走近床铺，猫着身子去听霍姆的呼吸。他自己屏住了呼吸，一动不动地听了许久，结果什么也没听到。这时贝尔纳感到自己的心在怦怦直跳。最后索性喊道："霍姆，霍姆，你睡着了吗？"

霍姆还是不答应，屋里一点生命的气息都没有。而且这时贝尔纳闻到了一股奇异的气味——一股橡胶似的味道。他轻轻地嗅着，但辨别不出到底算什么味道，心里越加发毛了。于是他壮壮胆子，伸手去抓霍姆的手腕，想摸摸他的脉搏，但是脉搏也没有了，而他自己的心脏却跳得越来越厉害。当他的手碰到了霍姆的胳膊时，无意中拉了它一下，他觉得这只胳膊分外地沉重。

"这是怎么回事?! 不对! 简直不可能……"

他自言自语着一边往后退，用手往脑门子上一摸，这时大颗大颗的汗珠子直往外冒。他退着走出房间，掩上门，三步并作两步奔下楼梯。一到底层，便直奔客厅，一屁股坐到电话机旁边的椅子上去翻阅电话号码簿。一边上气不接下气地嘀咕着："这、这，怎么会呢! 这事怎么可能呢……"

终于找到了他所要找的电话号码，抓起电话就拨。由于两只手吓得直打哆嗦，所以连着拨了三次才拨对。耳机里听到对方的电话铃响了两声，有人拿起了听筒，这时传来一个女人的声音，平静地说："这里是急救站，请讲话。"

贝尔纳却回答说："对不起，我拨错号了。"

他立即挂上电话，把电话机往旁边一推，两手捧着脑袋，呆了足足一分钟，心里想，到底该怎么办? 突然间，什么东西把他吓得跳了起来。一看，原来是小狗呻吟着在外边抓客厅的门。贝尔纳走过去，打开门放狗进来，他自己又回来坐在椅子上，自言自语着："我的好骆格，如果你知道出了什么事……"

这时，贝尔纳不顾一切地要把心里话说出来，哪怕是对一条不懂人事的狗讲讲也好。因为把发生的事情说出来，对他来说便是一种宽慰。

"骆格啊，我现在真不知如何是好! 我敢说他是停止呼吸了，连脉搏也摸不到了，我想，他马上要死了，或者已经死了。

我害怕了，所以逃出来了……"

说到这里，他呆板地抬起头来失神地看着天花板，长叹了一声，接着又说："不过，可以肯定他现在还没有死。本想给医院打电话，但我又把电话挂了，因为我想不应当……你听我讲了吗？骆格？"

小狗就蹲在他脚下，下巴颏温顺地放在他的膝盖上，好像在听他讲话。贝尔纳久久地轻抚着它的毛，思绪万千，过了一会儿又接着说："你听着，我敢说霍姆和我们不是一样的人，他是从天外飞来的，到底是哪里？我说不清楚，但肯定不是从越南来的。我拉他的胳膊时，感到好沉啊！真令人奇怪，我也说不清楚。"

贝尔纳住了嘴，迟疑了一会儿，一边抚摸着狗，又说了起来："他不是咱们地球上的人，他是从别的星球上来的。在他们那里，人们不用呼吸，也不用吃东西。那里的人长得和我们一样，但身体比我们重，劲儿比我们大，心脏也不跳动。我左思右想，闹不清他应当是哪个星球上的人……"

贝尔纳说着说着，连声音都变了。他回忆着所读过的那些描述关于宇宙中的事情的文章，脑海里浮现出一些星球的名字，什么金星呀，土星呀，等等，但这些名字没有一个能与他想的对上号。他想，霍姆一定是从更远的外空来的。在他的想像中，那应当是围绕着太阳转的一颗尚未为人所知的星球。想到这里，他突然醒悟过来了，说："如果把他送进医院，他的奥秘便会被人发现的。骆格，你听我说，谁都有权保守自己的秘密。我不能出卖霍姆啊！懂吗?"

这时贝尔纳似乎平静一些了。把心里话一倒出来，也觉得舒坦一些似的。

"可你为什么要咬他？你也闻出了什么吗？当然，你是不会回答我的。"

贝尔纳最后再抚了一下他的狗，便站了起来说："就这样吧！我得守口如瓶，现在你跟我到厨房里去睡你的觉吧！我也要上楼去睡了。总之，事情会很快过去的，因为明天一早霍姆便要走了，要去找他的朋友了。这样，再也没人谈起他了。"

十一

　　贝尔纳像平常那样，在七点钟左右醒来了。他起了床，马上就去冲了个澡，匆匆忙忙穿上了衣服，便去敲霍姆的门。但机器人已经不在房间了，当在厨房里找到他时，他正在抚摸骆格的毛，骆格在他的手下显出心满意足的样子。

　　"你好，霍姆，睡得好吗？"

　　霍姆彬彬有礼地回答了他，脸上挂着二号微笑。贝尔纳见他如此正常，反而隐隐约约地感到有点惊疑。他想："也许昨天夜里我是做了一场梦吧？这小伙子并不是天外来客，而是和我们一样。"他无意之间扭头望了望窗外，只见天下起雨了。

　　"该死的天气！"他低声骂着。

　　接着他便张罗着去做早餐。先烧开了水，又拿出一罐咖啡粉说："今早你该吃点东西了吧？"

　　"我不饿，谢谢你。"霍姆回答说。

　　"光喝点咖啡好吗？"

　　"咖啡也不喝了，谢谢你。我已经喝了一杯水了。"

　　贝尔纳暗自琢磨着：霍姆会不会不客气地自己先做了早点吃

了？他迟疑了一会儿，决定不再谦让了。可是一看冰箱和柜橱，里边一样食品也没少……他心里嘀咕着："我该不是在做梦吧？他确实是天外来客了！准没错。"他踌躇了片刻，决定等一等再去弄清楚这个谜。

吃完早餐，贝尔纳再望了望窗外，雨不停地下着，密密麻麻的雨脚如注，看样子非下到天黑不可。想想那些雨中挨淋的人，他们的心情该是多么焦躁啊！贝尔纳想："我不能在这大雨天赶他出门。"他愣了一会儿开口问："你真的想走吗？"

"不是。"霍姆回答说。

"你不是要去找你的朋友们吗？"

"去不去找都一样，"霍姆这个机器人回答说，"因为我无论在哪里，他们总归会找到我的。"

"什么？"贝尔纳惊愕了，他差一点想说"你躲在这里，他们怎么能找到？"但他终究未让诧异的心情流露出来。仅向他表示："如果雨不停，你就待在这里，好吗？"

"好的。"霍姆回答说。

霍姆对雨本来是无所谓的。因为雨水浇在他橡胶皮肤上，他根本就不会有感觉。何况在他的背包里还有一件风雪雨衣，一点都不影响他雨天离去。他没有走，那是因为他被设计得尽可能地顺从别人的意志。

"那好，你就留在我家里。"贝尔纳说，"但我今天要整整复习一天功课，不能陪你聊天了，你一个人会感到寂寞的。"

贝尔纳沉思了片刻，忽然说："有了，我这里有一本《象棋指南》，你会对它感兴趣的。你读一读它，今晚咱们再对弈时就更有趣了。你看这样行吗？"

"行。"霍姆回答说。

这天吃早饭的时候，塞治完全恢复了乐观情绪。他几乎可以肯定在天黑前能找回霍姆了。喝完最后一口咖啡，他说："咱们先商量一下给教授打电话的事吧。"

"这个电话该怎么打？"迪博问。

"这并不难，今天这一次先取消它，明天电话上我们可以说今天的电话打不通。"

"嗯？！嗯？！你觉得这样做诚实吗？"迪博说。

塞治没有马上回答。迪博的话似乎使他有点尴尬。最后他承认说："这确实不太诚实。那么，如果我们把事情如实告诉教授，对他说德尼偷偷把霍姆放走了，那，会出现什么局面呢？德尼干的这件事当然是严重的，而且十分严重，教授知道了肯定会同马西拉克先生大闹一场，我们这样做值得吗？"

"是不值得。"迪博赞同地说，"那明天早上的电话又该怎么打呢？"

"那没问题。"塞治斩钉截铁地说，"不等到明天我们就找到霍姆了，我们可以告诉教授，一切顺利，那时可就不是撒谎了。"

"哎呀，你以为事情这么简单？明天如果找不到霍姆呢？"迪博说。

"那总归有办法的。好啦，今天用不着为这事慌张。"

塞治抬头望望屋外，对两位伙伴说："喂，你俩看看，这雨下得多大啊！如果整整下它一天，不会有人感到奇怪的……"

"这雨肯定不会停的。"索劳特预测着，因为他有自己的气象灵感。

三位青年乘坐上昨天霍姆乘的那趟车。对检票员提出一个接一个的问题，检票员对答如流。塞治原先的推断很快就被证实了。

"是的，我在昨天的这个时候就在这趟车上检票。"老头告诉他们。

"是不是有一位越南人乘坐了这趟车？"

"有，他是从布里昂松站上车的。"

"他是拿着一张去马诺斯克市的车票吧？"

"是的，但他到了加埔站就下车了。"

塞治高兴得差一点叫了起来："霍姆无论走到哪里都不会没人注意他。"

"你能肯定他是在加埔下车的吗？"迪博不大相信地问。

"完全肯定。"老头回答说，"因为我还提醒他，票是到马诺斯克市去的……"

"后来呢？"

"他告诉我说他就到加埔，不再往前走了……你们的那位伙伴是不是犯傻了？"

塞治没有马上回答老头的问话，好像没听见似的，只是望着茫茫的雨景出神。老头于是又追问："他是不是一时糊涂了？"

"有一点。请问，他可以拿着原票再乘上这趟车去马诺斯克吗?"塞治问。

"按说是可以的,不过得办个手续。对,如果他想到这一层的话,是可以持原票乘这趟车去的,虽说很少有人这样做,但按规定是可以的。"

一到加埔市,塞治一行就沿着福熙大街往市中心走去。刚走了一百来步远,便同从旁边一条街上走出来的德尼碰了个面对面。一看他瞠目结舌的样子,便知道他根本就没想到会在这里遇上他们。这时德尼已走到距塞治他们三步远的地方了,无论如何不能连个招呼不打就扬长而去。于是,他稍微定了定神,立刻装得神气起来。

"嗬,你们在这儿散步呀!这天气可不赖,让人一点也不觉得干燥……"

雨,还在不停地下着,阴冷的绵绵细雨好像永远不想停歇似的。塞治捏着同样的腔调反唇相讥:"所以,你要在这儿长待下去喽?"

"这你还不知道?"德尼回答说,"我可以在这里停上十分钟就走,也可以待上一辈子,反正路是大家的,对不对?"

说完冷冷一笑,继续朝前走去。塞治看着他远去的背影,并不因此而恼火,他小声说:"既然他在这里,说明霍姆一定也在。咱们路子是走对了,但谁胜谁负还难说。他会不会已经找到霍姆了?如果能知道这小子脑子里转些什么该多好。"

德尼已经走得很远了。索劳特望了他一眼,平静地说:"可惜一个人脑子里想些什么,别人是永远不会知道的。特别像他这样一个家伙。"

贝尔纳一边复习功课，一边不时抬头瞧瞧霍姆，只见他一直埋头读那本《象棋指南》。于是便问他："你对这本书感兴趣吗？"

"感兴趣。"霍姆头也不抬地回答着。

因为贝尔纳不歇气地温习着功课，快近中午时，感到有点累了，便随便向这位默不作声的朋友提了个问题："你在越南住的时间不长吧？"

"不长，我出生在越南，很小就来法国了。"这是霍姆昨天的回答，一字不差。贝尔纳心想："奇怪，他为什么又重复了昨天说过的话？"由于贝尔纳想再多知道一点什么，便又提了几个问题。而得到的回答与昨天的一模一样。他只好让自己别再去想它了。

贝尔纳看了看屋外，雨还在下着。他无精打采地放下手中的书本，心想："还会发生什么蹊跷的事呢？今天中午他不吃饭吗？不吃东西身体怎么能支撑住？"

十二

　　塞治一行在加埔市整整转了一天，晚上在圣阿尔努广场附近的一家小旅馆里住了下来。晚饭吃得很晚，放下饭碗，他们又回到房间里闲聊起来。

　　塞治一边换着睡衣，一边诅咒着："这鬼天气，下个没完没了，我们快成落汤鸡了。"

　　索劳特脱去身上湿淋淋的衣服，打趣地一件一件闻着。

　　"嗯，有点落汤鸡的味道。"他慢条斯理地说，"还早着呢，明天还得下……"

　　"别说了！"塞治打断他的话，"请你不要再说明天怎么怎么的，已经够叫人烦的了。如果德尼这小子再落到我手里，看我怎么收拾他吧。"

　　与塞治相反，这时迪博却显得十分沉着冷静。他说："你别担心，我们已经比他先走一步了。"

　　还在晚饭前，他们三位无意中又遇到了德尼。从他的神态里，一眼就能看出他也是两手空空，一无所获。

　　塞治赞同地说："你说的也对，可这并不等于说我们知道霍姆在什么地方。我们到各个旅店都打听了，都回答说没见过这个越南人，所以可以肯定地说，霍姆没住旅店。其他就不得而知了。"

"但是可以肯定他就在加埔。"迪博说，"因为德尼还在这里，说明霍姆也在这里。"

"你说得对，"塞治说，"可是加埔有五六千栋房屋，我们总不能穿堂入室挨家挨户去打听，这是办不到的，而且那样做像什么样子呢？"

接着便是一阵长时间的沉默。塞治自言自语地说："拉倒吧！我再也无计可施了。明天不干了，干脆打电话如实地告诉教授，闹出什么乱子也活该了……"

索劳特这时像平常一样，只在一旁听着而不插话，一边在思考着什么。过了一会儿，他扭过身来对塞治说："你还记得昨天早上德尼在布尔杜瓦市小旅馆里说过的话吗？他当时神气活现，想在别人眼里成为一个多么了不起的人物，你忘了？"

"没忘。"塞治回答。

"他当时真是洋洋自得，以为他那一手干得漂亮，可往往在这种时候，容易说漏嘴。难道他当时没有说漏嘴的地方吗？"

"也许有，那又怎么样呢？"

"如果把他当时讲的话回忆一番，并且找出哪些是本来不该说而说漏了，你不觉得这对我们有所帮助吗？"

塞治厌倦地耸了耸肩膀。可以看出，他对这个主意不以为然，也不想再寻找下去了。而索劳特却像往常一样，在耐心地等着他回答，要一直等到他说话为止。

这次由迪博说话了："我倒是记起来了，德尼当时说：'霍姆与柯维克不一样，若换上柯维克，我是永远也找不到它的，但我敢打赌我能紧紧地跟踪住霍姆，随便你赌什么都行。'如果我们能知道霍姆与柯维克的不同之处，这对我们就大有益处了。"

"霍姆肯定同柯维克没什么大的差别。"塞治辩驳说，"别忘了，一切都是从柯维克试验中得来的。如果说霍姆的肌肉既结实又灵活，那是因为柯维克身上也是这样的肌肉。这是明明白白的事情，你还能找到什么不同之处呢？"

"有一个地方不同。"迪博坚持着，"你再想想德尼的话。他说有某些东西已成了霍姆的组成部分，永不会消失的。是一些永远不能磨灭的什么东西，难道你一点都听不出这话外之音吗？"

塞治像触电般地跳了起来。

"对啦！当然指的是那个原子反应堆！这正是霍姆身上有的而柯维克身上却没有，一切的一切都出在这儿了。"

几秒钟之间，塞治像变了一个人。他有泄气的时候，但也会一下子就乐观起来。刚才还一蹶不振，现在却突然信心十足了。

"反应堆说明了什么问题呢？"索劳特平静地问。

"你听我说，"塞治说，"霍姆的能源是来自安装在他腹部的一个小小原子反应堆，它以钚为动力，钚是一种放射性物质，而且是一种放射性很强的物质。"

"我可不喜欢放射性物质。"迪博小声说。

"这没事儿，"塞治接着说，"反应堆周围是用铅封着的，以防射线外漏，但却不能全部封死。"

　　"为什么？"

　　"因为铅的比重很大，而霍姆已经二百公斤重了，不得不把他的体重加以限制，不然是不行的。这就不能不使霍姆身上有一点放射性物质漏出来……"

　　"那么他很危险啰？"

　　迪博对此感到不安。因为几个星期前他被放射性物质烧伤过，所以一直心有余悸。打那以后，他懂得了凡是放射性物质，都能辐射出小小的粒子，小得肉眼看不到。粒子量一多，便有危险。故每当人们提到放射两字，便立即使他警觉起来。而索劳特却一贯地对什么都无所谓——这便是他的信条。塞治觉得有必要安抚安抚两位伙伴，便说："霍姆肯定没有危险性，应当相信教授会考虑到这些的。他会用足够的铅来封住反应堆，防止它出危险。但从中漏出来的放射物，也完全能用仪器测出来。"

　　"我明白了。"迪博说，"但是辐射的距离不会很远吧？"

　　"当然不会，至多有二、三米远。"

　　"我赞成你说的，那就是说只有离霍姆很近的地方才能探测出他，而不能远距离测到他。那么，德尼是怎么测的？"

　　"得了！"塞治扫兴地说，"确实，他是怎么测的呢？我还没想这么远。"

　　经过一阵长时间的沉默，迪博问："现在我们该怎么办？"

　　"没什么难办的，"塞治回答说，"明天一早我给爸爸打个电话，他准会帮我们一把的。现在嘛，大家都该睡觉了。"

整整一个下午，霍姆一直埋头读那本《象棋指南》，读得专心致志。贝尔纳几乎把他忘了。到了做晚饭的时候，贝尔纳打开壁橱，看了看剩下的食物，回头对霍姆说："今晚我想下饺子吃，你喜欢吃吗？"

"我不饿，谢谢你。"

贝尔纳听到这话不再那么惊异了，心想："他已有二十四个小时未吃东西了，他还能坚持多久呢？我要等着看他想吃东西的时候，会张口向我要什么吃，是砒霜还是老鼠药。"贝尔纳不再过分谦让了，他取出饺子盒，坐在饭桌的一角对着霍姆吃了起来。这时霍姆也平静地瞧着他。贝尔纳吃完饭，把东西收拾了一下，便说："我收拾完了，今晚我也不复习功课了。再说雨一直下个不停，也不能出去遛狗，你愿意同我下棋吗？"

"愿意。"

棋盘摆好了。骆格过来卧在霍姆身旁的地板上，机器人一只手摸着它的毛。贝尔纳瞧着他们，颇感惊奇，心想："为什么骆格要卧到霍姆身旁？它的大脑里在发生着什么变化？昨天他还想咬他，而今天……"

"白子先走，你开始走棋吧！"贝尔纳说。

"好的。"

现在霍姆举棋便走，而且走子很快，因为太快了，所以走了四五步之后，贝尔纳说："你不必走那么快，得先想好再走。"

"我已经想好了。"霍姆回答说。

贝尔纳已丢了一头"象"，接着又丢了一匹"马"。于是心里嘀咕起来："这是怎么回事儿？我太粗心大意了。"于是他全神贯注地下起来，但是一个"车"又被吃掉了。霍姆走棋仍是那么利落，似乎是毫不思索。

　　"他进步了。"贝尔纳半是心酸半是恼怒地自语着。

　　接着又丢了一头"象"。至此他知道大势已去了。霍姆每走一步，都对他进逼一分。霍姆的棋子走动并不多，但步步见效。贝尔纳心想："这可糟了！"于是他用剩下的一个"车"往前攻了一步，霍姆紧接着也走了一步。

　　"将军！"机器人叫了一声。

　　这下把贝尔纳搞得目瞪口呆：一匹白"马"同时"将军"住了他的"国王"和"皇后"，这匹"马"简直是不可招架。贝尔纳心想："无计可施了，这下输定了。"他设法保住了国王，皇后被霍姆吃掉了。贝尔纳还在无甚希望地继续往前攻"车"。机器人接着把"象"往前一拱，又叫了声"将军！"贝尔纳绝望地看了看棋盘，这是死死的一着棋，完全无可救药了。他沉默了半晌没说话，愣愣地反复瞧着这一败局。

　　"完蛋了。"他最后开腔说，"我从来没输得这么快，从来没有过。霍姆，你怎么能下这么好？"

　　"因为我读了你借给我的那本书。"

　　"可我也读了呀！"贝尔纳说，"并且我还花了好几个星期来研究它，但我并没你学得到家。"

　　对于这盘棋，贝尔纳没有什么可自豪的。反倒使他想起前一天霍姆制服他的狗的情景。他心想："他那一手真绝！又敏捷迅速，又那么稳当。"他无心下第二盘了，老老实实对霍姆承认："你比我强多了。现在咱们去看会儿电视吧。"

贝尔纳打开电视机，调到一部美国西部电影。因为电影早已开始了，只能从中间开始看，他问霍姆："你觉得这个电影可以吗？"

"可以。"机器人回答说。

这部西部片与其他的一样好，容易看懂。看了大约一刻钟，霍姆站起身来。贝尔纳惊愕地问："你要往哪儿去？"

"我渴了，去厨房喝杯水。"

"那当然得喝，对不起。"

要走出客厅，须得从电视机跟前绕。刚好当霍姆走过电视机时，电视的图像紊乱了一阵。直到机器人走远了才又恢复正常。

"见鬼！"贝尔纳心里想。

他自问："会不会是偶然的巧合？图像紊乱是常有的事，而且也并非第一次。"然而这次刚好发生在霍姆经过的时候。他再侧耳去听，听到厨房里响起一阵倒水的声音，再过一会儿，什么都听不到了。这时贝尔纳的所有感官都处于警戒状态，静静地等待着。心里数着："现在他正在喝水，现在在洗杯子，现在他正把杯子放回壁橱，他就要回来了。"

电视图像又是一阵紊乱。就在那一瞬间，荧光屏上发出电闪星烁般的白光，简直是一幅玄妙的烟火图。当霍姆在椅子上一坐定，一切又恢复正常了。贝尔纳隐约感到一阵不安，但嘴里什么也没说。他一边看着电影的尾声，一边陷入了沉思。

电视上的西部片看完之后，贝尔纳像一个泄了气的皮球似的软瘫下来。他关了电视机，然后问霍姆："你喜欢这个影片吗？"

"喜欢。"

"那好，现在我们睡觉去吧。"

"好的。"

贝尔纳先让机器人上了楼，听着他打开房间的门，又轻轻地把门关好。

"好了，我现在该怎么办呢？"贝尔纳想。

他有点踌躇了，不由自主地搔着头皮，虽然感到疲劳，但因神经过分紧张而无法入睡。他用眼睛巡视着房间的一切，最后落到卧在门旁的骆格身上。它好像也在等待着什么似的。

"对了，我差点把你忘了。"贝尔纳自言自语地说，"人要睡觉了，你当然得离开房间，不过你等等。我带你去活动活动四肢。这对我也有好处。"

小伙子抓住狗的项套，系上绳子，牵着它出了房间。他蹙着眉头——因为雨还在下着。他们在房子周围转了一圈，又漫步回到屋里来。贝尔纳坐在一张椅子上，小狗仍把头偎依在他的膝盖上。于是他又像昨天夜里那样，絮絮叨叨对狗说起话来："我的好骆格，我真不知道我在想些什么。今天比昨天更糟糕。现在我敢肯定他是外空飞来的人了，他比我们厉害多了，他动作比我们更迅速、更灵活、更有劲。他还有一个如此厉害的大脑！不说这些了。他要高兴的话，一口就可以把咱俩活吞下去，这一点也不足为奇。"

贝尔纳把覆盖在小狗眼睛上的毛拨开，轻轻摸着它的头，接着说："这事可非同小可，你信吗？每次瞧见他时，他总显得那样的可亲，随时准备为别人尽心尽力，始终是笑盈盈的。肯定地说，他心肠不坏。但是，如果他是一个凶残的家伙，打起架来出手之快，用力之狠，会超过任何人。我根本无招架之力，你就更不在话下了……"

说到这里，他朝周围瞧了瞧，像是生怕霍姆此时走进来似的，说话的声音压得更低了："你知道吗？他告诉我说他还有朋友。他们到底什么时候才来？如果一个个都像他一样壮，那还会闹出什么事儿呢？"

他把身子又往前靠了靠，与狗贴得更近了："骆格，我告诉你，我希望他走，但又不能硬赶他出门。我既然款待了他，就不能轰他走，只要雨不停，我便不能干出这样的事。而且我还想设法弄清他的来历。"

贝尔纳不再说话了。在深夜的寂静中，只有雨滴在噼噼啪啪地敲打着窗户。他支着耳朵听了一阵子之后，喃喃地说："反正豁出去了！我仍然愿意他留下来，这样，我明天还可以再多从他那里探听些情况。"

十三

　　第二天，雨还在不停地下着。天空一片昏暗，灰蒙蒙的细雨轻轻地飘洒着。这一切倒使得塞治感到开心。

　　"太妙了！这雨正是在帮我们的忙。"他说。

　　"你真的这样认为？"迪博喃喃地抱怨着。

　　"当然啰！只要下着雨，霍姆就出不来门。他出不来，德尼怎么能找到他。"

　　"但是我们也找不到他啊。我们能占到什么便宜呢？"

　　"我们可以争取到时间。"

　　迪博耸了耸肩膀，似乎想说：反正嘴巴长在他自己脸上，爱怎么说就怎么说吧！过了一会儿，他接着说："现在该给教授打电话了。你该记得昨天我们没给教授报平安，今天一定得想办法。"

　　"不必担心，我自有打算。"塞治回答说。

　　电话机就放在酒吧间靠墙角的地方。一吃完早饭，塞治过去拨了电话号码，过了几秒钟后，他的两个小伙伴只听他对着电话说："喂？太太您好，我是塞治。昨天？昨天电话没能打通。今天？一下子就接通了。谁知道昨天是怎么回事。请您转告教授，就说一切都……"刚说到这里，他咔的一下子按住了电话耳机的支架，把通话切断了。然后挂上了话筒。

"怎么？就说这些？"迪博问。

"是的。"塞治回答说，"这就像是自动电话的线路出故障了一样。我最后的一句话没说出任何不正常的事情，莫勒夫人听了不会惊慌的。电话总机断线是常常发生的事，而打电话的人却不能轻易觉察出来。"

"嗯？"迪博不平地说，"你认为这样做对吗？"

塞治不以为然地打了个手势说："这些昨天已经谈过了。现在该给我爸爸打电话了。"

他平静地拨完了号码，电话很快就通了。于是他们在电话上进行了长时间的对话。塞治用隐晦的语言讲述了事情的经过，话中没有点破任何人的名字，索劳特和迪博津津有味地听着塞治在电话上所讲的话，不住地想笑。因为他讲得如此含蓄，对方很难听懂他说的意思。

"但愿他爸爸能听懂他的话。"迪博凑近索劳特的耳边小声说。

一刻钟以后，塞治挂上了电话。"打这样的电话太花钱了。"他小声咕哝着。然后把一个地址写在一张小纸片上，回到伙伴身旁坐下来，压低声音说："一切顺利。这次我得知了原先不知道的情况。霍姆身上放射出的是阿尔法粒子。"

"这叫什么玩意儿？"索劳特问。

"是一种非常小的、肉眼看不到的粒子。准确地说，叫氦核，是由钚反应堆放射出来的。其中一部分透过铅封罩漏到外边来了。这样的粒子一旦遇到碳原子，就变为放射性物质了。"

"明白了，那又怎么样？"

"那就很简单了。"塞治回答说，"木材里有许多碳元素。如果霍姆在椅子上坐的时间一长，这张椅子便出现轻微的放射性物质。其辐射量刚好够我们把它测出来。"

"请等一等，"迪博打断他的话说，"是不是可以这样理解，如果霍姆前天在一张椅子上坐过，到了明天我们仍然知道它是在那里坐过，而不是在别的地方，对吗？"

迪博对此似乎相当怀疑。

"正是这样，"塞治回答说，"然而不是什么东西都能测出它来，需要有探测器。我爸爸给了我一个地址，是他的朋友家，我们可到他那里去借这样的探测器。他是格列诺布尔市的一位教授。"

"哦，霍姆从什么地方经过，须等到两三天之后我们才能知道，这对我们有什么用处？"迪博说。

"我们不能乱加推测，"塞治回答说，"但有一点是肯定的，那就是德尼拿的也正是这样的探测器。我们也应该有一个。这样我们就可以旗鼓相当地跟他斗，这是明摆着的。"

迪博好像被说服了，最后说：

"好吧，那么你去格列诺布尔市取仪器，我们在这里等你？"

"那当然！"

跟前一天一样，贝尔纳今天仍在复习他的功课。而霍姆仍在看另一本关于如何下象棋的书。中间有一次，贝尔纳对霍姆说：
"你的朋友们还没来？"

"没有。"

贝尔纳已经习惯于这种寥寥几字的回答了。可是随着时间的推移，他的好奇心越来越浓。他不愿勉强霍姆讲，但他总想从霍姆嘴里多知道些事情。傍晚时分，他来了主意，心想："如果设法多灌他些酒，他的话就会多起来。"

于是他挖空心思地盘算起来，并且决定当天晚上就付诸行动。为了使霍姆分别不出是水还是酒，需要用无色白酒才行。贝尔纳心想，杜松子酒肯定行——他知道在壁橱里就有。

晚饭后，他提议与霍姆下了一盘棋。其结果跟昨天一样，输得很惨。然后又请机器人到电视机前坐下来，选好了一个节目后便说："我一会儿就来，我去给你倒杯水。"

"好，谢谢你。"霍姆回答说。

贝尔纳一个人在厨房里，先倒满一杯杜松子酒准备给霍姆喝，然后又为自己倒了一杯开水。再一想，不行——"如果霍姆选了水喝呢？我又不能说不行，那该怎么办呢？"

他忐忑不安起来，有点茫然不知所措。因为他一点酒也不愿喝，万一霍姆拿错了杯子……小伙子又考虑了一会儿，然后把杯子里的水倒掉，又把杜松子酒各分一半放在两只杯子里，再用水加满。无疑，这样看上去两只杯子完全一样了。心想："这样的话，他无论选上哪一杯都没关系……再说，杜松子酒的度数又不太高。"

实际上，贝尔纳根本不会喝酒，然而他竟天真地以为酒的度数不太高。另外，在他看来，两个杯子里的酒量完全一样，反觉得这表明自己是诚实的："就像两个等量级拳击运动员，谁胜谁负就看本事了。"最后他细心地把酒瓶收拾好，又检查一遍，确信厨房里没有任何酒的痕迹了，心才踏实下来："但愿这下一举成功。"

他回到客厅里，在靠近霍姆旁边的沙发上坐下来，把两只杯子放在他们中间的茶几上。

"请喝吧！"

"谢谢你！"霍姆带着二号微笑说。

机器人举起一杯，没有马上喝下去，而是举到离嘴唇不远的地方停住了。

"糟了，"贝尔纳心想，"他一闻到酒味就不会喝了。这下全都得落空了。"

然而事情并非如此，霍姆是不可能闻出什么味道的。因为他根本没有嗅觉。他只是不急于喝而已。贝尔纳不断地偷偷瞧他，忐忑不安地等待着。机器人最后终于要喝了：只见它平静地、一口接一口地，像喝水一样一口气把酒喝了下去。

"喔唷！"贝尔纳松了一口气。

接着他也咕嘟咕嘟一口气喝完了自己的那一份——他决心要喝得和霍姆一样快，这时他才发现掺了水的酒比他原来想像的要厉害得多。

"也好！他的话肯定会多起来的……"贝尔纳心里说。

当他把酒杯放回到茶几上时，才后悔自己不应当喝得这样快。因为他只觉得嗓子眼和胃里热辣辣地难受，还有一种莫名其妙的不安之感。这时他站起来去关电视，一边用硬邦邦的嗓音说："真没劲儿！其他台也没有好节目……干脆关了它可以吗？"

"好的。"

于是贝尔纳换了个地方坐下来，这里既能清楚地观察霍姆的表情，也能更清晰地听到他的声音——这些细节他在傍晚时候就已想好了。现在只是按照原来拟订好的方案仔细地执行而已。

现在该提第一个问题了：

"霍姆，请告诉我，你不是我们这里的人吧？"

"不是，我出生在越南，很小就来法国了。"

这完完全全是霍姆原来的回答，已经讲了三遍了，为什么他要一字不差地重复呢？这时贝尔纳已经感到酒劲使他全身发热，但尚未觉得难受。他想起还有一些问题要问，便说："请你再多讲点儿！"

"你想知道什么？"

"我也说不清楚，讲吧！"

这时贝尔纳无缘无故地大笑起来，觉得很开心。而霍姆对他的回答完全是老一套，使他觉着很奇怪。

"你有什么要问我的吗？"机器人亲切地问。

贝尔纳一听又笑了起来。这时他觉得霍姆坐的沙发在来回晃悠，渐渐地自己的眼睛有点不灵了，模模糊糊地连霍姆也看不清了。

"你不是地球上的人，你身上的怪事儿太多了。你是生在遥远的天外，我想知道你到底从哪里来的。"

贝尔纳一边口里说着，心里却在想："怎么回事儿？这并不是我原来想说的话，我怎么啦？"他想再仔细瞧瞧霍姆，可是觉得连自己坐的椅子也在摇晃。

"你有什么要问我的吗?"机器人重复着。

"问什么?"

霍姆却十分镇静。白酒对他大脑的微型线路是不会有任何影响的。他喝下去的杜松子酒像水一样，到了第二天便会完全排泄出去。而贝尔纳呢? 他原想让霍姆多讲话，现在他对此全忘了。霍姆却总是带着二号微笑。"他真可亲。"贝尔纳心里这样想着，伸手想去亲亲热热地握一握霍姆的手。当他试着站起来时，感觉周围的一切都转了起来。于是马上又坐下去，才感到稍许好了一点。

"你怎么了?"霍姆问。

贝尔纳的嘴已不听使唤了，他回答说："啊！我想起来了，我本来想让你多说话，奇怪，可是……"

他觉得周身在发热，手在发抖，两鬓太阳穴的血管在乱蹦。他慢慢地呼了几口长气，想止住心慌。当他第二次使劲想站起来时，全身失去了平衡，头向前一栽，倒了下去。

未等他摔倒在地，霍姆便迅速抢上去，一把拉住他。贝尔纳只觉得两只有力的手紧紧地扶住了他，又慢慢地让他坐回到椅子上。这时他对发生的一切已迷糊不清了。过一会儿，才看清是霍姆在牢牢地扶着自己的肩膀。

"贝尔纳，你怎么啦?"

他没有回答，只见墙壁、家具以及霍姆都在围着他打转。他不想再说什么了，只是咯咯地笑了笑——笑得像是在打嗝。

"贝尔纳，你病了吗? 请告诉我你哪儿不舒服。我从来没有见到过病人，不知道该怎么办。"

霍姆带着二号微笑等待着贝尔纳回答，两只手紧紧地扶着他的肩膀不放。

"我病了，我病了……"贝尔纳回答着。一阵犹豫之后，又傻笑着对霍姆说:"我得去睡觉了……"

"你等一会儿!"霍姆说。

机器人弯下腰来，像抱起受伤的小孩那样小心地把贝尔纳抱起来，走出客厅，慢慢地上了二楼——他抱着贝尔纳就像拿一根羽毛那样毫不费劲，然后进了卧室，把贝尔纳轻轻地放在床上。

"不用你抱，我自己能走……"贝尔纳说。

"不行，你病了。"

"真的? 我生病了? 到底是怎么回事? 我喝的是一杯水呀。嗳，不是水，当然不是水……"

小伙子在床上折腾了一会儿，然后梦呓般地说:"我原来是想让你说话，你却没事……真奇怪呀……"

在打了两三个呵欠后，他闭上眼睛很快就睡熟了。霍姆搬了一把椅子放在贝尔纳的床边上，平静地坐了下来。

十四

第二天清早，当贝尔纳快醒来的时候，先在床上翻了几个身，好不容易从睡梦中挣扎出来。然后用手搓了搓脸，睁眼一看，只见霍姆仍然端坐在床前。

"你在这里干什么？"他诧异地问。

没等霍姆回答，他便吃力地坐了起来，一只手摸着后脑勺呻吟着："哎哟！头痛死了，怎么搞的，一动头就痛。昨天我……"

由于一时感情冲动，他差点儿想说："昨天我简直醉成一摊稀泥了。"还好，话到嘴边又咽了回去。而且一改口，换成了一句很得体的话，"我是说我生病了，昨天的事情真的一点也记不起来了……"

这时他脑海里仍是一片迷茫。虽然竭力想回忆起来点什么，但能想起来的只不过是东鳞西爪的一丁点。

"我记得当时我想从椅子上站起来，差一点栽倒在地上，是你把我扶住了。只记得这点了，后来呢？后来发生了什么事？"

贝尔纳的脑子里真像一锅稀粥。他想："本来我想问他些问题，而后来倒是我在说话……我说了些什么呢？"他实在记不起来，感到很懊丧。

"我把你抱到这里来的。"霍姆向他解释说。

对！贝尔纳想起来了，霍姆像抱一个生病的小孩一样从椅子上抱起他，然后又轻轻地把他放在床上。

"是你把我抱上来的？后来你就坐在这把椅子上整整熬了一夜？"贝尔纳压低声音问。

"是的。"霍姆用两个简短的字回答他。

贝尔纳只觉得脸一下子红了，于是把头扭向一边去。心想："我原想把他灌醉，而他却服侍我，整整为我熬了一夜，多好的人呀！我的所作所为真像个小人。"小伙子实在觉得有点灰溜溜的，连眼也不敢抬了。好长时间不知该说什么。最后不得不凝视着霍姆，抱歉地说："多谢你了，霍姆，谢谢你为我做的一切。"

塞治按照父亲的嘱咐，到格列诺布尔市走了一趟，回来时带着一个新型的探测器，用起来既灵敏又方便，可以放在口袋里，并能测出很微量的放射性物质。

正当贝尔纳从醉意中艰难地醒过来的时候，塞治和他的朋友们已开始在全市到处寻找霍姆的踪迹了。

"这仪器的原理很简单。"塞治告诉伙伴们说，"只要霍姆在什么地方呆过一个小时以上，仪器上便会有显示。我们现在只要到所有公共场所能坐人的地方去测试一下便知道了。没有什么太复杂之处。好在现在天也放晴了。"

午后，三个小伙伴先后到了火车站候车室、公园里、几个咖啡店等地方去测试，但一无所获。现在他们来到卡尔诺街咖啡店，即三天前贝尔纳和霍姆见面的地方。在那里只停了两三分钟，塞治的脸上突然露出喜色。

"他在这儿待过！"塞治说着，一边用一个十分谨慎的手势指了指放在他身边的那把椅子。当老板娘给他们端饮料时，塞治便跟她攀谈了一会儿，然后问她："我们正在寻找一位朋友，不知他是否到这里来过。是一个越南人，你能记起来吗？"

老板娘毫不犹豫地回答说："当然记得。三天前他来过这里。如果我没记错的话，大约在那天下午四点来钟的时候来的。"

"他跟您说话了吗？"迪博问。

"没有。"老板娘回答说，"他当时同我们城里的一个小伙子聊了好半天。末了，他们一块儿走了。"

"你知道这小伙子是谁吗？"迪博又问。

"当然知道。你想想看，在这样一个小城市里谁还不认识谁？他就是索塞大夫的儿子之一，叫贝尔纳·索塞。"

塞治听着老板娘的话，感到十分震惊，心想："真玄乎，她怎么能记得这么清楚？这毕竟是三天前的事情了？"他与迪博交换了一下眼色，只见这位年轻的印第安人做了个鬼脸，意思说："这是不可能的。事情安排得太巧了，没那么容易。肯定是……"

迪博于是问老板娘："你知道这位索塞大夫的住址吗？"

"那还用说！就住在城市的那一头。"

老板娘一下就说出了他们所要去的地址，最后补充说："怪事，一个小时前也有人问过我同样的问题……"

这一天，打一开始，贝尔纳就感到不顺心。吃完了早饭他就坐下温习功课，但一直打不起精神来。往外再一看，雨已经停了。于是他马上便想到霍姆该走了，想到不管他到哪儿，那些神秘的朋友们都能把他找到，并且将会不由分说地把他带走。然而贝尔纳已经有点舍不得让霍姆离开了。

贝尔纳不时地抬起头跟霍姆说说话，抱着一线希望，希望霍姆在走之前能多跟他说点什么。然而机器人每次总是带着极其亲切的微笑用一两个字来回答他。

下午，门铃突然急促地响了一阵，把贝尔纳吓了一跳。他立刻说："今天我没有客人来，会不会是你的某一位朋友找你来了？"

"不知道。"霍姆回答说。

"他怎么会找到这里呢？"

"不知道。"

贝尔纳踌躇了，做了一个无可奈何的动作，然后站起来说："我去看看到底是谁。你在这儿等我好吗？"

"好的。"

开门一看，只见一位棕发少年悠闲自得地等在门口。他穿着白色翻领毛衣，灰色裤子，"光明牌"带拉链的夹克衫，两只手插在夹克衫的口袋里。

"您好。"陌生人说，"我叫塞治·达斯波蒙。一个与我一块儿的越南人不小心走丢了，他是位衣着普通的越南青年，身高一米五八，待人亲切，名字叫霍姆，他会不会到你这儿来了？"

年轻的陌生人说话的声音很古怪，嗓子有点沙哑，用词别致。贝尔纳禁不住笑了。

"他在这里。"贝尔纳回答说。于是身子往旁边一闪，让年轻人进屋来。接着又说："他在客厅里，往右走第一个门便是。请进去。"

当贝尔纳在关门的时候，棕发少年已大摇大摆地走进了客厅。

"你好，霍姆，怎么样？"

这可把贝尔纳吓了一大跳——还好，他很快就控制住了自己。怎么？新来的人嗓音一下子变得不沙哑了！现在讲话的声音完全正常了。贝尔纳心里纳闷："我是不是在做梦？"这时霍姆已经从沙发上站起来了。

"你好。塞治。我很好，谢谢你！"

"我费了九牛二虎之力才算把你找到了。"

贝尔纳指着一张沙发请棕发少年坐下，但只见他的两只手始终不离开口袋。

"谢谢你，"陌生人说，"我没时间在你家久待了，我们得马上路了……"

贝尔纳又吓了一跳——天哪！他的声音又变了，变得像刚进门时那样沙哑起来。这时他的狗走了过来，在客人的腿上嗅着。由于贝尔纳有点说不清的懊丧，所以也就未去阻拦骆格。心想："这家伙是否也跟霍姆一样？"

然而狗一直很安静，既没有张牙舞爪，也没有汪汪乱叫。这时贝尔纳大着胆子说："三天来我们聊得可多啦……"

"真的吗？"陌生人说着，显出有点紧张和不安的样子，好像担心霍姆说漏了嘴似的。而机器人却一直挂着二号微笑。他的镇静同新来人的紧张形成了鲜明的对照。贝尔纳心想：显然他们俩都有不可告人的秘密，这是肯定的。

他有意想同陌生人再攀谈下去，想捉弄一下他，但还没来得及开口，门铃又响了起来。这次门铃按得又长又实在。霍姆倒是没什么反应，而不速之客却愣了一下，比刚才那次更为明显。不过又很快控制住了自己。

"让我去看看。"贝尔纳说。

他站起来，走出客厅时随手把客厅门关上，在前厅里思索起来，这次门铃响也使他惊讶不已。心想："肯定又是为了霍姆来的。毫无疑问，他的另一位朋友找上门来了。但他们是怎么找到这儿的呢？"于是贝尔纳振奋精神朝大门走去。打开门一看，差一点把他吓傻了：离门两步远的地方又是一个年轻人安详地等在那里，与前一个一样的棕色头发，一样的白色翻领衫、灰裤子、"光明牌"带拉链的夹克衫，旁边也各有一个插兜，唯一不同之处是眼前的这位手不在口袋里插着。

"你好！"陌生人说，"我叫塞治·达斯波蒙。"

"又是一个！"贝尔纳吃惊地说，"你是第二个塞治。"

"我知道，但我是真正的塞治·达斯波蒙，请看证件。"他说着，一伸手便掏出身份证放到贝尔纳眼前，让他对照一下身份证上的照片。然后心平气和地问："这你该相信了吧！我才是真正的塞治·达斯波蒙，而不是别人，对吧？"

"哦！对的。那么另一位呢？他是谁？与你是兄弟吗？"贝尔纳问。

"我没有兄弟。如果我有的话，肯定不是他。"客人边说着，边轻轻地耸了耸肩膀，接着说，"如果你想知道他是谁，那就请问他自己吧，应当由他而不应当由我来告诉你。如果你感兴趣的话，我可以告诉你，他头发的颜色是染的。"

这位年轻人讲话有板有眼，举止落落大方，言谈直截了当。贝尔纳不再犹豫了，确信眼前的这位便是真塞治。这时塞治也看出自己处于有利地位，便不失时机地加以利用，亲切地说："我是来找霍姆的，他在你家吗？"

"在。"

"我可以同他说话吗？"

"当然可以。"

贝尔纳于是后退一步好让塞治进来。一边指着客厅的门说："请进去。"

贝尔纳跟着塞治走进客厅，好奇心驱使他要进来看看里边两位的反应。德尼的反应不大，他只看了塞治一眼，面部痉挛了一下，因为只是短暂的一下，别人几乎觉察不出来。意思好像在说："既然已经如此，总会有办法对付的。"

"他俩原来是认识的，"贝尔纳想，"这是一对冤家。看来他们早就料到要在这里撞上的。真奇怪……"

霍姆却完全感到出乎意外。他一会儿瞧瞧真塞治，一会儿瞧瞧假塞治，往常的微笑从脸上消失了。贝尔纳的眼睛也跟着看看

222

这位，再看看那位，试图搞清楚究竟是怎么回事。不对，他俩肯定不是亲兄弟，只要稍微注意点，便能看出来，唯有头发的颜色相似，其他一切都不同：脸型、眼睛、举止、声音等。可是他们为什么要穿同样的衣服呢？

"你好，霍姆，怎么样啦？"塞治说。

这次机器人不回答了，他呆呆地瞧着站在面前的两个塞治，惊得站在那里动弹不得了。僵了好一阵子，还是德尼冲着他所扮演的人开炮了，出口不逊地说："怎么回事儿？你的朋友怎么能像对待大小伙子一样让你一个人出来乱跑？你把"大猩猩"和你那位印第安小伙子丢了还是把他们减价卖出去了？"

"他们就在外头，"塞治不动声色地回答，"总不能没被邀请就三人一块闯进来，我们不会干这样的事的。"

"嗨！到了现在这个时候，事情还没完，后头还有戏唱呢！虽然你找到这里来了，但你并没有赢。"

两位不速之客的不同神态使贝尔纳感到吃惊：一个镇静而胸有成竹；另一位暴躁而不可一世。

塞治等待着对方再说下去，由于对方什么也不说了，他才平静地说："我呀！我可不怕把手伸出来。你是不是也可以把手亮出来呢？"

"我喜欢把手放在哪儿就放在哪儿。"德尼一动不动地回答说。

"你就不敢把手伸出来。"

"去你的吧！"

塞治边说着，边走近德尼。好像为了让霍姆能分辨清楚似的。而德尼两只手一直插在口袋里。贝尔纳始终不明白这两个人到底在演一出什么怪戏，他猜想可能戏该结束了。正在这时，德尼讲话了："霍姆，你听我说……"

　　贝尔纳又是一惊，德尼张开口，动着嘴，装出说话的样子，但听到的声音却是塞治的。这，一点也不会错。只见他继续说："你应当听我的，而不是听任何别人的，请你跟我走……"

　　刚说到这里，突然安静了。塞治照着德尼的手猛地一巴掌，虽然不重，但是已把德尼手里的东西打掉了。贝尔纳这才明白为什么假塞治染了头发并穿着这样的衣服。为了让霍姆能听他的，就得装扮成真的，而且声音也得一样。德尼在口袋里瞎摸了一阵，想让录音机再响起来，但没成功。塞治用讥笑的眼光看着他，沉默了一阵子。最后塞治说："够了，德尼，你输了。"

　　"我没有输，"德尼反唇相讥，"往后的事，咱们等着瞧吧！"

　　"咱们等着瞧吧！"塞治边说着，转身对机器人说，"霍姆，现在你懂了吧；我才是真塞治，你应当跟我走才对，是不是?"

　　"是的。"

　　贝尔纳一声不响地听着，觉得事情转变得太快了。心想：事情已经结束了，而我却什么也没有了解到，甚至比原先更糊涂了。这两个叫塞治的到底从哪里冒出来的？为什么这一对冤家都争着由自己把这位天外来客带走？他们与霍姆是同类人吗？霍姆这就要走了。

　　当机器人站起来要走的时候，贝尔纳想挽留他："请你留下来，霍姆，我不会非要你走的。"

"那当然，"塞治客气地回答说，"可是我得把他带到……（他神情迟疑了一下，普通人难以察觉）。总之，我得把他带走，谢谢你款待了他，真难为你了……"

贝尔纳耸了耸肩膀，茫然地笑了笑说："噢，他在吃的方面，可实在花费不多。"

机器人带着他的奥秘就要走了，而贝尔纳实在不甘心让他就这样走掉，他想方设法让他晚点走，但什么主意也想不出来。他犹豫了，正想伸手与塞治告别的时候，突然来了主意，忙说："如果不妨碍你们的话，我想跟你们一块儿出去走走，因为每天这时候我该出去遛狗了。"

塞治立即答应了，说："当然可以。路是大家的嘛，对不对，德尼？"

十五

　　转眼间，霍姆、贝尔纳、塞治、德尼一行四个来到了大街上，骆格被主人牵着乖乖地跟着走。这天，阳光明媚，街市上既清静又不冷落。一辆辆小汽车停在街道两旁，一些行人迈着不紧不慢的步子在街上走着。对面人行道上，离开他们二三十步远的地方有一个男孩和一个女孩在玩球，女孩有六岁左右，男孩也差不多大。

　　塞治领着霍姆一股劲儿地往右走去，贝尔纳寸步不离地紧跟在后面。德尼本来想往左边拐去，一看他们往右走，迟疑了一下，也很快跟过去，走在离贝尔纳后面十来步远的地方，他似乎不想独自一人走一条道。

　　塞治并不乐意贝尔纳这样跟着他们。但又想不出理由不让他跟。因为路是大家的。他感到有一点是严重的：既然他同霍姆在一块待了三天，他应当是能觉察出一些事情的。不然他刚才便不会说"他在吃东西方面可实在花费不多"这样的话。"他肯定对霍姆有所疑心了，但他到底知道了些什么呢？"塞治心里不住地嘀咕着。

　　他拿定主意要问问贝尔纳，以便进一步了解一下。可是还未来得及开口，在不远地方等候着他的索劳特和迪博正穿过马路朝他们走来了。贝尔纳对新出现的这两位并不感到惊讶。他心想："毫无疑问，一个是'大猩猩'，另一个是印第安人。"

正在这一瞬间，对面人行道上玩球的两个孩子一失手，球滚到马路当中了，小女孩只顾扑过去捡球，没看到一辆小汽车恰在这时驶过来了。一切都发生在两三秒钟之内……

这时，只见霍姆纵身一跳扑向小女孩，一把把她抓住搂在怀里。当开车的人使尽全力刹车的时候，汽车前面的保险杠已撞在机器人身上，一下子把他掀到汽车前盖板上，再从车顶棚上滚过去，跌落在铺着碎石子的马路上。而机器人始终紧紧地搂着女孩子不放。

车轮发出一阵可怕的摩擦声之后，汽车终于在稍远一点的地方停住了。这时机器人却闭着眼睛，仰面朝天躺在马路上，一动不动了，怀里仍然紧紧地抱着小女孩。大家立即奔了过去，索劳特和迪博跑在最前面，迪博轻轻地扒开霍姆的胳膊，把孩子从他怀里抱出来，放在就近的人行道上，看看有没有受伤。

"告诉我，跌得疼不疼？什么地方疼？"

小女孩用发愣的目光失魂落魄地瞧瞧周围，好像不知道现在在什么地方似的。事情发生得太突然了，她感到害怕，连呼吸都急促起来，但没有受伤，也没有擦破什么地方。她不费劲就站了起来——她的救命恩人保护了她，一直保护她到最后一刻。

"没事儿，我什么地方都不痛。"小女孩回答说。

塞治、贝尔纳、德尼围在霍姆身边，他一直紧闭着双眼，一动不动。塞治蹲下来轻轻地叫："霍姆、霍姆，你说话呀！你听见了吗？"

开车人松开了安全带，走出汽车，当确知小女孩没受伤，而且又有索劳特和迪博照顾着她，便径直向霍姆走过来。

"他是不是已经……"开车的人不安地问。

塞治和德尼脸色苍白，贝尔纳站在离他们几步远的地方，同样是面无血色。开车人刚讲了半句话便没有勇气往下讲了，长长地呼了几口气想定一定神，再看看霍姆，他仍一动不动地躺着。

"得请医生来……"开车人喃喃地说。

"用不着！"德尼立刻表示说。塞治差一点也说出了这三个字。他肯定霍姆已经死了，因为撞得太厉害了，无可救药了。任何医生也救不活他了。

"还是得叫医生来，至少要……"开车人下边想接着说，"至少要让医生来证明一下他是死了。"但这一次仍然没有勇气把话说完。只好又重复说，"得叫医生来，或者去叫一辆救护车。"

塞治和德尼你瞧瞧我，我瞧瞧你，两人不再是对头了，而且希望对方能助一臂之力，都关心着如何能保住莫勒教授的秘密，如果叫了医生，秘密必然就此被泄漏出去。为了设法争取点时间，塞治故意说："我觉得他动弹了一下。"

嘴里这样说着，心里却在搜肠刮肚地找解决办法：需要先把霍姆藏起来，然后再不惜一切代价把他运走。但怎么才能运走呢？租一辆小卡车吗？开车的人又说："不对，他没有动弹过……"

这时塞治瞧见德尼对着他张了张嘴，又慢慢地把嘴闭上。好像在告诉他什么，但听不见他的声音。由于德尼的嘴老是在不发音地重复着三个字，而且是专门讲给他一个人的，末了塞治终于根据他的口形辨认出他说的是"断——电——器……断——电——器……"塞治这才明白了，由于撞得太猛，装在霍姆头盖骨底下的那个开关被撞坏了。如果稍微灵活一点便能把开关重新接通。因为在霍姆身后的皮肤下面还有另一个按钮。塞治于是把手伸到霍姆一只耳朵后面去摸，轻轻地到处按一按。这时开车的人还在说："一定得去找医生，我这就去打电话找……"

塞治瞥见此人已经走开了，去按一家门口的电铃。贝尔纳本想说请他到自己家里去打电话，但又一想，自己还是应当保持沉默为好。塞治用手在霍姆身后慢慢地来回摸索着，无论按到哪里都是软的，一直找不到他所要找的按钮。

"在左边。"德尼在他耳边悄悄说了一句。

塞治这才发觉自己光在霍姆的右耳根上找。于是他换了个边，一下就找到了，一摸，只觉得橡皮层下边有点什么东西。照准它往下一按，便听到轻微的松扣声，于是机器人睁开了眼睛，向前后看了看，接着问："那位小姑娘呢？"

"她没事，"塞治回答说，"没有受伤，连皮也没擦破一点，多亏你了。"

说话间，霍姆已经站起来了，动作是那样的灵活而利落，只有他才能有这样的动作。用手弹了弹身上的灰尘，然后又拢了拢蓬乱了的头发。贝尔纳默不作声地把这一切都看在眼里了。他问霍姆："你伤着了吗？"

"没有。"（霍姆对贝尔纳露出二号微笑）

"你什么地方也不疼？"

"不疼。"霍姆回答说，他本来就不知道什么叫疼痛。

开车人一看到他站起来了，便大步流星地赶来，跟贝尔纳一样，他问道："你没有伤着什么地方吗？"

"没有。"

"这怎么可能呢？撞得那么厉害，本来该死人的……"

"对不起，可我并没有死。"机器人有礼貌地回答说。

开车人看着霍姆，无意掩饰自己惊讶的心情，再转身看看小汽车：前盖板和车顶已被砸得坑坑洼洼的，挡风玻璃已成了碎块，一切都说明撞得是多么猛烈。最后他回过头来说："我真弄不懂。当然，但愿事情就这样过去了。你的勇气真大得出奇。我从来没见过这样的事。"

塞治这时朝贝尔纳看了一眼，贝尔纳会意地笑了笑。

"一切都好了！"塞治心里想，"贝尔纳肯定看出了点什么，但他什么也说不清楚，他不会出问题的……"

德尼心中也有底了，莫勒教授的秘密不再有危险了。大家都能松一口气。从他变化多端的表情中可以看出他又在打什么主意了。末了他转身对贝尔纳说："我要去打两个电话，是不是可以……"

"就到我家去打吧！"贝尔纳说。

"谢谢你。"

德尼微微一笑，好像又是他发现了别人还不知道的事情一样。然后他转向塞治、索劳特和迪博说："咱们不能就此匆忙分手，可否一块儿去干一杯？咱们去友好地喝上一杯吧！好把那些不愉快的事忘了。那边马路角上便有一个小酒店，我先去打两个电话，十分钟之后去那里找你们，行吗？"

"就照你说的办吧！"塞治说。

贝尔纳带着德尼往家里走去了，其余四个朝马路角上的那家咖啡馆走去。塞治和霍姆走在前头，索劳特和迪博在他们后边约十来步远的地方跟着。索劳特嘀咕着说："我不赞成这样，我敢说德尼又在要什么花招，他的鬼把戏还没有全拿出来呢。"

"别瞎想了！"迪博回答说，"有我们三人陪着霍姆，他不敢怎么样的。"

塞治也有点心神不宁，因为他觉得德尼的一百八十度大转变来得太突然了，很难说是真诚的。他预想到还会出现意外的麻烦事。但会是什么事呢？他们一走进咖啡店，围着一张桌子坐定之后，塞治便问霍姆在加埔这三天的情况。然而由于他思想上一直在琢磨德尼，所以对霍姆的回答几乎没听进去。

德尼按照事前约定的时间，十分钟之后来到了他们当中。为了谨慎起见，贝尔纳没有陪他出来，德尼在迪博旁边一坐下来便说："我刚刚打了两个电话，一个是要一个带有大红彩带的硬纸盒……"

"你这是什么意思？"其实，塞治完全知道德尼所说的意思，但他故意想让德尼多说几句，以便使自己多一点的时间考虑考虑。

"所谓硬纸盒，就是租一辆带司机的中轿车。"德尼解释说。

"嗬！你以为我们会让你再干出像在布尔杜瓦市那样的事吗？"塞治说。

"不是的，我毕竟没有那么孩子气。轿车是专门为你们四个租的，我自己有轻便摩托车。"

塞治皱了皱眉头撒了撒嘴，确实猜不透德尼在打什么主意。

"你到底还在想什么鬼点子？"

"什么也没有。"德尼说，"我要把可爱的小霍姆带回去交给教授，并且由你把他带去。如此而已。'我的心灵比蓝天还纯洁'呢。"

"我们不会信以为真，这是肯定的。"

德尼表面上一本正经地开玩笑，并善于在一定时候适可而止。这使得塞治的疑心越来越重。

德尼接着说："我刚才告诉你说打了两个电话，那么你不想知道第二个电话的内容吗？难道你不感兴趣？"

"有话你就直说吧！"塞治回答说。

这时，德尼拿出他的小录音机，放在桌子上，一按开关，便听到塞治的声音："喂！是教授吗？我是塞治……这里一切都顺利，试验到此结束了。霍姆的身体很健康，我们这就把他带到你那里去。一小时之后我们在你家里见面……"

德尼关上了录音机。而塞治开始时一句话也不说地听着，不知该不该继续对德尼持怀疑态度。末了还是他那生就的乐天派脾气占了上风："不赖嘛！我小看你了，你可比我想像中心眼多多了。这类录音你还有不少吧?"

"还有一些。"德尼谦虚地回答。

塞治开心地笑了起来："那好，等你的中型轿车一到，我们四个都上车，直奔教授家去。你呢? 你也去吗?"

"当然去!"

塞治一行抵达莫勒教授别墅的时候，不仅德尼已经在那里了，而且德尼的父亲也在。因为父子俩相貌几乎是一个模样，所以不必介绍便知道了。马西拉克的表情与儿子一样丰富，举动也很相像，只是年长了三十来岁而已。

他们找了个借口很快把霍姆打发到一边去了。德尼便原原本本地把事情的经过讲给教授听，包括他在布尔杜瓦市旅店里所扮演的角色。教授全神贯注地听着，一点也不打断他的话。开始时教授满脸不高兴，当听德尼叙述完马路上的那场事故后，教授露出了轻松的神情。最后，等到他开始讲话的时候，声音里听不出有丝毫怒气。他开门见山地说："试验得很成功，非常之成功!甚至……不过这并不是我原来所设想的。霍姆很有劲，他能一个人对付四条壮汉子。一旦他的力气用得不是地方则会闯出祸来的。正是由于这个缘故，我要找个人监督他。"

"是的，"马西拉克先生说，"但对我来说，我对他的大脑是有把握的。我花了一年多的时间才研制出来，相信他是不会闯祸的。"

他的声音和儿子的差不多，更增加了父子之间的相像之处。但他讲起话来要严肃得多。他只用几句话便描述了为防止机器人出事故而采取的防护性措施。他接下去又说："我想要做一次真正带有风险性的试验，以证明霍姆的制作是完美的，应当真正对他有信心。事情就是这样。"

教授一边听着，一边不停地"嗯、嗯"着。从他的表情看出，他和马西拉克先生之间没有隔阂。这样的结果已经很好了。

最后，莫勒教授说："我可能过分小心了。实际上你对一切都做了恰当的权衡，送霍姆去加埔市是做对了。如果不是正好赶上，那位小女孩可能已完了。今天霍姆这漂亮的一手，是任何人也做不到的。"

这时索劳特转身对马西拉克先生说："先生，请原谅我问一问：你事先不可能知道霍姆会遇上车祸的，那么为什么他会扑到车前去救那位小姑娘呢？"

"你问得有道理。"马西拉克先生回答说，"今天发生的事情我事先是不会预见到的。但我对霍姆的设计，是要他非常乐于助人、好心待人。这是一道无论怎么也不会磨灭的训令。"

"是载入他大脑的'永久性贮存'里了？"

"正是如此。无论何时霍姆也不会忘掉要帮助他身边的人这一条。你也可以说这就是他的道德法规吧。正如一个人一样，他所受的教育、他的道德修养，并不能把生活中一切情况都预见到，但所受的教育和道德修养却可以赋予他行动的准则。有了这，就足够了。对机器人来说，也是这个道理。"

追逐星星的孩子

多米尼克·哈勒维

多米尼克·哈勒维(Dominique Halevy)1929年生于法国里昂市，曾写过多篇童话和小说等作品。除写作外，他还酷爱绘画，尤其是人物素描画。

《追逐星星的孩子》出版于1980年。文笔生动，以写景述情为主。通过小主人公的旅游经历，生动地描写了从欧洲大陆到非洲沿途各个不同地区的自然风貌和风土人情，文风别具一格。

出　走

有个小孩，每天晚上盯着天上的一颗星星消失在西山。

每当夜幕降临，这颗星星总是头一个出现在离山顶不远的天际，放射着宁静的光芒，小孩对它简直着了迷。

在这颗星星的周围，有成千上万颗星星在夜空里闪烁，但小孩对它们几乎是视而不见，因为他一直全神贯注地目送着他的星星坠入大山。星星的行程是那样的短暂，好像刚一出现便开始向西山滑去似的。

"今天晚上别落山吧！请你多待会儿吧！再稍稍多留一会儿吧！"小孩低声地哀求着。

然而星星从来不听他的。

确实，这颗星星落山的速度实在是太快了，小孩简直看不出它是否在轨道上停留过片刻。眼睁睁地看着它和大山之间的距离在迅速地缩小着，转瞬间和大山挨在一起了，接着就消失了，被大山吞没了。

天天晚上都是如此。

"如果我是一个巨人该多好啊！"小孩心想。

可惜他不是巨人。

有天晚上，小孩爬上他家的屋脊，站到高处来看看。然而无济于事，星星照样钻入大山里去了，把他一人独自空留在撒满繁星的夜空底下。其他的星星再多，也不能使他得到快慰。

于是他只好从窗户里爬进卧室。

躺在床上，他久久不能入睡，睁大眼睛呆呆地瞧着窗外蔚蓝的夜空。

第二天，他悄悄地做好了各项准备。天一黑，他看着那颗朝西山落去的星星，开心地笑了。这时，满天的星斗照耀着沉睡的大地，周围响起了蝉的歌唱声。

黎明的曙光抹去了天上的最后一颗晨星，当全家还在睡梦中的时候，小孩已早早地醒来了。他爬起来穿上衣服。一切准备就绪，他拿出一张纸写上："我要追星星去了！"然后将纸条放在桌上，把一只装得鼓鼓囊囊的口袋往肩上一背，蹑手蹑脚地走下了楼梯。

但，再轻的脚步声也瞒不过狗的耳朵。这时只见他家的狗跑来依偎在他脚下，轻轻地哼了一声。

"嘘！"小孩制止它，一边蹲下来亲了亲浑身颤抖的狗。

"别叫！别叫！我多么想带着你出去遛遛。但，我要去追一颗星星，只能一人去，懂吗？你耐心等着我，回来后，我把一切都讲给你听。现在让我走吧！"

那只狗又卧下去了，瞧着小主人远去的身影，似乎很难过。

花园的果树枝上挂满了果子，小孩摘下三个湿漉漉的果子装在兜里。这时，草地上已有鸟儿在草丛中觅食了，前方的大山还黑沉沉的。

他出发了。

刚走不远，到了拐弯处，他再一次回过身来瞧瞧自己的家，房子依然矗立在岩石山上。

"就这样别动，好让我回来能找到你。"小孩喃喃地说。

然后头也不回地走了。

追　踪

阳光照进了山谷，鸟儿开始在天空和枝头唱起歌来。小孩快步如飞地走着，口袋在他背上甩来甩去。很快就开始攀登第一道山坡了，燧石在他脚下飞溅着火花。

他停住脚，透过树叶的空隙往头顶看看，蓝天像闪烁的星星那样在枝叶间颤动。他走进了丛林，地上铺着一层松叶，十分松软。现在他背后的山谷变成一块凹地了。从山道两边的荆棘丛中，可以听见动物的声音。这时小孩想找根棍子拿在手上，于是便在一棵小树上折下一段结实点的树枝，用刀子精心削制了一番，还特意把树皮的花纹保留下来。

"这下好了！"小孩自言自语道。

他又迈开大步赶路了。他想看看灌木丛中的那些动物，然而只看到了三只松鼠在树上跳来跳去。

中午时候，他肚子饿了，便停下脚，找了一块平滑的岩石坐了下来。阳光和树影在岩石上嬉戏，宛如欢快的水波。他从口袋里掏出干粮和一只苹果，刚吃了几口，一只蜥蜴从岩石的一边探出头来。小孩马上把嘴里的东西咽下去，轻轻地朝着蜥蜴吹口哨。这是他专门为蜥蜴临时编的一段曲子，而且一直吹个不停。蜥蜴似乎很爱听这样的曲调，它慢慢地从铺满阳光的石板上爬了过来。这时小孩能就近观察它了：只见蜥蜴的喉咙底下忽闪忽闪个不停。可想而知，小生物对他高度警惕着。小孩仍在不断地吹着口哨，另有两只蜥蜴也探出鼻子，接着探出脑袋，然后爬出来了，倾听小孩为它们吹的曲调。

吹了一阵之后，小孩轻轻说了一句："这群小鳄鱼！"

当他停下口哨又开始吃起干粮时，蜥蜴就待在他的附近，他多么想喂它们吃点东西，但因时间紧迫，便站起身来，说了声："小鳄鱼们，再见吧！"

他觉得身上又有劲了，于是想在天黑之前赶到星星降落的地方。

当小孩花了九牛二虎之力爬上山顶时，天色已经很晚了。他睁大眼睛想从重叠的山峦中找出他所熟悉的山峰。但往往在山的鼻子下认出山的模样是不容易的。不过他早就把山上一棵孤零零的大树作为标记了，因为星星在下山前总要掠过那棵大树。这时他便到处用眼寻找这棵树。

当他找到这棵大树时，黑夜已经笼罩着大山。那棵大树屹立在一块草地中间，在晚霞的映衬下十分瑰丽。小孩以为霞辉便是埋在地下的星星所放出的光辉。但慢慢地，余晖眼看着熄灭了，黑夜把一切的一切，连草地一起吞噬了。这时小孩才明白，他的星星并不在那里埋着。

周围一片黑咕隆咚，处处是阴影和从未听到过的声音。小孩突然觉得孤独不堪。他走了几步，躲开头顶的树叶，看见了那颗星星就在他的正前方。看着看着，那颗星星朝山背后的黑洞里落下去，其他的星星夹道欢送它。

"你在这儿哪！"孩子惊喜地说道。

他再也不害怕什么了，但感到很疲倦。于是他在草地上打开铺盖卷钻进被子里睡熟了。

半夜里，野兽的一声长啸把他惊醒了。一睁眼，只见前后左右布满了星斗，而他的那颗星星早已深深地掉进黑洞了。黎明时一看，才知道那个黑洞正是一片大海——很像用绿、蓝、紫三色绘成的一片平原！

他站在山顶回头望去，那是他跨越过的山谷。往前望望大海，浩瀚的海面上，空气纯净而富有色彩。没有任何一点迹象说明星星被淹没在什么地方。

这时他听到脚下有流水声。顺着声音找去，发现一汪山泉涌出地面，流成一条小溪，勇敢地向山谷冲去。他爬下去喝了几口清凉的泉水，然后脱光了衣服，在朝阳的沐浴下洗了个冷水澡。

一股鲜美的气味从不太远的地方飘来，他顺着气味寻去，发现在一片砍伐过的树林里长满了野生的覆盆子果，真是美妙至极！然而，他没有停脚，而是沿着小溪往前走去，小溪哗哗地直奔大海。他渴望听到大海的轰鸣，于是他赶忙回到原地穿上衣服，抄起棍子和口袋向前走。

整整一天，他顺着山坡的背面往山下走。那条快活的小溪时而来到他的脚下，时而又扭身离开他。小孩每次重新看到它，它总比原先宽了些。从它身上跳过去一次比一次更难了，最后完全不能跳过去了！他穿越树林，跨越沟壑，抄着近路往山下走，不时地看到一片片开着淡紫色花的草地，招引着群群蜂蝶。那条小溪，每次与他重逢时，水流越来越急了。

下午的路上，他遇到一条蛇在暖洋洋的地上拦住他的去路。蛇身抖着，像是怒不可遏。小孩马上往后退，想另找一条路。可是那条蛇钻进草丛、树叶里去，不一会儿又出现在小孩面前，摆出一副狂怒和威胁的架势。于是小孩只好给了它一棍：他不能因为一条蛇而放弃他的星星啊。接着朝着扁平的三角形蛇脑袋又是一棍，他不愿意把蛇只打个半死就走。

又到了傍晚，他把剩下的干粮吃光，又摘了几个野栗子充饥。他已经很累了，但又乐滋滋的。因为他把大山扔到了背后，就好像并拢双脚一跳而过一样。于是，尽管很累了，他一边并起双脚跳起来一边高叫："我是一个巨人！"

这时他开心极了，因为他已能听见大海的浪涛声了。他翻过最后一座沙丘。大海突然出现了：它辽阔而呈昏暗色，波涛在他脚下发出拍打声。抬头看看，只见他的星星用看不见的脚步，大步地走着。恰在这时，天空中一颗陨石划破夜空，擦着星星身旁飞驶而过，在掉进大海的一刹那出现一团火光。在大海响起的鼓声中，小孩似乎还听到一声窒息的惨叫。

这是这一天里他最后的几桩见闻。当他刚刚打开铺盖，便在沙丘凹处熟睡了。

又是一个蔚蓝色的早晨，他一睁开眼，便听到大海的声音。

但把他吵醒的是海面上响起的声音。他一骨碌爬了起来，只见海边上朝霞映红的船帆在风中吱吱作响。船上的人在甲板上互相喊叫着，忙忙碌碌地在海滩上晾晒、整理渔网。

小孩向他们奔去。

但谁也顾不上抬头看看他，似乎也没有人注意到他。末了，一个弯腰干活的人把挂着渔网的胳膊向他伸来，说："来，把这个抱上船去！"

小孩看了看周围，除自己之外没有别人。于是他接过网抱在怀里，步履蹒跚地走上船去，把网放到船边。这是一条漂亮的绿色渔船，但已年久失修。

"如果这船是我的，我一定会把它粉刷一新的！"小孩想。

他又回到那位蹲在地上的男人身边，说："我送上船了，你们马上就要开船吗？"

这人既不答话，也不瞧他。于是小孩便提高嗓门问他："你们要往哪儿去？"

那人的胳膊往海上指了指，小孩想："那是星星落去的方向！"便又大声说："我想同你们一道走！"

那只胳膊又把一个装着天蓝色玻璃球的筐子递给他，说："送到船上去！"

人们都往船边汇拢来，有点要起航的样子。可是他们仍然对小孩视而不见，也许他们已认为小孩是他们当中的一员了。有一只手把装着球的筐子接去，小孩又跑去收拾别的东西。小船晃动着，等得不耐烦的白帆在风中吱吱作响。转瞬间，一切都收拾妥当，并装上了船，只有小孩被留在海滩上。

"呀！差点把你忘了！"那人说着把胳膊伸过来拉他。小孩认出这就是刚才那只胳膊。

这只可爱的船在海上航行着。听着浪花动听的声音，小孩想起蝉的歌唱声。回头望望，高山像一堵大墙一样在阳光下呈现透明的色彩，离他越来越远了。小孩又想：

"山并不是真的透明，因我并未看到山那边我的家。"

他一会儿跑到船头，观看船把海面劈开，一会儿又来到船尾，看到泛着白沫的"伤口"很快地在新的肌肤上结痂愈合，变得比原先更加平滑，海面又变得毫无损伤，似乎船根本就未打此经过一样。

成百条鳞光闪闪的鲜鱼落入渔网。在一小块海里竟有这么多的鱼！只烤了几条，便够船上人饱餐一顿。小孩太饿了，大人们都笑着瞧他狼吞虎咽的样子。

没风了，人们把帆落了下来，开动了机器。大人们一个个钻进舱里不出来了，外边只剩下小孩和一位掌舵的人。一进入黄昏，接着便是黑夜。从船舱里传来了嘈杂的叫声和零零落落的歌声。

那位掌舵的人突然发话说："来掌住舵，我也要进去了！"

小孩于是站起来，握住舵柄说："可是，我……"

"别说话，顺着这颗星星走就行了。"他说着用手指给小孩看那颗刚刚出现在天上的星星，这正是小孩要追的那颗星星。

只剩下小孩一人留在甲板上，掌着舵往星星的方向航行。大人们在舱里饮酒、唱歌。

清晨，一个船员从船肚里爬出来，看到小孩蜷曲在舵柄上又冷又困地发抖，一边眼睛睁得大大地瞧着低垂在天边的淡白色星星。星星脚下刚好是一片陆地。这人默默地看着小孩，说："你这算熬到头了，大家把你忘了，但我看你干得不坏，去暖暖身子，睡一觉吧！你看那片陆地，那正是我们要去的地方。"

尽管疲惫不堪，小孩还是笑了。他在甲板上把铺盖打开睡躺下去，大海摇着他入睡。

一只手把他摇醒了，他一骨碌爬起来。在他面前出现一幅想像不到的情景，只见有一片树林，那里的树弯弯曲曲，披着银白色的叶子，树林里跪着一个男人，他的头时而抬起时而俯下，好像在向一个看不见的国王揖拜。

这时小孩知道船早已靠岸了，他高兴得跳了起来。那些装满鲜鱼的筐子已经搬上岸了。商人们便叫着拿钱买下这些鲜鱼。船员们随即把钱小心地装入皮包。

小孩回头看到身边有一位船员。

"你好，"船员说："你和我们一块走吗？"

"你好，"小孩问道，"你们继续朝星星的方向走吗？"

"什么星星？"

"我爱的那颗星星。就是昨天夜里的那颗。"孩子说。

"不，今晚我们要回到多山的地方，即你家住的地方。"海员答道。

"我要去的是星星住的地方，我要追星星去。"

"那就只好分道扬镳了!" 船员说。

小孩马上收起铺盖,拿起棍子。

"一路平安!" 船员说。

"再见了!" 孩子答道。

跪在树林里的那个男人站起来,走远了。橄榄树顶上蓝天如洗,小孩一纵身,跳上了那块陌生的土地。

阿密娜

　　这时鱼商们赶着满载鲜鱼的马车走在泥土路上。这里可以望见在道路的尽头，有白色的城墙。小孩无意中追着马车走，因为不远处那片闪烁着绿色和银白色的小树林吸引着他。于是他迈步进入小树林。

　　然而这是一条沿海的防护林。林带很窄，一下子就穿过了。眼前出现一片一望无际的开阔地，那里荆棘、青苔交织丛生，夹着美丽的红花，一条道路笔直地向远方伸去，两旁的枝叶像幕布一样低垂下来，路，把这块花园般的开阔地一分为二。

　　"这就是通往星星的路了！"孩子想着。

　　于是他决定顺着这条路走。手里拿着棍子，肩上背着铺盖卷。

　　这里景色秀丽，道路漫长，荒无人烟。周围连一个人影也见不到。他走了很久很久，看到一只乌龟在他的前头爬行，同他走的是同一个方向，它顺着路的一侧缓慢而顽强地爬行着。

　　"它要往哪儿去呢？"孩子心里问，接着他便朝乌龟说："你要上哪儿去？"

他一边蹲下来，想仔细看看乌龟。当然乌龟未理会他，而是一直不停地向前爬去。

"你是不是也是追星星去？我很想知道你能不能看见星星。"小孩低声说。

乌龟一个劲地向前爬去。

"你如果愿意，我可以带上你走一段路。"小孩又说。

他把乌龟抓起来拿在手里，这时乌龟把头缩进龟壳里去了。

小孩不知道乌龟到底想爬多远，由于他不愿让乌龟白走冤枉路，便把它放到地上。这时他已经带着它走了五百米远。一放下地，乌龟便又探出头来，而且伸得高高的。为了辨别方向，它忽而左望望，忽而右看看，然后又顽强地朝原先的方向爬去。小孩带它走的这一段路，等于替它节约了一整天的时间。小孩走了一阵子再回头来看它时，它已被远远甩在后边，看上去成了一个黑点了。

走着走着，周围景色变了个模样。他感到路也不像原先那样漫长了。附近山岭上的葡萄已经摘过，庄稼也收割完毕。还有一些山坡被野火烧过之后，荆棘正在奋力复苏之中。途中他还不时地看到一些残垣断壁，海滩被阳光分割成明一块暗一块。

走上一面斜坡，小孩看到山坡上有一片泥土垒成的房舍。这时淡淡的太阳尚存一息余晖，而一弯新月已经升在天边。当房舍的三角形的墙壁和屋顶慢慢消失在黑暗中的时候，那颗星星已挂在天空了。小孩摸着黑进入这座小城镇。

在一条街的尽头，有一块高高的场地。小孩看到成千上万的水果蔬菜堆在地上。有柑橘、萝卜、红皮土豆、洋葱、胡萝卜等，堆成一座座小山。小山之间无声的人群安静而有秩序地行走着。他们便是这座高地小城镇的居民。

一双双手向他伸来，一只只水果向他递来。他感激地收下了，因为这时，他又渴又饿又疲惫。有一只手伸来拉住他的小手，他高兴地看到这是一位妇女。她向他微笑着，他也向她报以微笑。这位妇女拉着他，推开附近一座房屋的门，两支蜡烛把室内照得通明。

当他在这间屋里醒来时，是躺在席子上，被子裹在身上。房门敞开着，阳光一直照进屋来。无疑，他昨晚筋疲力尽的时候，是那位妇女帮他脱掉了衣服，把他抱进被窝里。现在她就蹲在他身边，手里捧着一碗热乎乎的牛奶和面包，房屋的中央有一个大水盆。一醒过来看到的这一切，真使他开心。

那位妇女讲的话他一点也听不懂，但却明白她的每一个手势。小孩懂得她的意思是说，他可以住在这间房子里，愿意住多久就住多久。然而，他不愿在此久留，他要去追他那颗星星，直到追上为止。他这样向妇女解释着，但他的话妇女也听不懂，可她却能明白他的手势。他吃饱了饭，又洗了洗手，便拿起口袋要走了。那位妇女把面包和奶酪、水果塞满了他的口袋。他们在分别前拥抱了一番。

路上，小孩几次回过头来再看看他如此喜欢的这座小城镇，但慢慢地小城镇终于在他身后消失了。路上他遇到一些赶着羊群的男男女女。后来又剩下他孤独一人在通向星星的道上走着。道路向远方伸展，总也看不到头。这里已没有山丘了。

"我真希望有人把我捎一段路，就像我带着乌龟走那样！"小孩心想。

正走着，他听到远方有马达的轰鸣声。回头看看，马达声离他越来越近了。这是一辆大型运货卡车。当汽车从他身边驶过去时，他看到驾驶室里东倒西歪地坐着四个人。车上的货物堆得高高的，仿佛要擦着青天。外边牢牢地盖着防雨布。看到这个情景，小孩打消了搭乘便车的主意，他只好继续步行。但是卡车在他前方不远的地方停了下来。他加快脚步走过去，只见驾驶室的门敞开着，货堆上有个人影在动。当他走近卡车时，那人已站在马路上等他了。他很年轻，笑眯眯地对小孩说："驾驶室里已坐满了，我在货堆上给你腾了个坐的地方，如果你愿意的话……"

驾驶室里其他三个人也在用平静的目光看着他。

"谢谢你们了！"小孩微笑着对他们大家说。

"你自己带有被子，这更好，请上车吧！"

他毫不费劲地爬上货堆。在货堆的前边，那人给他腾出了一块地方，相当舒适。

"可以吗？"那人仰着头在车下问他。

"很好！"小孩答道。

只听驾驶室的门口咔嚓一声响，汽车又开动了。

汽车在没有道路的野地里行驶着，每走几小时，便要停下来歇歇。在这片荒漠里，只有砌起来的一堆堆石头是前进的标记。卡车顺着石头堆奔驶，并把它们一个个抛在背后。烈日和劲风向小孩身上扑来。放眼望去，没有沟坎、没有绿叶，有的只是望不尽的一片光秃秃的原野。

车一停，挤在驾驶室里的人便走了出来，小孩也从货堆上跳下来。他们当中，有两位是押货的商人，要一直走到下一片绿洲才下车。他们像小孩在树林里看到的那个男人一样，一下车，便久久地跪在地上念念有词。这时，那位帮他安排了座位的司机已经钻进卡车肚子底下，手里拿着家伙在检修这座庞大的机械。一位年轻的助手在一旁帮他的忙。

卡车又继续前进了。有好几次车轮子在沙土里艰难地挣扎着，就像那个乌龟顽强地往前爬一样。

最后，他们停下来过夜了。早在车经过有荆丛的地方时，小孩和司机助手便拔了一些柴草。这时他们拿草点燃起篝火。商人们煮了一大锅鲜汤，还泡上了香喷喷的薄荷茶。他们还捡来一只扔在道旁的破轮胎点燃起来。

他们把被子铺在地上，围着火堆坐着。这时的地面已不再烫人了，因这里的夜晚是寒冷的。天上的星星从来没有现在这样好看。

"你能告诉我们你要往哪里去吗?"司机问小孩。

小孩指了指那颗闪光的星星说:"我要到它那里去!"

接着他便把事情的经过告诉了他们，从星星讲到大山，讲到他所遇到的小溪、大海、花园、乌龟，以及被野火烧光了的山岭，最后走过那座到处是三角形墙壁的小城镇。

"这真是一场战争!"商人说。

小孩未听懂他的话。司机接着说:"你为什么要跟着星星奔跑呢? 它和我们不是同一个星球啊!"

"那么你们是朝着什么方向行驶的呢?"小孩问。

司机笑了笑说:"对我们来说,这片沙漠便是我们的活动天地。正如船是海员们的活动天地一样。船员们总是沿着一块海域,从海洋的此岸到彼岸来回行驶;而我们,也总是在一块沙漠里从一个绿洲到另一个绿洲穿梭奔走。为什么要去改变它呢? 我们本来就是吃这碗饭的。而你,如有可能,你可以到天涯海角去漫游,但不要跟着星星跑!"

这天晚上,小孩身上裹着被子,舒适地睡在篝火旁边。他久久地望着星星点缀的夜空,心里在想,其他星星都比不上他的那颗星星。想着想着,便进入梦乡了。

风沙打在他的脸上,火辣辣地痛。大颗大颗的沙粒,像小冰雹一样,直钻到他耳朵里、眼皮里和嘴里。刚刚走出那块绿洲,在那里他先同司机和商人道了别,又在海枣树荫下沿着阳光沐浴下的砖房散了一会儿步。耳边响着潺潺的泉水声。然后他坐下来休息一会儿,喝足了水。现在来到波浪般的沙丘里,感到很新奇。这些沙丘把绿洲一口吞掉,把那里的花园、房舍席卷一空。他正走着,突然刮起了大风,直刮得天昏地暗,小孩连气都透不过来了,连绿洲的方向在哪儿也搞不清了。每迈一步都艰难不堪。于是他用被子把自己从头到脚严严实实地裹起来,想站在原地顶住风沙的吹打。当他快要倒下去的时候,望见风沙中有一团灰色的影子,他便呼叫起来。

　　一位身材秀气的小姑娘，身上裹着一段蓝布，眼睛大大的，嘴唇高高的。她本来坐在她家帐篷里，母亲坐在身后替她拍打钻进头发里的沙子。听到呼喊声，她走出了帐篷，头发散开着，显得更加漂亮。帐篷里还有一位年老的妇人和一个光着身子的娃娃。

　　小孩这时进了帐篷，手上捧着一碗清凉的酸牛奶，心里感到暖乎乎的。小姑娘忙着腾出一块地方，把他的被子打开铺好。

　　他一会儿看看这位小姑娘，一会儿看看她的母亲、以及那位年长的妇女和光着屁股的婴儿，再抬头看看这顶帐篷，注意到帐篷是用动物皮一块一块缝制而成的，用木头支撑着。

　　小姑娘袒露着秀气的肩膀，看着他一口一口喝着这碗消暑解渴的酸牛奶，怯生生地像只小野猫似的，准备随时拔腿跑掉。但毕竟稳稳当当地坐着未动。她两眼直盯着小孩。最后她把手伸过去握住他捧着碗的手说："我叫阿密娜。"

　　她那鼓鼓的嘴唇在微笑中张开了。于是小孩也把自己的名字告诉了她。

　　狂暴的风沙平息了，小孩和小姑娘走出帐篷。阿密娜领着他去见那些坐在沙地上蒸面包的人们。他们请他喝香茶，请他尝尝他们烤制的淡而无味的面包。

　　夜幕拉下来了，阿密娜和小孩回到帐篷里。这时他已忘记出去观看那颗天上的星星。黑暗中，他看到阿密娜解下围在身上的蓝布，钻进被窝里。阿密娜也睁大着眼睛看他脱了衣服，在她身旁躺下。

　　这天夜里小孩做了一个梦，梦见小阿密娜送给他一朵沙花。

那是阿密娜把他领到一块海滩上，在沙滩里挖出来的。说不清是一朵沙花还是一只化石小熊。小孩梦里还看到在一块水晶石里面有一堆火苗，阿密娜伸手从坑里把水晶石掏出来送给了他。他接到手上，水晶石变成了一只齐特拉琴，琴弦是彩色的。他拿着拿着，齐特拉琴又变成了一块小地毯，上边织着各种奇特的图案。

半夜醒来之后，他在失望中仍握着两只空手。小阿密娜在他身旁甜蜜地熟睡着。于是他自个儿笑了笑又睡着了。

早晨他一睁开眼，小姑娘已站在他身边，身上仍然裹着那块蓝布，正焦急地看着他。等他刚穿好衣服，阿密娜便硬拉着他的手出了帐篷，拽着他一股劲地奔跑着，跑得喘不过气来时才改跑步为快步走。然而阿密娜仍然走得很快，他只好听任她拽着走。

大约走了两公里远，阿密娜停下来了，看看小孩，再看看地上，那里扔着几十颗沙玫瑰。只要弯下身就能捡到。

在回家的路上，他俩每人手里拿得满满的，肩并着肩，慢步往回走着。

他同阿密娜一块玩了三天三夜。他喜欢这里的白天，也喜欢这里的夜晚。

分别的时候，他们是多么伤心。小孩爱阿密娜胜过爱他那颗天上行走的星星。他再也不想去追它了。他想家了，因为家里有他的亲人。

到了第四天，他带着沙玫瑰离开阿密娜。小姑娘一直送他上了路，最后又拥抱了一次。虽然两人已经各自朝相反的方向走了，但两个小脑袋还在难分难舍，两只小手一直到最后一刻才松开。

火 车

他登上一座沙丘，举目四望，尽是无边无际的黄沙。距他二百米远的地方有一辆车停在小径旁边。老远就听见一个人趴在车轮旁边，恶声咒骂着什么。

小孩走近一看，两个车轮都陷进沙里了。那人钻进车子里，把马达开得轰隆隆响，嘴里骂着一些粗鲁的话语。然而车轮越陷越深了。

"喂!"小孩向他打招呼。

"什么事?"那人关了汽车马达，没好气地问。

"你要想把车轮子从沙坑里拔出来，必须尽量少搅动沙子。不然的话，轮子会越陷越深（这是前边那位司机教给他的）。你能不能把马达尽量转慢点?"

"什么转慢点! 转慢点!"那人还在恼怒着。当他抬起头来第一次瞧见小孩时，变得平静一些，他问："咦，你在这儿干什么? 噢，我可以让马达慢转，那又怎么样?"

于是他又一次发动了机器，马达慢慢地转着，沙子搅动得少了，车轮子便开始往沙坑外边爬，最后终于完全拔出来了。

"太好了！"开车的人高兴得叫起来，冲着小孩嘿嘿直笑。

"这可是帮了个大忙。这不只是帮我，而且也帮了你自己。"

小孩也开心地笑了。出了沙坑，汽车显得威风起来了。车要去的方向正是和小孩同路。

"我是搞地理的。"开车的人自我介绍说。

他俩乘车行驶了好几个钟头，路上不时地停下来休息一会儿，好让马达散散热。现在再也看不到沙丘和黄沙了，有的，只是那些卵石堆起的小岗。上边插着前进的标记，任何时候也不能偏离它们。

"我是来进行土质考察的。书上有关于沙漠的描述，但我要实地看看是个什么样子。你是干什么去?"

"我本来在追逐一颗星星，现在我要回家去了。"小孩答道。

"你家在哪儿?"

"在多山的地方。"

他俩一路走，一路聊。每次车一停下来，要么地理学家要么小孩便去泡茶，啃几片饼干或海枣充饥。还常常要喂汽车喝水：后备厢里装的满是水和汽油。

第一天晚上，地理学家对小孩说：

"看呀！这里有草啦！说明沙漠到这里已是尽头了。

这天晚上又是一个满天星斗的晴朗之夜，地理学家拿出笛子吹了起来。

第二天，当汽车行驶几个钟头后，地理学家又嚷起来："看呀！这儿有耕地了!"

车走的小道，是夹在两个山坡之间，道路当中也长着野草，满山遍野全是沃土和青枝绿叶。汽车有时还遇上各种动物，有像骆驼那样背上长着驼峰的瘤牛，还有狗、羚羊、马。

第三天地理学家又喊起来："看呀！有森林了！"

这时汽车刚开进一片阔叶细干的树林里，地面上绿油油的树叶像许多水洼，越走树木越茂密，把道路夹得越来越窄。两旁棕榈树的枝叶犬牙交错地织在一起，组成两堵绿色的屏障。树上还挂着椰子果。

小孩捡起一颗椰子果，打开来喝里边的椰子汁。忽然一阵暖烘烘的大雨从沉闷的天空洒下来，哗哗地打在他们身上。

"我竟然忘了天会下雨。"小孩心里想着。他还想起了阿密娜——那位沙漠中的姑娘。她是多么需要天上的乌云，他多么希望她也能受到天雨的沐浴。

几天来，无论是沟壑、高坎，刮风、下雨，都挡不住小汽车向前奔驰。他们走到森林的尽头，只见一条宽大而闪亮的带子横在眼前。地理学家说："来看呀！一条河。"

"我竟把河也给忘了。"小孩说。

这是一条河身很宽、风景秀丽的大河。水流缓慢、清澈见底。河的两岸尽是花园。那些光着膀子的男男女女正在拍打、洗涤衣服，地上晾着床单。有一匹马，把四蹄泡在水里。河上，艄公们划着笨重的大船，那是用大树干镂空而制成的船。

"我想就在这里下车了。"小孩说。

"那有什么不可呢！"地理学家边说边刹住车，"那咱们就再见了! 你自个儿去学习地理吧! 我相信你能找到回家的道路。"

小孩下了车，手里仍旧提着他的棍子和口袋。他们彼此道了别。

他看着远去的汽车变成一个小黑点了，然后信步往河边走去。

恰在这时，河上停泊着一艘宽大的帆船，一些穿着褴褛的人们，正在艰苦地搏斗，要把一头驴子、一头小骆驼、几只大桶、麻袋以及两匹马装上船去。但那两匹马不听使唤，拼命地抗拒着。那些人使尽了招数，最后才把它们拽上船去。接着大船扬满帆向对岸驶去。

黄昏时分，小孩走进一座石头城。这座沐浴在晚霞里的小城，很像是用黄金堆砌起来的。在街上，他听到驴蹄子敲打在地上的嗒嗒声。远处有鸽子的叫声，还有断断续续的鼓声震荡在夜空。于是他寻着鼓声往前走去。天上的一弯新月，很像一片西瓜放在夜空的圆桌上。

他顺着一条胡同来到站满人群的场地上。看来全城的居民都集中在这儿了。一个化了装的小孩边跳边唱，嘴角上挂着微笑。场上的男男女女围成一个圈，聚精会神地听小孩唱。姑娘们头上梳着一条条小辫子，像一条条小蛇一样爬在她们圆溜溜的头上。运水的儿童们头上顶着水罐，罐里的水在头顶上摇得哗哗响，把孩子们的脸上、身上溅得满是水。他还看见一位在泉边洗脚的姑娘和叫卖香料的商贩。在这个夜市里，到处摆着数不清的小摊，小摊上点着照明的蜡烛。那些摆摊的妇女们袒露着胸脯，头戴大沿草帽，帽檐遮着她们的脸。

无论走到哪里，人们都向他递来香蕉、橘子、烤熟的玉米穗。

大地已经沉睡，到处一片宁静，只有咚咚的鼓声响彻在夜空。

他爬上一段土坡时，望见一列白色火车正停在夜雾里休息。隔着车窗，可以看到车厢里一张张熟睡的面孔。由于光线不足，看不清哪是车头和车尾。于是他朝列车走去。

一位头戴鸭舌帽、身着白服装的人正坐在车厢门口的阶梯上，看小孩走近了，便打招呼说："晚上好！"

"晚上好！"小孩答道。

"火车马上就要开了，它正在等一个人，会不会就是你？"那人问。

"我也不知道。"小孩答道。

"可能就是你。"

"火车往什么方向开？"小孩问。

"开往多山的地方，不过离这里不远，你不也是个孩子吗？你听！"

这时只见一位检票员从车厢走廊里边叫着边走："小孩们不用买票！小孩不查票！你是小孩吗？"

小孩从车窗望进去，只见那些年老的旅客睁开蒙眬的睡眼，向查票员点点头，表示他身边睡着的是小孩。于是查票员又挨着往下问去，一个个都告诉他，睡着的人是小孩，说罢又合上眼睡着了。

有一群惊飞的夜鸟掠过上空。

头戴鸭舌帽的人站起来对小孩说："欢迎你乘这趟车，就要开车了。"

小孩带着棍子、背着口袋刚上了车，火车便开始缓缓地向站外驶去。他走近一排座位，那里有一位旅客睡得正香。于是他把鼻子贴在车窗玻璃上。火车已开始全速向前飞跑，窗外的土地好像在向后翻滚似的。

他远远望见一位提水的小女孩正在爬一座土岗，她袒露着肩膀，一只手扶着头上顶着的水罐，凝目望着列车向远方奔去。不久他又看见一条长长的白带，那是海浪在岸边溅起的浪花。

火车继续向前奔去，好似冰鞋在冰道上滑，又好像海鸥在天上飞。慢慢地他也闭上了眼睛。

到底走了多少小时，他弄不清楚。旅途中他偶尔睁开眼看看，但过不了几秒钟，又睡着了。窗外的景色从他闭着的眼皮底下一幕幕地掠过去。他也弄不清这些景色是梦幻还是真实的。

有好几次，他为这些景色所吸引，与瞌睡进行着搏斗。竭力睁开蒙眬的睡眼，想把景色看个够，但检票员在喊叫："睡觉吧！你们既然是小孩，那就睡觉吧！"

于是小孩和其他旅客们又入睡了。

当他睡眼惺忪地醒来时，列车正穿越一段长满水草的平地，这是一个既宽广又秀丽的去处。他面前坐着一位年轻的妇女，说话慢条斯理，语调悦耳。她也带着刚睁开眼时的泪痕，拉着小孩的手说：“好了，我们已经跨过来了。”

“你说什么？什么跨过来了？”小孩问她。

“战争呗！战争和饥荒。”

于是她向他讲述了什么是战争和饥荒。小孩倾听着她的讲述，为了把事情弄明白，他还提了许多问题。他从那位妇女嘴里懂得了许多过去所不懂的事物。他发誓要永远为反对战争和饥荒而斗争。

火车又驶入一片田野，这里风景别有妙趣。列车两旁摇晃着的山冈上，稀稀拉拉地长着青松翠柏。到了这里，他才恢复了平静。

“这里是大地的心脏地带吗？我觉得这里好像是它的心脏。”他问那位少妇。

女旅客笑了笑说：“列车快接近多山之乡了，咱们也快分手了，因为我还得往更远的地方去。”

小孩十分爱听这位妇女讲话。这时火车先是减速，接着便不动了。周围是无尽的田野。妇女和小孩拥抱了一番，然后他下了火车。

所有旅客都在窗口上向他微笑。

他站着目送火车消失在山岭背后。

他看看周围，阳光辐射下的田野散发着蒸气。不远的地方有棵参天大树。山冈上的一片苍松翠柏，很像一团绿色的火焰，冲天而起。

但在他面前，在通向家乡的道路上，横着一座陡峭的大山。

气 球

　　这下子，小孩真的感到泄气了：山又高又陡，往山顶望去，一片片积雪的斜坡闪着银光。肯定的，那上边不仅寒冷无比，而且还会有一条条深深的冰窟。一句话，这是一座无论如何也过不去的高山。可是他要回家，非得翻过这座山不可。

　　他在一块小岩石上坐下来，视察着周围的环境：这是一个美丽而荒无人烟的地方，也是数以百计的野生动物出没之地。它们虽然多，但并不能帮他跳过山去。那一群群结队飞翔在蓝天白云间的小鸟儿们，没有一只能飞来落在他面前的草地上，邀他骑上鸟背，等他在热乎乎的羽毛上坐定了再起飞，带着他飞越那白雪皑皑的悬崖峭壁，从坡的那一面降落下去，轻飘飘地着落在一片森林的空地上，或一块草地上。

　　他侧耳听听，也许他会听到遥远地方有马达的轰鸣声，看到一架小飞机出现在天上，降落在他面前的山脚下。驾驶员一人坐在机上乏味，跳下驾驶舱来活动活动手脚，于是就看见了小孩，也许会对他说："上飞机吧！"飞机便立刻腾空而起，不费吹灰之力便飞越过最高的山峰而去。这该多美啊！

然而，天空里并没有飞机的影子。

小孩坐在石头上，转了个圈，仔细地看了看周围的一切，发现了一个蹊跷的玩意儿：几百米外有一簇树丛，挡住了一部分山头。树背后的天空里有一个黑点，其形状像棵巨大的蘑菇。于是他身不由己地站起来朝树丛的方向走去，因为他还从来未见过这么大个儿的蘑菇。

走近一看，并不是什么蘑菇，而是一个巨大的彩色气球，球下边系着一个大筐子状的家伙。这只大筐子又被绳子左一道右一道地拴在地上。

他朝跟前走去，只见从大筐背后过来一个怪模怪样的小个子老头，长着满脸的大胡须。他背着手，眼睛看着地面，迈着急促的脚步围着筐子转圈，一遇到拴在地上的绳子，就轻巧地一跳而过，看上去，他神情焦躁不安。甚至小孩走到他跟前时他还未发觉。当他转完一圈走过来时，小孩同他碰了个面对面。这家伙虽然满脸大胡子，可个子很矮。

他一下子收住脚步，打量着小孩。

"啊！可算等到你了！你可真不准时，我在这里等了你七十八个小时零三十七分钟。你应该道歉才对！"

"请原谅。"小孩不由自主地脱口而出。他被这个大叫大嚷的矮个子老头给镇住了。而且他对老头的气球有着浓厚的兴趣。

"好啦！"矮个子老头用稍微平静的口气说："重要的是你总算来了。你的分量多少？"

"你说什么？"小孩听不懂他的意思。

"你的体重是多少？"

"我也说不清，可能三十公斤吧！"

那人再回头瞧着那只橙红、橘黄双色气球，似乎马上就想飞上天了。他用力地拉了拉拴气球的绳子，说："哦！不多不少刚刚好，恰到好处。"

他接着又迈着急促的脚步围着小孩打量。小孩心想：怪人！他的嗜好是围着人或东西打转。老头又盯着他看了看，嘴里念念有词：

"可以，可以。"

他突然又大声对着小孩耳朵说："你胆子大不大？"

这一声把小孩吓了一跳。

"请小声点好不好！我又不聋。"小孩说。

那人朝筐子边走了几步，愤懑地看看小孩，怒气冲冲地问："你怕不怕我？"

这话使小孩感到惊奇，回答说："不怕，为什么会怕呢？"

那人一边快速地解着拴气球的绳子，一边对小孩说："爬上去！"

"要往哪儿飞？"小孩问。

"你没看见风往哪儿吹吗？往山那边飞！快爬上去！"说话中，小孩看到那人脸上的胡须确实是朝大山的方向飘着。于是他毫不犹豫地捡起棍子和口袋，先扔进大筐里，接着自己爬上筐沿，再跳进去。跳进去时并未摔痛，因筐子底垫着地毯和垫子，坐在里面真够舒服的。然后他又探出头来想看看起飞之前是怎么操作的。

只剩下最后的一根绳子了。刚一解下，气球发出一阵可怕的响声，矮子顺着解下的绳子朝筐子边猛跑几步。这时气球一纵飞过树梢，小孩在筐子里被摇翻了几个滚，很快又爬起来，往下一望，只见小老头抓住被解下的绳子，被吊在半空中：气球起飞时他刚刚来得及把绳子头抓住！小孩急得不知所措，不知如何帮老头一把。正在这时，他听到了口哨声，那是小老头边爬绳子边高兴地吹口哨：他早就习惯这样做了。

很快的，小老头的脑袋出现在筐子口上，接着轻巧地一纵身跳进了筐子，在垫子上坐下来，对小孩咧嘴笑笑。

"我们这就出发了！"他说。

"真惊险！我可真替你担心！"

"嗬！这会儿我就不便把你扔出去了，因为你承认害怕哪！"

别看这小老头有时装出一副凶神恶煞的样子，可他并不能真的让人怕他。他只是一个爱同人逗着玩的表面上看着挺凶的小老头。

气球很快就飞抵前边的几道山岭上空。在远方，落山的太阳像一团巨大的火球，与大地连在一起。这时，一切的一切——高山、落日、草地，都好像在晃动。那是因为他们乘坐的筐子像水面上的飞鸟那样在气流的冲击下轻轻摆动。

在一股强大气流的冲击下，气球往高处升去，同时也更接近陡峭的石壁。而且再有五米远气球便会撞到刀剑般的石壁上！当看到在一阵风力的推动下气球平稳地沿着石壁继续高飞而再没有撞上石壁的危险时，小老头才嘘了一口气，说："这次我计算的分毫不差。"

小孩也"唉哟"一声放心了。

"到山顶了，我们已飞过石壁了！"老头嚷着。

这时小孩高兴得一句话都说不出来。真来劲啊！现在气球开始从坡的另一面下降了，它掠过万籁无声的、积雪的草地，穿行在星斗之间，其中还有小孩的那颗星星在闪闪发光。

气球已降到山前的丘陵地带，在黑乎乎的黑影里，已能看清楚近处的几棵大树、几簇树林以及丘陵的模糊轮廓。气球像一个慢速的降落伞那样飞行着，小孩抬头一看，发现气球的体积缩小了，而且眼看着在继续缩小。

"你快看气球！"小孩紧张地喊着，一边用手去推着小老头的肩膀。小老头安然不动地坐在垫子上，笑眯眯地搓着双手。然后抬起头来看看气球。

"还太大了点儿！"他的话，真是高深莫测。

"随它去吧！"小孩心想着。

离平地只有一百米了，气球的体积比原来小了一半。小老头站起来说："注意！注意！你听我数到'三'时咱们一块往下跳。"

这时小孩探头看着地面，想像着脚下可能是块空地，周围长着树木。现在离地面越来越近，慢慢只有五十米、四十米、三十米了。再望望气球，只剩下拳头大小了。真像一个小球一样，随时会滚落在地上。

　　老头还在继续数着数，当他数到"三"时，他率先跳了下去。小孩接着也跳了下去，在草地上打了几个滚，口袋和棍子被抛得远远的。这时小老头已在几米远的地方爬了起来，有个圆圆的东西随着他们落在草地上弹了三弹，不动了。

　　小孩爬起来坐在地上揉脊背，小老头正向筐子走去，在筐子附近的草地上摸索着什么，最后找到一个苹果大小的球，放进筐子里。

　　左边的山峰把天遮住一大片。但小孩仍然认出来他家附近的山峰就在右前方。天上的那颗星星已经不见了，但他的家和那条山谷离他很近。

　　"你认出这是什么地方吗?"小老头亲切地问。

　　"认出来了，太感谢你了!"小孩答道。

　　"这对我来说是件愉快的事。你是一位令人愉快的旅伴。现在我要去看望几位朋友，在他们那里得住七天。他们就在这附近的山里。然后嘛，我就要走了! 在给气球充气时，你如果愿意来找我的话……"

　　"噢，我已有好久没回家了，我想，几年之内我不再外出了。等我长大了，可能……"

　　"到那时你就再也找不到我了。"老头打断他的话，开朗地笑了，"到那时我就无影无踪了! 你应当探索别的过山办法。什么'长大了!''长大了!'，可你看我，我什么时候'长大'过? 再见吧! 哈! 哈! 哈!"他边笑着，大步地走了，消失在黑夜里了。

　　小孩捡起口袋和棍子，默默地冥思着。

"他确实不会再长大了，但他有着这只了不起的气球。而我，我要学会爬到山顶上去的本领。"

　　然后他转身往家的地方走去。

回　家

　　他心里很清楚，翻过前面这座小山冈，便到家了。他心里激动得打着小鼓。索性快步往山冈跑去。这座山冈不高，他一口气便爬了上去。当他气喘吁吁地在山顶上站定一看，立即认出了他所熟悉的山谷。依山背林的地方便是他的家。远远看去，像是万仞丛中的一个小方块，在星光暗淡的晨雾中隐约可见。

　　他沿着万木丛中的那条熟悉的小道跑着。

　　进了花园，枝头一串串的果子披着清晨的露珠。来到大门口，只要推一下，门便开了。

　　他家的狗跑来一头钻进他的胯下，轻轻地叫个不停。他跪下来亲了亲它，兴奋地告诉它说："是我，是我回来了！你好吗？我要把一切见闻都告诉你，不过得先等等，现在我困坏了。"

　　他蹑手蹑脚地爬上沉睡的楼梯，推门进了他自己的房间。

　　房间的窗户大开着，透过窗户他看到黎明的曙光抹去了山顶上最后一颗星星。

　　他放下口袋和棍子。床还在原来的地方等待着他归来。于是他脱衣上床，随即熟睡了。

睡了几个小时，他觉得有人在吻他。睁开眼一看，一个披着金色头发的面颊俯在他脸上吻他。于是他一下子扑过去，搂住她的脖子。口袋和带回的沙玫瑰掉在地板上。

贝隆蒂娜的故事

德·塞古尔夫人

德·塞古尔夫人是法国著名的童话作家。她的作品语言简明易懂，故事情节曲折、动人，善于抓住儿童的心理，深受广大读者的欢迎。

她还是一位多产的作家，仅"王子丛书"就写了10多部作品。本文选译自她于1969年出版的《童话选》。

贝隆蒂娜

从前有位国王，名叫贝奈，因为他宽厚善良、主持公道，所以百姓们爱戴他，坏人害怕他。他的妻子图赛特王后跟他一样宽厚、贤惠。他们有个女儿，由于她长着一头美丽的金发，取名叫贝隆蒂娜（贝隆蒂娜，法文的意思是金色头发），她像她父王一样善良，像她母后一样漂亮迷人。不幸的是在贝隆蒂娜出生后没几个月，王后就去世了，国王伤心地痛哭了很久很久。贝隆蒂娜那时还太小，不懂得她慈母已经离开人世，所以她没有哭，照常地笑着、玩耍着，该吃奶的时候吃奶，该睡觉的时候睡觉。国王爱小贝隆蒂娜如掌上明珠，小贝隆蒂娜爱父王胜过世上任何人。国王给她买来最称心的玩具、最甘美的糖果、最可口的水果，贝隆蒂娜生活得十分幸福。

一天，有人报奏贝奈国王说，臣民们都请求他再婚，以便有个王子来继承他的王位。

开始国王拒绝了，后来因臣民们请求再三，国王尊重他们的意愿，对大臣韧热说："亲爱的朋友，臣民们要我再结婚，由于我亲爱的图赛特之死使我至今伤心至极，所以我不愿去另找一个。我托付你去给我找一个王后，只要她能使我亲爱的小贝隆蒂娜得到幸福就行。别无他求。去吧，亲爱的韧热，当你们找到一个品德贤惠的女子时，便向她求婚，然后把她带回来。"

韧热立即出发，他拜谒了所有的国王，看了很多公主，要不长得难看，要不弯腰驼背，要不为人精明。一天他来到了蒂尔比郎国王的宫殿，他有一个女儿，漂亮、聪明、可爱，看上去是一位善良的女子。韧热觉得她长得这么美丽，所以他没有了解她的为人就替贝奈国王向她提出求婚。蒂尔比郎非常高兴能摆脱他的这个女儿，因为她凶狠、嫉妒、傲慢，而且是他外出旅行、打猎、赛马的累赘，所以马上答应了韧热，让他把女儿带到贝奈国王那儿去。

韧热带着富尔贝特公主及四千头骡子载着公主的衣服、日用品及首饰出发了。

信马早就报知了贝奈国王，当韧热一行到达贝奈国土的时候，国王亲自前来迎接富尔贝特公主。他觉得她长得漂亮，但远没有亲爱的图赛特那样温柔善良。当富尔贝特瞧贝隆蒂娜的时候，她的目光如此凶狠，三岁的贝隆蒂娜害怕得哭叫起来了。

"她怎么啦？"国王说道，"为什么听话的、文静的乖贝隆蒂娜哭得像个淘气的孩子？"

"爸爸，亲爱的爸爸，"贝隆蒂娜藏在国王的怀里叫起来："你不要把我交给这个公主，我怕，她的样子真凶！"

国王大吃一惊，瞧了瞧富尔贝特公主，这时她还来没来得及把刚才那副凶狠的脸色收起来，于是国王当机立断，决定让贝隆蒂娜与新王后分开，还是跟以前一样由她的奶妈、保姆带着她，她们十分喜爱她。从此以后王后很少见到贝隆蒂娜，但当她偶尔遇见她时，她毫不掩饰她对贝隆蒂娜的痛恨。

一年以后，王后生了个女孩，头发黑得像黑炭，所以取名叫贝罗奈特（贝罗奈特，法文的意思是黑发人），她长得也漂亮，但远不如贝隆蒂娜，她像她母亲一样凶，她恨贝隆蒂娜，经常对贝隆蒂娜使坏、咬她、掐她、揪她的头发、砸她的玩具、弄脏她的漂亮裙子。善良的小贝隆蒂娜从来不生气，经常设法原谅她。

"噢！爸爸，"她对国王说："不要骂她，她还小，她不懂弄坏我的玩具会使我难过，她咬我是为了同我玩耍，揪我的头发是觉得有趣。"

国王亲亲女儿贝隆蒂娜，什么也不说。但他看得很清楚，贝罗奈特干这些是出于恶意，而贝隆蒂娜原谅她是出于善意。因此国王越来越喜欢贝隆蒂娜，不喜欢贝罗奈特。

王后富尔贝特是有主意的人，看到这一切她心里很明白。但她越来越恨纯洁、天真的贝隆蒂娜，如果不是害怕国王发怒，她会使贝隆蒂娜变成世上最不幸的孩子。国王禁止贝隆蒂娜单独与王后在一起，由于大家都知道国王既善良又公道，他对不听从命令的人惩罚很严，所以王后不敢不服从。

贝隆蒂娜失踪了

　　贝隆蒂娜已经七岁了，贝罗奈特三岁了，国王给了贝隆蒂娜一套六只鸵鸟拉的漂亮的小车，由贝隆蒂娜奶妈的侄子、十岁的小侍从驾着。这位小侍从叫古尔芝蒂纳，贝隆蒂娜从小就跟他在一起玩，对他可以说非常好。但是古尔芝蒂纳有一个致命的毛病——嘴馋，尤其爱吃糖果。他甚至会为了吃一袋糖果而干出坏事来。

　　贝隆蒂娜经常对他说："古尔芝蒂纳，我很喜欢你，但我不愿意看到你这样贪吃，我求你改掉这恶习，因为它使大家都感到害怕。"

　　古尔芝蒂纳吻吻她的手，嘴上答应一定改正，但他继续偷吃厨房的糕点，备餐间的糖果，他经常因为贪吃、不听话而遭鞭子抽打。

　　富尔贝特王后很快得知了大家对古尔芝蒂纳的责骂，她想她可以利用他的恶习让他把贝隆蒂娜干掉，于是她设想出这样一套计划：贝隆蒂娜经常坐在由古尔芝蒂纳驾着的鸵鸟车上在花园里散步，花园外面是一望无际的美丽的大森林，中间隔着一道铁栏杆，人们把这片森林取名叫丁香林，因为森林里常年盛开着丁香花。没有人敢进去，因为大家都知道这片森林可怕。大人们严禁他驾着贝隆蒂娜的小车往那边去，因为大家担心贝隆蒂娜会不留心穿过栏杆进到森林去。

有好几次国王想让人沿着栏杆筑一道围墙，或者至少把栏杆架密一点让人穿不过去。但是只要工人把石头刚一砌上或把栏杆刚一竖起来，就有一种无形的力量把石头或栏杆掀倒，搞得半途而废。

打这天起，王后每天给古尔芝蒂纳糖果吃，她慢慢把他笼络住，古尔芝蒂纳被惯得越来越馋，到后来离了王后的糖果、糕点就活不下去了。于是她便让人把他叫来，对他说：

"古尔芝蒂纳，我让你来是要你自己做出选择：要么每天有满盒子的糖果吃，要么永远别想沾边，你选择吧。"

"永远不沾边！噢！王后，这会把我折磨死的。王后，只要不受这份罪，您让我干什么都行，您吩咐吧！"

"要你把贝隆蒂娜公主带进丁香林边上去。"王后一边说，一边用眼睛牢牢地盯着古尔芝蒂纳。

"王后，这可使不得。国王早就不让我到那儿去了。"

"啊！不行？那么，你走吧！你再也甭想尝我糖果的味道了，而且我将禁止任何人给你吃糖果。"

"啊！王后，"古尔芝蒂纳一边哭一边说，"您行行好！让我干一件我能办到的事情吧！"

"我再说一遍，我要你把贝隆蒂娜带到丁香林边上去，丛恿

283

她在那儿下车，穿过栏杆到森林里去。"

"但是，王后，"古尔芝蒂纳接着说，他的脸色变得煞白，"如果公主进入这片森林，她就再也出不来了。你知道这是一片妖怪出没的森林，如果让公主进去，就等于送她去死。"

"我再说一遍，也是最后一遍：你到底愿不愿意把贝隆蒂娜带去？要么以后你每天可得到一大盒糖果，要么你以后永远吃不着糖果、糕点，你必须二者选其一。"

"但是，我怎样才能逃脱国王对我的可怕的惩罚呢?"

"这你不必担心。你把贝隆蒂娜一带进丁香林就马上来找我，我会让你带着糖果走，我负责安排你的前程。"

"噢！王后，可怜可怜我吧，您不要逼着我去害死我亲爱的小女主人，她待我一直那样好!"

"小笨蛋，你还犹豫什么！贝隆蒂娜变成什么样子与你有什么关系？事成之后我让你去服侍贝罗奈特，我保你以后永远不缺糖吃。"

古尔芝蒂纳又想了一会儿，唉，他最后决定牺牲他的好心的小主人以换取几磅糖吃。这一天一夜，他始终迟疑着是否去犯这样的大罪。然而，他想如果拒绝执行王后的命令，他以后肯定不能再吃糖果。他求神仙，有一天他会找到贝隆蒂娜。想到这些，他不再犹豫了，决定按照王后的吩咐去办。

第二天下午四点钟的时候，贝隆蒂娜先叫来了小车，又亲了国王，答应父王她在两个小时之内回来，然后上小车走了。王宫的院子很大，古尔芝蒂纳驾着鸵鸟车先朝丁香林相反的方向走去，走了很远很远，直到宫里人看不见他们时，他便改变了方向朝丁香林奔去。他心里难过，默默无言，他的罪过使他心情沉重，受到良心的责备。

"你怎么啦，古尔芝蒂纳？你为什么不说话？是不是病了？"贝隆蒂娜问道。

"我没有病，公主，我身体很好。"

"你的脸色怎么这样苍白？告诉我你怎么啦，我一定尽可能使你高兴。"

贝隆蒂娜的好心软化了古尔芝蒂纳，差一点使她得救。但古尔芝蒂纳想起了富尔贝特许下的糖果，便不再回心转意了。

他还没来得及回答，鸵鸟车已接近了丁香林的栏杆。

"啊！多美丽的丁香花！"贝隆蒂娜叫起来，"真香啊！我多么想采一大束送给爸爸！古尔芝蒂纳，你下车去给我采几束花来。"

"我不能下，公主，我不在鸵鸟会跑掉的。"

"哎！那有什么关系？我会带它们回宫去的。"贝隆蒂娜说。

"但国王会骂我不该丢下你不管，公主，还是你自己去采吧！"

"你说得对，"贝隆蒂娜说："让你挨骂我是过意不去的。"

她一面说，一面从车上敏捷地跳下来，跨过栏杆，摘花去了。

这时，古尔芝蒂纳颤抖起来，忐忑不安，心里无限内疚，他后悔了，想把贝隆蒂娜叫回来，弥补这一切罪过。然而贝隆蒂娜虽然离他只十来步远，而且能清楚地看见她，但她听不见他的喊声。他眼看着她一步步进入妖雾弥漫的森林，看着她摘花，然后渐渐地看不见了，她消失在森林之中了。

他痛悔自己的罪过，咒骂自己的贪食，甚至痛恨起富尔贝特王后了。最后他想贝隆蒂娜回宫的时候到了，于是他从后门溜进马厩，跑到王后那儿。王后一直在等着他，这时看他脸色煞白，红红的眼睛里充满了悔恨的泪花，她猜想贝隆蒂娜已经完了。

"办好了?"她问。

古尔芝蒂纳点了点头表示已经办了，他连说话的力气都没有了。

"来，这是给你的报酬。"她说。

于是她指给他看装有各种糖果的果盒，她让仆人把糖果盒绑在一头骡子背上，那是当初为她拉嫁妆的骡子。

"你把这盒子给我的父亲送去。你走吧，古尔芝蒂纳，一个月后再来取一个。"

同时，她把装满了金子的钱包塞到古尔芝蒂纳的手里。他一言不发地骑上了骡背，飞奔地跑了。这头骡子又凶又不听使唤，背上的驮载使它暴躁起来，跑了一会儿就开始尥蹶子，仰头直立地发起脾气来，把古尔芝蒂纳和盒子都摔倒在地上。古尔芝蒂纳不会骑马又不会骑骡，摔下来时头碰在岩石上，当场就死亡了。这时，他还没有享用一点犯罪换来的好处。因为王后送给他的糖果他连一口都未来得及尝呢。

没有人为他惋惜，因为除了可怜的贝隆蒂娜，大家都不喜欢他。至于贝隆蒂娜，我们将在丁香林里再同她会面。

丁香林

贝隆蒂娜进入森林后，就开始摘美丽的丁香花。她兴致勃勃地摘了那么多芳香扑鼻的花朵，花变得越来越漂亮，她的围裙、帽子都装满了花，但她还继续往里边塞。

就这样，贝隆蒂娜摘花摘了一个多小时，后来她感到热了，也开始累了。丁香花拿着很沉，她想起该回宫了。于是她便往回走，但被丁香花围在当中。她呼唤古尔芝蒂纳，但没有人回应。"好像我走得比我想像的还远。"贝隆蒂娜自言自语，"尽管我有点累了，我得回去。古尔芝蒂纳在等我了，他会来接我的。"

她走了一阵子，仍然看不到森林的尽头，她叫了好几次古尔芝蒂纳，都没有回音，于是她开始害怕起来了。

"我独自一人在森林里会出什么事儿呢？我亲爱的爸爸不见我回去会怎么想呢？没有我，可怜的古尔芝蒂纳怎么敢回宫去呢？那样他会挨骂的，可能还会挨打，这都是我的过失，因为我要下车摘花。这是多么不幸啊！即便今夜不被狼吃掉，我也会渴死、饿死在森林里。"

贝隆蒂娜倒在一棵大树底下伤心地哭起来了，哭啊哭啊，终于因为太疲倦了，头倒在丁香花枝上睡着了。

第一次苏醒

贝隆蒂娜整整睡了一夜，没有任何凶猛的野兽来伤害她，她也不感到寒冷。第二天早上很晚她才醒来，揉了揉眼睛惊讶地发现自己不是在房间的床上。周围都是树木。她叫保姆，回答她的是温柔的猫叫声。她感到奇怪、害怕，朝地上一看，看到在她的脚前有一只非常漂亮的白猫亲切地瞧着她，咪咪地叫着。

"啊！美丽的猫咪，你多么漂亮啊！"贝隆蒂娜叫起来，一面用手抚摸着它美丽的白如雪花的绒毛，"猫咪，见了你我真高兴，因为你会带我到你家里，但是现在我太饿了，不吃东西我没有力气走路。"

她刚说完，猫咪叫了几声，然后它用小爪子指着在她身边的一块细白布包着的一包东西。她打开包裹，看到里边是黄油面包片，她马上拿了一片吃起来，觉得非常好吃，同时给了猫咪几小块，看上去它也吃得很香。

吃完面包，贝隆蒂娜弯下腰，抚摸着猫咪说："谢谢你给我带来了吃的，现在你能不能把我带到我父亲那儿，我不回去他一定很难过。"

猫咪摇摇头，叹气地叫了几声。

"啊！你听懂我的话了，那么，可怜可怜我吧，你随便把我带到哪个屋子里，这样我不至于在这可怕的森林里饿死、冻死、吓死。"

猫咪瞧了瞧她，点了点它那洁白的头，表示它明白她的意思，然后站起来向前走了几步，回头来看看贝隆蒂娜是否跟着它。

"我在这儿，猫咪，"贝隆蒂娜说："我跟着你呢。但是荆棘这么密，我怎么穿过去呢？我看不见路。"

猫咪马上跳进荆棘丛中，于是荆棘自动让开一条路，让贝隆蒂娜和猫咪走过去，然后又重新合拢起来。贝隆蒂娜就这样走了一个小时，她越走，森林变得越亮堂，草越细，花满地，美丽的鸟在歌唱，小松鼠在树枝上乱蹦。贝隆蒂娜相信她就要走出森林见到她爸爸了，所以这些都使她陶醉。她很想停下来摘花，但猫咪一直往前走，当贝隆蒂娜显得想停下来时，它就伤心地叫几声。

一个小时后，贝隆蒂娜看见一栋富丽堂皇的古堡。猫咪一直把她引到金色栏杆那儿。贝隆蒂娜不知该怎么进去，栏杆门关着，又没有铃，猫咪一会儿就不见了，贝隆蒂娜独自一人站在那儿。

母 鹿

猫咪通过一条好像特意为它开的小通道进了门。可能它进去后通知了古堡里的什么人，所以没等贝隆蒂娜叫门，古堡栏杆门便自动打开了。她进了院子，没有看见人。她进入全是用稀有的白色大理石建筑起来的前厅，紧接着所有的门都像第一道门那样自动地打开了。贝隆蒂娜从这个大厅走到另一个大厅，每个大厅都那么漂亮。

终于她在一个蓝色的金厅里发现一只白母鹿躺在铺着柔软而芳香的草的床上，猫咪在她身边。母鹿看到贝隆蒂娜，站起来朝她走去，说："欢迎你，贝隆蒂娜，我和我的儿子猫咪等了你好久了。"

这时它看出贝隆蒂娜有点害怕的样子，便说："放心吧，这里全是你的朋友，我认识你的父王，我爱他也爱你。"

"噢，太太，"贝隆蒂娜说，"如果你认识我的父王，请你把我带到他身边，我不在，他该伤心坏了。"

"我亲爱的贝隆蒂娜，"母鹿叹着气接着说，"我没有能力把你交还给你的父亲，你在丁香林的妖魔控制之下，我自己也受它的支配，它的威力比我大。但我可以托梦给你的父亲，让他不要担心你的命运，告诉他你在我这儿。"

"怎么？太太，"贝隆蒂娜叫起来，"我永远见不到我的父亲了？我是多么爱他呀，我可怜的父亲。"

"亲爱的贝隆蒂娜，不要担心未来，善必得善报，你一定会见到父亲的，但还不到时候。在等待的时候，猫咪和我，我们会尽一切努力使你愉快的。"

贝隆蒂娜叹了一口气，眼里掉下几滴泪珠。然后她想到让母鹿为自己伤心就太辜负人家的一片盛情了，于是她设法控制住自己，尽量高兴地跟她攀谈起来。

母鹿和猫咪领她走进专为她准备的卧室，这是一间四壁挂满绒绣的房间，红底金丝。家具上全是白色法兰绒，上面的真丝刺绣闪光发亮，各种动物都有，如鸟类、蝴蝶、昆虫等等。卧室旁边是她的书房，用小珍珠镶嵌的天蓝色织锦缎装饰，家具全是包着银波纹绸，上面镶有大块绿松石。墙上挂着两幅壮观的画像，一幅是年轻美貌的少女，另一幅是长得标致的年轻小伙子，他们的服装表明他们都是王室家族。

"太太，这两幅画上的人都是谁？"贝隆蒂娜问母鹿。

"现在我不能回答你这个问题，以后你会知道的。该吃饭了，来吧，贝隆蒂娜，你该饿了。"

说实在的，贝隆蒂娜饿极了，她跟着母鹿进了餐厅。餐厅摆设得很怪：一个白色织锦缎大垫子放在地上是供母鹿坐的，在她前面的桌子上摆着一束经过精心挑选的嫩绿多汁的鲜草，草旁边放着一只金子制作的饮水槽，里面灌满了清新的凉水。母鹿对面是一只猫咪使用的小凳子，凳子前面放着一只装满了炸鱼和野鸭腿的金碗，旁边放着装满鲜牛奶的水晶石大碗。

在母鹿和猫咪之间是贝隆蒂娜的用餐地方，她有一张象牙雕刻的小靠背椅，这张椅子上镶有金刚宝石、裹着珠光色平绒。在她面前摆着一只金碟子，盛满了味道鲜美的鸡汤和鸟汤，大小玻璃杯都是水晶石制作的。松软的小面包放在金刀叉的旁边，餐巾是细麻布，其精细的程度世上罕见。为他们端饭递菜的是羚羊，它们动作伶俐，跑前跑后送食品，它们侍候周到，察言观色，能猜出贝隆蒂娜、母鹿和猫咪要什么。

晚餐十分鲜美、丰盛：最细嫩的家禽肉、最罕见的野味、最鲜美的鱼、最可口的甜食、糕点。贝隆蒂娜已经很饿了，所以她把这些菜都吃完了，而且觉得都很好吃。

晚饭后，母鹿和猫咪领贝隆蒂娜到院子里，在那儿，贝隆蒂娜看到了鲜美多汁的水果。他们在一起愉快地散步，在院子里溜达了好一阵子后，她同她的新朋友一道回到屋里。她已经很累了，母鹿建议大家都睡觉去，贝隆蒂娜对此更是求之不得。她走进了卧室，有两只羚羊专在室内侍候她，它们手脚利落，替她脱了衣服，再侍候她躺下，然后便坐在她的床前为她守夜。

贝隆蒂娜很快就入睡了，但入睡前免不了又想起了她的父亲，想到从今后要同父亲生离死别，她伤心地落泪了。

贝隆蒂娜第二次苏醒

贝隆蒂娜睡得很香甜，当她醒来的时候，她觉得自己不像入睡前的样子了，觉得自己长大了，头脑也发达了，觉得她受到了很多教育。她好像在睡梦中看了很多书，学习写文章、画画、唱歌、弹琴、弹竖琴。然而这间屋子仍然是母鹿给她安排的那间，她就在这里入睡的。

贝隆蒂娜心神不定地起了床，跑到镜子前一照，看到自己长高了，而且应该承认，她觉得自己比睡觉前变得更美丽更迷人了。漂亮的金黄色头发拖到脚跟，面色白里透红，一双美丽的蓝眼睛，小巧的鼻子，樱桃小口，红润润的脸蛋，体形苗条、雅致，她成了自己从未见过的绝世美人。

贝隆蒂娜心里怦怦跳，几乎有点害怕了。她赶紧穿上了衣服，跑去找母鹿。她在第一次见面的屋子里找到了母鹿。

"母鹿！母鹿！"她惊叫着，"我发现自己变了，昨晚我睡觉时还是孩子，今早一觉醒来却成了大人了，这是怎么回事儿？这是我的错觉还是一夜之间我真的长大了？'

"亲爱的贝隆蒂娜，你真的长大了，现在你十四岁了，你的睡眠持续了七年。我的儿子猫咪和我，我们想让你免除学习时的烦恼。你初到我们这儿来的时候，什么也不会，连看书也不会。我让你睡了七年，在这七年当中你一边睡觉，我们一边对你进行施教。从你的眼神里可以看出你不大相信，来，跟我到你的书房，你已掌握的本领能使你理解这些。"

贝隆蒂娜跟着母鹿到了书房。她走到钢琴前，开始弹起来，她觉得弹得很好；然后去试试竖琴，拉的声音令人陶醉，她的歌声是那样的悦耳；她拿起铅笔、毛笔画起来，画得那样的顺手，像一个真正的老手了；她试着写写字，觉得跟做其他事一样得心应手；她翻翻书，便记得里边的内容好像全都读过一样。她又惊又喜，一会儿抱住母鹿的脖子，一会儿又亲亲猫咪，对它们说："噢！我亲爱的好朋友，让我怎么感激你们呢？你们这样关照我，让我得到启蒙和深造。我确实感觉到自己长进多了，这都是多亏你们呀。"

母鹿抚摸着她，猫咪轻轻地舐着她的手。当这幸福的时刻过去以后，贝隆蒂娜低下了眼睛，腼腆地说："我的好朋友们，如果我请你们给我一个新的恩惠，你们该不会认为我不知足吧？你们能不能告诉我，我的父亲怎么样了？他还一直为我伤心落泪吗？自从我走后他幸福吗？"

"你的愿望合情合理，我们不能不满足你，贝隆蒂娜。你来看看这面镜子，在这里面你可以看到从你走了以后发生的事情，你会看到你父亲现在的情况。"

贝隆蒂娜在镜子里先是看到了她父亲的房间。国王不安地在

屋里踱来踱去，好像在等什么人。这时富尔贝特王后进屋来告诉
国王说，贝隆蒂娜不顾古尔芝蒂纳的哀求，要自己驾鸵鸟车。于
是鸵鸟狂奔起来，朝丁香林方向跑去，最后翻了车。贝隆蒂娜被
摔到栏杆外边的丁香林里去了。古尔芝蒂纳由于惊怕和痛苦，精
神失常了，她只好把他打发回家去了。听到这里，国王绝望了，
立即朝丁香林冲去。大家花了好大的劲才拦住他，未让他进入丁
香森林去寻找他的爱女。他被搀扶着进到宫里，陷入了更可怕的
绝望之中。他不断地喊着他的爱女贝隆蒂娜的名字。后来他睡着
了，梦见贝隆蒂娜在母鹿和猫咪的宫里。母鹿让他放心，总有一
天贝隆蒂娜会回到她的身边，而且保证让贝隆蒂娜度过一个平安
而幸福的童年。

接着镜子里的画面消失了，什么也看不见了。过了一会儿又
清楚了。当贝隆蒂娜再次看到她父亲时，他已老了，头发变白
了。神情忧伤，手里拿着贝隆蒂娜的一张小画像，不时地流着眼
泪亲亲它。他孤身一人，身边既没有王后也没有贝罗奈特。

贝隆蒂娜痛苦地哭起来，说：“为什么我父亲身边一个亲人
也没有？贝罗奈特妹妹和王后到哪儿去了？”

母鹿告诉她：“因为大家都以为你已经死了，而王后对你的
死却无动于衷。国王对此十分恼怒，于是打发她回她父亲蒂尔比
郎国王那儿去了。她父亲下令把她关在一个城楼里，不久她就在
暴怒和烦恼中死去了。你的妹妹贝罗奈特后来变得十分凶狠。大
家对她无法容忍，去年你父亲赶紧把她嫁给了一个叫维奥朗的王
子，由他负责改造贝罗奈特身上这种凶狠爱嫉妒的习性。他对她

可厉害了，她开始认识到自己这些刁诈习性并不能给自己带来幸福，所以现在变得稍好了一些。总有一天你会看到她的，你的行为最终会感化她，使她改邪归正。"

贝隆蒂娜衷心地感谢母鹿让她知道这些详细情况，她真想再问问"什么时候我可以看见父亲和妹妹？"但她怕因此被认为是她想急于离开母鹿而显得忘恩负义，因此决定等以后有机会时再提这个问题。

贝隆蒂娜每天课程很满，而母鹿只在上课和吃饭的时候才与她在一起。猫咪不会同她说话，只能通过动作表达意思。羚羊们对她侍候得勤恳、周到，但它们都不会讲话。

贝隆蒂娜散步的时候总有猫咪陪伴着。它领她到最优美的地方溜达，请她观赏最美丽的花朵。母鹿告诉她永远不要越过院子的围墙，永远不能进入森林。好几次贝隆蒂娜问母鹿不能进森林的原因，母鹿总是叹着气回答说："啊！贝隆蒂娜，你别进去就是了，因为这是一片带来灾难的森林，永远不能进去！"

挨着森林的一块高地上有一个亭子，有好几次贝隆蒂娜爬上去。在那儿，她看到了壮观的大树、迷人的花朵、成千上万只鸟儿在飞啊唱啊，好像在呼唤她。贝隆蒂娜心想：为什么母鹿不让我到这片美丽的森林里去散步？有它的保护，我能有什么危险呢？

每当贝隆蒂娜这样想的时候，猫咪好像猜透了她的心思，咪咪地叫起来，扯着她的裙子，拉她离开亭子。

贝隆蒂娜笑着跟着猫咪又回到孤独的园子里去散步。

鹦 鹉

　　贝隆蒂娜从七年的睡眠中醒来已过了将近六个月了，她觉得时间过得很慢，经常因想起她的父亲而十分伤心。母鹿和猫咪仿佛猜中了她的心思，猫咪伤心地对她咪咪叫，母鹿长叹不已。贝隆蒂娜很少对它们谈她的心思，因为她担心得罪母鹿，母鹿已经对她讲了三四次了："贝隆蒂娜，你如果一直这样乖，等你到十五岁的时候，便会看到你父亲的，请相信我。以后的事你尽可放心。你现在不要老想着要走。"

　　一天早上，贝隆蒂娜一个人在那里伤心，回味着自己现在这种单调而莫明其妙的生活。突然有人轻轻地在她窗上敲了三下，把她从沉思中惊醒。她抬头一看，发现一只漂亮的绿色鹦鹉，脖子和胸脯呈橘黄色。这只陌生之灵的出现使她很惊奇，于是她打开了窗户，让鹦鹉飞进来。她怎能不惊讶呢？这只鸟一进屋便用一种略带刺耳的声音跟她说："你好，贝隆蒂娜，我知道有时候因没有人跟你说话而使你感到烦恼，那么我来跟你聊天吧！但求求你，不要跟母鹿说见到了我，因为母鹿会扭断我的脖子的。"

　　"为什么呢，美丽的鹦鹉？母鹿不伤害任何人，它只恨那些干坏事的。"

"贝隆蒂娜，如果你不瞒着母鹿和猫咪我到你这儿来的事情，我就马上飞走再也不来了。"

"美丽的鹦鹉，既然你这样要求，我就答应你吧。咱们聊一会儿，我有好长时间没有聊天了！我觉得你爽朗而幽默，你会使我得到欢乐！"

于是鹦鹉给贝隆蒂娜讲故事，并且尽力奉承她，说她美丽、聪明、能干。贝隆蒂娜听了非常高兴。一小时后，鹦鹉飞走了，答应第二天再来。这样它连续来了几天，一股劲地奉承她，逗她开心。有一天早上，它敲敲贝隆蒂娜的窗户说："贝隆蒂娜，贝隆蒂娜，请打开窗户让我进去，我给你带来了你父亲的消息，但务必不要嚷出去，否则我的脑袋就保不住了！"

贝隆蒂娜打开了窗户问："好鹦鹉，这是真的吗？你给我带来父亲的消息？你快讲，现在我父亲在干什么？他怎么样了？"

"贝隆蒂娜，你的父亲很好，但对你的失踪他一直伤心落泪。我已经答应他尽我的微薄之力全力解救你出牢笼。但要想取得成功，你必须同我配合才行。"

"牢笼?!"贝隆蒂娜说，"你可不知道母鹿和猫咪对我是多么好，它们花了多少心血教育我，无微不至地关心我。如能找到一个与我父亲团聚的办法，它们一定求之不得。好鹦鹉，请跟我来吧，我把你介绍给母鹿。"

"你说什么？贝隆蒂娜，"鹦鹉尖声尖气地小声说，"你既不了解母鹿也不了解猫咪，它们恨死我了，因为我有好几次成功地把那些被它们囚禁着的人搭救出去。贝隆蒂娜，如果你不去掉缠在你身上的妖符，你就永远见不到你的父亲，你永远走不出这片森林。”

“什么妖符？”贝隆蒂娜问：“我一点也不知道什么妖符。母鹿和猫咪把我囚禁在这儿对它们有什么好处呢？”

“它们把你囚在这儿是为了替它们自己解闷。至于妖符嘛，那是一朵普通的玫瑰花，只要你摘下这朵玫瑰花，它就可以把你救出来，并送你到你父亲的怀抱中。”

“但院子里一朵玫瑰花也没有，我怎么能摘到它呢？”

“这个嘛，改天我再告诉你。今天我不能跟你再说下去了，因为母鹿就要来了。但为了使你对玫瑰威力有所认识，你不妨问母鹿要一朵，你会知道它跟你说些什么。明天见，贝隆蒂娜，明天见。”

鹦鹉一展翅飞走了，一副得意扬扬的样子，因为它在贝隆蒂娜的心灵中播下了第一颗忘恩负义、不再听从恩人的种子。

鹦鹉刚飞走，母鹿进来了，她显得有些不安。

“你刚才在跟谁说话，贝隆蒂娜？”母鹿一面说一面往开着的窗户外面怀疑地看了一眼。

“没有跟谁说话，太太。”贝隆蒂娜回答。

“可是我清楚地听到你在说话。”

“那我一定在自言自语。”

母鹿不再追问了，它很伤心，甚至眼睛里含着泪花。贝隆蒂娜也很不安。鹦鹉的话使她用新的眼光看待母鹿和猫咪对她的恩情了。她没有想一想，一只能说话的母鹿给那些无知的人带来智慧，使一个女孩子受到教育，她的起居都像王后一样。这样的母鹿决非一般。贝隆蒂娜不仅不感激母鹿对她所做的一切，反而盲目地相信鹦鹉，对它言听计从。这陌生的鹦鹉没有任何证据可以证实它的诚实，而且它冒生命危险来为她效劳到底为了什么？贝隆蒂娜之所以相信它，无非是鹦鹉吹捧了她。她不再像以前那样以感恩的眼光看待母鹿和猫咪为她安排的宁静而幸福的生活，她决心照鹦鹉说的去做。

这天她问母鹿："太太，为什么在你所有的花里看不到最漂亮、最鲜艳的玫瑰花？"

母鹿不由得大吃一惊，十分不安地说：

"贝隆蒂娜，请你再别提起这种恶毒的花，谁碰到它，它就刺谁。你再也不要谈这种花的事，你不知道它对你的威胁是多么的大。"

母鹿的神态如此严肃，贝隆蒂娜不敢再继续问下去了。

这一天过得很不愉快，贝隆蒂娜感到很不自然，母鹿闷闷不乐，小猫咪一直在伤心。

第二天贝隆蒂娜跑到窗前，刚一打开窗户，鹦鹉就飞进来了。

"怎么样？贝隆蒂娜，你看到了，当你一讲到玫瑰花，母鹿那副谈虎色变的神情。我已答应过你，要设法帮你得到一朵美丽的玫瑰花。你听着：你走出院子到森林里去，我陪着你，把你领到一个花园里，那儿有世界上最美最美的玫瑰花。"

"可是我怎么能走得出院子呢？小猫咪老是陪着我散步，寸步不离。"

"设法把它打发走。如果实在打发不掉，那么你就不管三七二十一地往外冲。"

"如果这朵花离这儿很远，它们会发现我出走的。"

"最多步行一个小时，母鹿有意把你安排在离玫瑰花很远的地方，为的是不让你逃出它的掌心。"

"它为什么要把我拘留在这儿呢？像它那样的本领，难道不能找别的乐趣而非要通过教育我这样的一个孩子来取乐？"

"到底为了什么，待你回到你父亲身边时便会明白的。贝隆蒂娜，你要坚定些。吃完午饭你就设法摆脱小猫咪，到森林里去，我在那儿等你。"

贝隆蒂娜答应了。她关上了窗户，生怕母鹿突然出现。

午饭后，贝隆蒂娜照常到院子里散步。尽管她几次试图用粗暴的方式把猫咪轰走，但猫咪还是哀伤地叫几声，紧跟着她不放。在走到通往大门口的小径时，贝隆蒂娜再次想把猫咪打发走，她说："猫咪，我想一个人待一会儿，你先回去吧。"

小猫咪装作不懂她的话。贝隆蒂娜不耐烦了，竟然用脚去踢猫咪。

可怜的猫咪挨了贝隆蒂娜几脚，凄凉地叫着奔往宫殿去了。

听到猫咪的惨叫，贝隆蒂娜心里一震，于是停住脚，想把猫咪喊回来，不去找玫瑰花了，把一切都老老实实告诉母鹿。但正在这时，受一种虚荣、羞愧之感的支配，她毅然地朝门口走去，两手颤抖着打开大门，进入森林去了。

鹦鹉很快就同她会面了。

"勇敢些，贝隆蒂娜，再有一个小时你就可以得到玫瑰花了，就能见到你父亲了。"

正当贝隆蒂娜拿不定主意的时候，鹦鹉的这几句话坚定了她的决心。鹦鹉从这个树枝飞到另一个树枝，在前边给她领路，她紧跟着往前走去。她原来所看到的园子周围的树林那么漂亮，而现在越来越难走了，路上满是荆棘、石子，既听不到鸟声，也看不到花朵了。贝隆蒂娜觉得有一种莫名其妙的不安。鹦鹉极力催她快走。

"快，快，快！贝隆蒂娜，时间不等人，如果母鹿发现你出来了，会来追你的。被它追上了，不仅我的头保不住，你也再别想见到你爸爸了。"

贝隆蒂娜累得直喘气，胳膊被刺破了，鞋子也被撕裂了。她正想说再也不往远处走了，这时鹦鹉大叫起来："我们到了！贝隆蒂娜，那儿就是玫瑰的围墙。"

贝隆蒂娜看到路的拐弯处有一堵小围墙，鹦鹉先跑去给她开了门，里面的土地干枯多石，但在院子中间傲然挺立着一株玫瑰树，上面开着一朵最漂亮的玫瑰花。

"把它摘下来吧！这下子你真是得到它了！"鹦鹉说。

贝隆蒂娜抓住树枝，尽管玫瑰刺刺进了她的手指，但她还是把玫瑰摘了下来。

玫瑰花一到手，她马上听到一声大笑，玫瑰花也从她手里蹿到地上，并对她说：

"贝隆蒂娜，谢谢你，你把我从母鹿手里解救出来，我就是魔王，现在你属于我了。"

鹦鹉也笑着说："哈哈哈！谢谢你，贝隆蒂娜，我现在可以恢复我的原样了。我真没想到不费多大劲就使你上当了。一迎合你的虚荣心，就轻而易举地使你变成对朋友无情无义的人了。你的朋友们坏在了你的手里。它们是我不共戴天的死对头。再见了，贝隆蒂娜。"

刚说完，鹦鹉和玫瑰就不见了。只有贝隆蒂娜被抛在这密林深处。

忏　悔

　　贝隆蒂娜被弄得目瞪口呆。她知道自己的行为太可怕了：她对七年来苦心教育她的忠实朋友们以怨报德。它们还会收留她吗？会原谅她吗？如果它们让她吃闭门羹，她该怎么办呢？而且凶残的鹦鹉说："你的朋友们坏在了你的手里。"这句话意味着什么？

　　她想到要返回去找母鹿它们。这时她的胳膊、腿、脸全被荆棘划破了，但她不顾这些，继续穿行在这荆棘丛中，经过了三个小时的艰难路程到达了母鹿、猫咪它们的宫殿前。眼前所呈现的是：过去富丽堂皇的宫殿现在成了一片废墟。从前宫殿周围长满了奇花异草，现在却是杂草、荆棘丛生。贝隆蒂娜触目惊心，非常悔恨。她正想进入废墟看看她的朋友们到底怎么样了。只见一只大癞蛤蟆从石头堆里爬出来对她说："你要找什么？不正是因为你的忘恩负义才送了你朋友们的命吗？滚蛋，你不要再来玷污它们。"

　　"啊！"贝隆蒂娜惊叫起来，"我可怜的朋友母鹿和猫咪，但愿我能以死来赎回我给你们带来的不幸遭遇。"

说着，她一头哭倒在满是石头和荆棘的地上。

极度的痛苦，使她感觉不到皮肉被石头、荆棘划破的疼痛。她哭了很久很久，最后站起来，看看周围有没有可以藏身的地方。然而除了石头、荆棘外，什么也没有。于是她说："也好，不管是被野兽吃掉，还是伤心死、饿死，都没有什么要紧了，要死就死在这里，死在母鹿和猫咪的坟前。"

话音刚落，便听见有个声音在说："忏悔可以赎回过错。"

她抬起头，见一只大乌鸦在她头上飞来飞去。

"唉！我的忏悔真的能使我的朋友母鹿和猫咪复生吗？"

那声音又说话了："勇敢些，贝隆蒂娜，要用你的忏悔来赎回过错，不要被悲伤压垮！"

可怜的贝隆蒂娜站起来，离开了这个令人伤心的地方，顺着小道走到了大树茂密的地方。那里没有荆棘，满地都是苔藓。悲伤、疲劳的贝隆蒂娜一头倒在一棵大树根上，又抽泣起来。

"贝隆蒂娜，要勇敢些，要抱有希望。"又一个声音对她说。

她看见一只青蛙在她身旁，以同情的眼光看着她。

"好青蛙，看来你对我悲痛的心情有所同情。我会变成什么样的人呢？现在我是孤身独影啊！"

"要勇敢，要抱有希望！"那个声音继续说。

贝隆蒂娜叹息着，看了看周围，想找点野果子充饥解渴，但什么也没有。于是她又开始伤心落泪。

一声铃铛响，把她从痛苦中唤醒。她发现一头漂亮的奶牛慢腾腾地朝她走来，在她身旁停下来，低下头，让她看到挂在它脖子上的一个小杯子。贝隆蒂娜非常感激这意外的救助，解下小杯子开始挤奶。喝了两杯又香又甜的牛奶后，母牛示意让她把杯子再挂回它的脖子上。于是贝隆蒂娜把杯子挂回原处，又亲了亲奶牛，悲伤地对它说："谢谢你，奶牛，这无疑是我亲爱的朋友们对我仁慈的救助，可能它们在另外一个世界上看到它们可怜的贝隆蒂娜在忏悔，因此想减轻一点我眼下所处的逆境。"

"忏悔可以得到人们对他所犯错误的原谅！"那个声音又说。

贝隆蒂娜听了说："什么？哪怕我在这里哭上好几年，我也不会原谅自己的过错，我永远也不原谅自己。"

夜幕降临了。悲恸中的贝隆蒂娜想找个地方躲避野兽的伤害，因为她好像已经听到野兽在吼叫了。

她看到离她几步远的地方有几簇灌木丛，枝叶交叉着，形成一个天然的小棚子。于是她弯腰走进去，发觉只要把其中的几根枝条结扎一下，便可成为一个很像样的藏身之地。她趁着天黑前的一线亮光，把这个窝棚整理了一番：她搬来了一大堆苔藓做成褥垫子和枕头，折了些树枝插在地上挡住入口。然后就躺了下去——她累极了。

第二天天大亮时贝隆蒂娜才醒来。刚睁开眼时，她思路怎么也集中不起来，想不清她眼下到底在什么地方，但严酷的现实就摆在她面前。于是像前一天哪样，她又开始呜呜地哭了起来。

她又觉得饿了，担心找不到吃的东西。恰在这时又听见奶牛的铃铛响了，不一会儿奶牛就来到了她身边。贝隆蒂娜像前一天一样，解下杯子挤了牛奶，喝够了，又把杯子绑好，亲了亲奶牛，怀着不久还能再见到它的心情，目送它离去。

每天早上、中午、晚上，奶牛准时来到这里，给她送来这简便的饮食。

贝隆蒂娜为她的朋友们终日痛哭不止。她忏悔自己的过失。常常自言自语说："都怪我不听话铸成了这无法补救的残酷与不幸。这不仅使我失去了亲爱的好朋友，而且也失去了唯一可以找到父亲的机会。大概他一直在等待着他那不幸的女儿。他怎会知道在妖魔的挟持下，女儿孤苦伶仃地生活在这可怕的森林里，还将孤独地死在这里。"

贝隆蒂娜想找点事情干干，以便散散心。她把窝棚拾掇了一番，用苔藓和树叶做了一张床，把树枝叠起来做成一把椅子。还用又长又细的尖棘作为针和卡子，又在棚子周围采了些亚麻加工成线，把被荆棘扯破了的鞋子缝了缝。就这样，她在这里生活了六个星期，心情始终是那样的悲伤。说句实话，她之所以如此久久地悲恸，并非是因为眼下这凄凉而孤独的生活，而是对她所犯的过错的真诚悔恨。如果在这样的森林里生活一辈子能赎回母鹿和猫咪的生命的话，她会心甘情愿的。

乌 龟

　　这天，她像平常一样，坐在窝棚口伤心地想念着她的朋友和父亲。突然看见一只大乌龟来到她面前，用嘶哑的嗓子对她说："贝隆蒂娜，如果你愿意得到我的保护，我有办法让你走出这片森林。"

　　"乌龟太太，我为什么要离开这片森林呢？我的朋友们因为我而死在这里，因此我也宁可在这里死去。"

　　"贝隆蒂娜，你能肯定它们死了吗？"

　　"怎么？肯定……我亲眼看见它们的宫殿变成了废墟。鹦鹉和癞蛤蟆都跟我说它们已经不在人世了。无疑你是出自好心来安慰我，但是，唉！可惜我再也见到它们了。如果它们还活着，它们不会让我孤独地待在这里，为造成它们的死而伤心绝望。"

　　"贝隆蒂娜，你不知道它们之所以没来救你，是万不得已。它们的法力未大到那样的程度。贝隆蒂娜，你该知道，忏悔是可以赎回过错的。"

　　"啊！乌龟太太，如果它们真的还活着，如果你知道它们的情况，那么就请你告诉我，别让我为它们的死而悔恨不已，而且终有一天我还能见到它们。只要能有这一天，我甘愿做任何事情来赎罪。"

"贝隆蒂娜，关于你朋友们的下落，我无权告诉你。但是如果你有勇气，坐到我背上六个月内不下来，在旅行结束前不向我提任何问题，我可以把你带到一个地方，到了那里，你一切都会明白的。"

"乌龟太太，只要能让我知道朋友们的下落，什么条件我都答应。"

"贝隆蒂娜，请注意，我们一出发，六个月内不能下我的背，不许讲一句话。如果你没有勇气坚持到底，你便永远别想摆脱鹦鹉恶魔和它的玫瑰姐姐的魔爪。到那时，我就再也无计可施了。这六个月对你来说可是生命攸关的啊！"

"咱们出发吧！乌龟太太，最好现在就走。我宁愿累死、憋死，也不愿受这份痛苦的折磨。你的话使我有了希望，我有勇气开始一次比你说的还要艰难得多的旅行。"

"但愿你如愿以偿。贝隆蒂娜，请坐到我背上来。在我们的长途跋涉中，你什么都不用怕，不用担心吃饭、喝水、睡觉等事情，也不必担心会出事情。不管旅行多久，都不会出现任何麻烦的。"

于是，贝隆蒂娜上了乌龟背，乌龟说："从现在起不要说话，在我们到达目的地前，一句话也不能说，到时候我会先跟你说话。"

旅行、抵达

正如乌龟事先说的那样，贝隆蒂娜这趟旅行整整持续了六个月。她们用了三个月的时间才走出森林，进入一片干旱的平原。又花了六个星期走完了这片平原。在平原的尽头，贝隆蒂娜远远望见一座古堡，外观同母鹿和猫咪住的古堡一样。然后又用了一个月的时间才走上了通往古堡的大道。此时贝隆蒂娜已心急如焚。她想，也许在这座古堡里能打听到朋友们的下落。尽管她急切地想去问问，但又不敢开口。如果允许她跳下地去问，只需十分钟她便可跑进这座宫殿里去。然而这时乌龟仍在不停地向前爬行着。贝隆蒂娜牢记着它的禁令：不许说话，也不许下来。尽管心急火燎，她只好耐着性子等待着。这时乌龟不但不快点走，反而放慢了步伐。整整用了十五天她们才走完这条大道。这十五天对贝隆蒂娜来说，好似十五个世纪。

贝隆蒂娜两眼一直盯着这座宫殿和宫殿的大门。里边显得很荒凉，听不到一点声音，也没有一点动静。

一百八十天的行程终于走完了。乌龟停下来对她说："贝隆蒂娜，请下来吧！因为你既有勇气、又听话，所以你得到了应得的回报。现在你就从面前这座门走进宫殿去，你将见到的一个人，也就是慈善仙，她会告诉你，你朋友们的下落如何。"

贝隆蒂娜敏捷地跳下地来，她原以为这么久没有活动，腿会发僵的，然而下地一活动，觉得手脚跟以前一样，完全像她在母鹿和猫咪那儿度过的幸福时代一样的轻快。那时她常常追蝶、采花，一跑就是几个小时。她衷心地谢了谢乌龟太太，便赶紧去开乌龟指给她的那扇大门。门打开了，站在她面前的是一位身穿白衣的年轻女子，她问贝隆蒂娜想找什么人。贝隆蒂娜回答说："我想见慈善仙。小姐，请你告诉她，贝隆蒂娜公主恳切地求见她。"

"请随我来吧！公主。"年轻的女子说。

贝隆蒂娜跟着她往前走，心里禁不住在发抖。她们穿过了好几道大厅，碰到好几位年轻女子，她们的穿着都跟带路的这位一模一样。她们对贝隆蒂娜投以微笑，好像见了熟人似的。最后她来到一间大厅，这间大厅跟母鹿在丁香林里的一模一样。触景生情，引起她无限痛苦，连带路的姑娘不见了也未发觉。她伤心地观察着这里的家具，发现只有一件当时在丁香林古堡里未见到过：这是一件工艺十分精巧的金子、象牙大柜橱。柜橱的门关着，一种莫名其妙的感觉把她吸引住了。她目不转睛地端详着这个柜橱。此时大厅的另一扇门打开了，一位服装华丽、年轻漂亮的少妇进了门，向她走来。

"孩子，你有什么要求？"她温柔而深情地问。

"啊，好心的太太，"贝隆蒂娜扑在她的面前诉说着，"有人对我说您能告诉我关于我亲爱的朋友们的消息。太太，您知道，由于我没听它们的话而失去了它们，我犯了多么大的罪过。为了它们，我哭了很久很久，以为它们都已死了，后来乌龟把我领到这里来，给了我能重新找到它们的希望。太太，请您告诉我，它们是不是还活着？我该做些什么才能配得上享受见到它们时的幸福？"

慈善仙难过地说："贝隆蒂娜，你会知道朋友们的下落的。但是不论你眼前出现了什么情景，你都不要失去勇气和信心。"

她边说着，边把发抖的贝隆蒂娜扶了起来，领她来到那只贝隆蒂娜已经注意到的柜橱前，对她说："贝隆蒂娜，这是柜子的钥匙，你自己打开看看吧，要有勇气！"

贝隆蒂娜用发抖的手开了锁……不难想像，当她看到母鹿和猫咪的皮被金刚石钉子钉在里边时，会是什么样的反应。她刚看一眼，便撕心裂肺地大叫一声晕倒在仙女的怀里了。

大厅的门再一次打开了。一个英俊的王子扑向贝隆蒂娜，口里对慈善仙说："啊！妈妈，这种考验对我们亲爱的贝隆蒂娜太过分了。"

"唉，孩子，为了她，我的心都碎了。你知道，为了能使她永远摆脱丁香林妖怪那残忍的魔掌，这最后的一次惩罚是必不可少的。"

边说着，慈善仙用她的仙杖碰了碰贝隆蒂娜，于是贝隆蒂娜苏醒过来，悲恸欲绝地哭叫着："让我死了吧！活着对我是一种耻辱。可怜我再也没有希望、没有幸福了。亲爱的朋友们，我马上跟你们一道去了。"

慈善仙把她搂在怀里，对她说："贝隆蒂娜，亲爱的贝隆蒂娜，你的朋友们还活着，它们在爱着你。我就是当年的母鹿，这位王子就是我的儿子——当年的猫咪。当初丁香林里的恶妖利用我儿子的疏忽，挟持了我们，把我们变成了原先你所见到的那副畜生模样。要想恢复我们本来的面目，除非让你把那朵玫瑰花摘下来。然而我们知道那朵玫瑰花正是威胁着你的妖魔，所以我们把它禁闭起来，弄到离宫殿尽量远的地方，让你看不见它。我们很清楚，玫瑰妖一旦被放出来，你就会遭受多么大的不幸。上天作证，我和我儿子情愿一辈子当母鹿和猫咪，也要让你免除你后来所遭到的残酷折磨。尽管我们费尽了心机，可鹦鹉还是找到了你。后来的事，你都知道了。但你所不知道的是，我们看着你伤心流泪、孤苦伶仃的境遇，心里多么痛苦！"

贝隆蒂娜一股劲地拥抱仙女，感谢她，也感谢王子，向他们提了一连串的问题："当时侍候我们的那些羚羊，后来怎么样了？"

"你已经见到她们了，就是陪你进宫来的那些年轻姑娘，她们跟我们一样，经受了这可悲的变体。"

"那头每天给我送来乳汁的好心奶牛呢？"

"那是我们得到仙女王后的许可，每天给你送去充饥的乳汁。你所听到乌鸦的鼓励的话语，也是我们从这里说给你听的。"

"夫人，肯定也是你们给我送去了那只乌龟吧？"

"是的。你的痛苦感动了仙女王后，于是她从妖魔那里收回了加在你身上的妖气。其条件是要你再经受一次驯服的考验。让你进行一次如此漫长而枯燥的跋涉。对你的最后一次惩罚是让你以为我和我的儿子都死了。我曾请求仙女王后，至少免除对你最后的这道惩罚，但她坚决不同意。"

贝隆蒂娜深情地听着、瞧着、拥抱着她失去了这么久，还以为永生不能再见的朋友们。接着她又想起了父亲。王子猜出了贝隆蒂娜的心事，并且告诉了他的母亲慈善仙。

"亲爱的贝隆蒂娜，请你准备一下，以便去见你的父亲。我事先已把你的情况告诉了他，他现在正等待着你。"

刹那间，贝隆蒂娜坐在一辆披金挂珠的彩车上。慈善仙坐在她的右边，王子坐在她的前边驾车。王子用幸福而深情的目光注视着她。拉车的是四只洁白的天鹅，它们飞得如此之快，只用了五分钟便到了贝奈国王的王宫。

宫里人全体集合在国王身边，当彩车刚一出现，宫厅上下发出震耳欲聋的欢呼声。拉车的天鹅晕头转向，差一点走错了路，幸好驾车的王子牵住了它们。彩车在宫殿的台阶下停了下来。

贝奈国王扑向女儿贝隆蒂娜，贝隆蒂娜也跳下车来扑进国王的怀抱，他们久久地拥抱着，在场的人无不流下幸福的热泪。

国王稍稍平静下来了，他深情地吻了吻慈善仙的手，感谢她养育、保护了贝隆蒂娜，现在又把她交给了国王。国王拥抱了王子，觉得他是一个仪表堂堂的青年。

因为贝隆蒂娜回宫，王宫举行了八天庆祝活动。八天后仙女想回家了。可是王子一想到要和贝隆蒂娜分别，就感到十分伤心。最后国王和慈善仙商量决定，他们两家不再分开了，国王娶了慈善仙，贝隆蒂娜嫁给了王子。王子后来对贝隆蒂娜始终像当年在丁香林时那样温柔体贴。

贝罗奈特公主也终于改恶从善了。她常常来看望贝隆蒂娜。她的丈夫也随着她的转变而变得温柔和善起来了，两口子生活得相当幸福。

贝隆蒂娜从此无忧无虑地生活着。她生的女儿，个个都像她本人，她生的儿子，个个都像她丈夫。他们受到大家的爱戴。在他们周围，大家都生活得很幸福。

普罗旺斯童话二则

玛利勒纳·格勒芒

　　普罗旺斯，是法国南部的一个地区，古时候是一个王国，其首都设在埃克斯市。这里从1487年开始成为法国的版图。该地区有着悠久的历史和丰富的文化，并流传着许多饶有趣味的民间传说。

　　1976年，作家玛利勒纳·格勒芒在民间故事的基础上整理、出版了《普罗旺斯童话》，这里选择了较有代表性的两篇。

可敬的 "香客"

一个冬天的晚上，当夜幕降临的时候，普罗旺斯国的国王贝朗热伯爵独自一人悄然地来到埃克斯市的大街上。为了不被人认出来，他身上裹着一件肥大的深色棉大衣，皮领子高高翻起，一直埋住下巴。

他的大衣上打着补丁，皮领子已被蛀虫咬了。他，堂堂的一国之君贝朗热伯爵，却过着困窘的日子。国事被搞得一团糟，诸侯们欺他宽厚，不再听命于他了。他们每日肆无忌惮地穷兵黩武、打猎作乐。厮斗时，动辄焚烧民房；捕猎时，扬鞭催马，在妃嫔、仆人们的簇拥下，带着猎犬在农田里横冲直撞、围猪堵鹿，把老百姓的庄稼糟蹋得不成样子。庶民们只能坐等饿死了！

那些税务官吏们，也并不比诸侯们好一丁点儿。他们把征收来的钱财装进私人腰包，而不上交国库。全国到处是暴乱、无政府主义和一片衰败的景象。除此之外，还面临着严重的外部威胁：法国国王一直在觊觎普罗旺斯国的国土。

伯爵心里忧伤交集，所以这天晚上他需要独自一人到寂静的街上走走，清新的空气对他有所好处，使他摆脱周围那班人的烦扰，好好地考虑一番，思索一下治国救家的办法。他有妻子和四个女儿，女儿们取名叫玛格丽黛、艾勒奥诺尔、桑西和贝阿特丽丝，可惜他始终也找不出任何解决问题的办法。局势似乎无可挽救了，对此他感到心灰意冷。

因为天气寒冷，人们早已躲进自己家里去了。有些人家已经燃起了蜡烛，烛光从玻璃窗透了出来。

他沿着月光照亮的古罗马式的温泉旁边走着，忽听得一串脚步声，有节奏地走过来。一个男人的身影出现了，只见他穿着棕色粗布衣服，头上戴着一顶斗篷，背着一个布褡子，手里拄着一根棍子。伯爵一看便认出这是一位"香客"——人们当时把那些前往罗马祭祀先驱者的人称作"香客"。香客先向伯爵打了个招呼，伯爵问他："勇敢的人，天已晚了，你还不找地方投宿吗？"

"是啊！能歇歇脚该多好！阁下，如果你能赏我一把稻草，我就在你的马厩里过一夜……"

"请跟我来吧！我是普罗旺斯王国的贝朗热伯爵，你呢？"

"你就叫我香客吧！"

伯爵微微一笑，说："你既然不愿意说出尊名，也好，就叫你香客吧！你是打哪儿来的呢？"

"我从圣地亚哥来，我要到罗马去朝祭，然后再从那儿去耶路撒冷。"

贝朗热伯爵带他回到古堡之后，便向他打听旅途中的见闻，以及他的感受。香客是一位见多识广的人，知道很多事情，似乎他对人也十分了解，了解人们的长处和短处。他对问题的解答，显示出他非凡的才智。伯爵暗暗赞叹着：这是一位多么有才华的人啊！而且看来还是一个厚道的人。

伯爵邀请他共进晚餐，并由妻子、女儿们同席作陪。

香客当然会看到，伯爵家里吃的是粗茶淡饭——萝卜汤和母羊奶酪，室内摆的是破旧的陈设，伯爵夫人和四个女儿穿的是褪了色的衣裙。

伯爵想问问香客：如果他处在自己这个位置上，他将用什么办法重新给普罗旺斯国带来欢乐和繁荣呢？他想等妻子、女儿们离开饭桌后就这样问他。他觉得这位素不相识的人很正派，无疑是一位非凡的人。

当最后只剩下伯爵和香客时，伯爵便向他诉说了自己的苦衷，然后问他："香客，你说我该怎么办呢？"

"阁下，要实行法制，阻止各种弊端蔓延。"

伯爵双手捧住脑袋，过了几分钟，他抬起头来，说："香客，我觉得你正是我所寻求的人，请你留下吧！我任命你当我的总督。"

香客有点吃惊了，他回答说："可我只不过是一个可怜的进香者而已。"

"然而看得出你是一位诚挚的人，而且有着治国的聪明才智。你先考虑考虑，请你明天早上给我回话。"

贝朗热伯爵带着香客来到他家的上等客房里——这只不过在相比之下是一间稍好点的房间，墙的四壁已满是裂纹了。然后走出去，好让客人睡觉。

第二天早上，香客找到伯爵，表示愿意接受伯爵的厚意。

新总督立即开始工作了。他脱下进香者的衣着，换上公事人的服装。

他清点了账目，制订了预算，又要了一匹马，亲自前往普罗旺斯全国巡察，了解各地存在的弊端。他迫使税务官吏们把钱拿出来上交国库。国家用这些钱兴建各项有益的事业，首先是那些最必需的事业。他说服诸侯们停止争纷，管好自己的领地。农民和手工艺人从他身上找到了靠山。

贝朗热伯爵一家按照新总督的意见，在节俭方面为人们做出表率：伯爵夫人自己纺纱、缝衣，女儿们出入从不乘车骑，她们的衣着打扮同埃克斯市最普通人家的女孩绝无两样。

慢慢地，千家万户过上了舒适的日子。混乱的局面结束了，穷苦的人们都颂扬着总督的功德，称他为"香客老爷"。有权有势的人们却惧怕他。贝朗热伯爵爱戴他，由衷地信赖他。

"现在该安排你大女儿玛格丽黛的婚事了。"一天，香客对伯爵说。

"可是她还没有嫁妆呢！"

是啊！伯爵的收入全都拿出来用到最急需的地方去了：例如解决那些一无所有的人们的吃饭问题、为人们治病、修建房屋、发展商业等等。所以小姐们手里所剩无几，她们的嫁妆还未提上日程呢！

"这无妨，"总督说，"你的女儿们个个有着善良而贤惠的美德，这胜过任何财富。我要让她们都嫁给国王为妻。先开始办玛格丽黛的婚事吧！"

他安排玛格丽黛同十九岁的法国国王路易会面，她比他年轻，二人情投意合，永结良缘。接着总督又安排二女儿和三女儿分别嫁给欧洲另外两位国王。最后轮到小女儿贝阿特丽丝，她的婚事并不比姐姐们差，因为她是嫁给法国国王的弟弟查理，后来成了西西里岛的王后。

总之，香客为贝朗热伯爵和普罗旺斯人操劳了十五个春秋，取得了圆满的成功。但他并不因此而自我炫耀。他觉得，伯爵对他的深情厚谊，已使他足感快慰了。

然而好事多磨，贝朗热伯爵身边的贵族中，有几个爱嫉妒的家伙，不能忍受伯爵与总督之间的友情，决心要把总督从伯爵眼里贬下去。于是他们散布流言蜚语中伤总督，指控他从伯爵的国库里盗走一批财产。当这些无稽之谈传到伯爵耳朵里时，伯爵发火了，因为他对香客为人之正派是确信无疑的。于是他派人把贵族们都召集来，集中在御前会议大厅里。

贵族们一个个在靠墙安放的木凳子上坐下来。贝朗热伯爵也端坐在御座上，他气宇轩昂，头发披在背后、身着绯红色天鹅绒朝服，宽大的袍袖略略鼓起，腰间佩着短剑。他以坚定的语气对诸侯们发话说："我知道有人散布了许多关于总督的坏话，说他'侵吞'钱财。这是对他的极大侮辱，人们所加在他身上的那些指控是无根据的。我的国库从来没有像今天这样满过！"

会场上发出一阵窃窃私语声。伯爵接着又说："你们都知道我对香客有多么的尊重，如果你们继续散布他的流言蜚语，你们便会失去我对你们的友谊。想想吧！你们都是真正的贵族骑士，丝毫不应产生嫉妒之心。"

贵族们一个个都不作声了，显得很窘。这时有一个叫热卢德的贵族上前一步说："伯爵，我们都是您忠实的部下，所以才有义务提醒您注意。您的总督背弃了你对他的信任。然而您那宽厚仁慈之心模糊了你的眼睛，使您看不清真相。"

贝朗热伯爵耸了耸肩膀，说："热卢德，你的话我不能相信。正是因为有了我们的香客，我们的国土才变成富有之邦。你再看看他对我女儿婚事的安排吧。"

"这不假，伯爵。但是他也为自己捞了一份财富。听说他把您的大量财产吞为己有，数量之大，超过了普罗旺斯任何人的财富。"

这一下伯爵震惊了。然而他仍然觉得他的香客无论如何不会干出这类卑鄙勾当。于是便问："热卢德，请你拿出证据来。"

于是热卢德回过头请他的同僚们出来作证。然后又说："香客在他房间的暗室里藏着一只钱箱。"

"你怎么知道的?"

"因为我有几次到他那里去，看到他那间暗室的门总是锁着。可是有那么一次他忘了上锁，当我进门时，一阵风把暗室的门吹开了，香客马上过去把门锁上，但我趁此机会看清楚了里边放着的钱箱和当时他窘迫的神情。"

另一位贵族出来说，他的一个仆人去年在总督那里当差，这个仆人告诉他说，总督房里确实有这么一只钱箱。

"伯爵，"他最后补充说，"不妨叫您的总督来，让您亲眼看看这只箱子，这样你便会明白的，到那时你会知道我们是不是在造谣。"

贝朗热伯爵皱起眉头犹豫起来。最后下了决心，让人把香客叫来问问。

香客一走进门，看到伯爵和聚集在厅里的贵族们，先是一愣，接着问："老爷，您要审查我吗?"

"有什么办法呢? 这完全不是我所愿意的。但是，为了求得大家都能安宁，我不得不出面管这件事。有人说你的卧室里有一只钱箱，里边装满了金子，而且那些金子原本是属于国家的财产。"

总督不慌不忙地答道："告诉您这些话的人自己弄错了。"

"但愿如此，我的朋友。但是这些消息是从我那些最高尚的贵族们嘴里传出来的。为了消除怀疑，请带我们到你房间里去一趟。"

香客脸上掠过一丝忧伤的神情，问："老爷，您非这样坚持不可吗?"

"是的，香客。"

于是伯爵和贵族们走在总督的前面，涌进了香客的卧室。这是一间空空荡荡的大屋子，里面摆着一张木板床；上面铺盖着被褥，另有一张桌子和一把椅子。除此之外什么都没有。

这群人一进屋，便向内室的门走去。伯爵对总督说："香客，请把钥匙拿来。"

总督的脸发白了，说："伯爵老爷，请给我留点面子吧！"

一听这话，贵族们神气活现了。

贝朗热伯爵怒视着香客道："啊！你自知有罪了！"

总督二话未说，从衣兜里掏出一个小小的钥匙，一个贵族一把拿过去，插进锁里把门打开了。果然看到阴暗处有只箱子放在地上。

"果真如此！"伯爵痛苦地吼叫起来，"你背叛了我，盗窃我们的财产，而我却那样地爱戴你！"

这时香客像变成了一尊塑像似的，直挺挺地站在那里。

热卢德走过去掀开箱子盖，大伙的目光都朝他那儿投去。

一下子，伯爵和贵族们目瞪口呆了，像被钉子钉住一样傻在那儿了：箱子里一点金子也没有，有的，只是香客早年戴过的斗篷、穿的棕色粗布上衣、布褡子和那根棍子。他把这些东西一直珍藏着，是为了不忘记自己只不过是一个打此路过之人，终有一天还得重操旧业。

伯爵看到自己的朋友果然无辜，一下子兴高采烈起来，并向他伸出了双手。这时贵族们都龟缩在墙角里，十分难堪。然而香客不屑于瞅他们，他透过窗户，目光凝视着远方。最后往伯爵和贵族们面前一站，说："老爷们，我感谢你们，感谢你们使我还本复原。我这是穷来还穷去！"

当着他们的面，香客脱去了官人服装，换上他原来的晋香衣服。然后把布褡子往肩上一背，拣起那根棍子，穿过厅堂，出门而去。摈弃了这里的荣华富贵，远离了这尔虞我诈的是非之邦。

他为伯爵和普罗旺斯人整整操劳了十五个寒暑，现在，他又上路远去了。

贵族们一个个垂头丧气地走出房间，唯有贝朗热伯爵还独自站在原地。隔窗往外眺望，只见香客的身影远去了。

这又是一个寒冷而月光明亮的冬夜，很像他们初次相遇时的那个夜晚。伯爵面颊上淌着辛酸的泪水：因一时之错，失去了这位朋友。

库古隆村的小蚂蚁

库古隆村的一块菜园里有一个蚁穴，蚁穴里有一只黑色小蚂蚁。虽然它个儿长得没有姐妹们那样大，但这并不影响它同姐妹们一样地干活。什么寻觅食物、看护幼蚁、打更放哨，样样都行。夏天里它酿制果酱，冬天里它纺线织布。从来没见它闲过片刻。

八月的一天早上，它正在打扫门庭的时候，只见它的朋友鸡蛋和知了两位打菜园边的路上经过，肩上背着布褡子、手里挂着根棍子。

"你们这副模样，是要到哪里去呀？"小蚂蚁问它们。

"到圣地亚哥朝圣去。你愿意和我们一块去吗？"

"当然愿意。我很早就梦想要到那儿去了。请等等我。"

它急忙跑回家同姐妹们告别。姐妹们对它这一决定甚感惊讶，因为在它们的家族里，大家都没有探险的性格。走过最远的地方也不超越菜园子一步。

"小妹妹，路途那么远，你不怕危险吗？西班牙的圣地亚哥城远着哩！"

"请放心吧！路上我会当心的。明年夏天我一定会回到你们当中来。"

姐妹们同它拥抱，这个送给它一顶草帽，那个送给它一只小米粒镂空的篮子，里边装满了食物。又有一位送给它一根枝条削成的拐杖，以备走累时用。大家都请它代向圣地亚哥神祈祷，求神明保佑它们生活美满，赐给它们阳光和雨露。

离别的情景是激动人心的，大家对小蚂蚁千般叮咛、万般嘱托。最后小蚂蚁脱下围裙，前去同焦急等待着它的未来的旅伴会聚。它们把旅途的事情安排了一番：路上，由鸡蛋在前边滚动带路，由知了唱歌给大家鼓劲，小蚂蚁的任务是负责寻觅食物。

开头的几天里，一切都很顺利。天气晴朗，道路平坦。路旁橄榄树低头向它们致敬，田间的蟋蟀、空中的苍蝇向它们问候，并且一遍又一遍地唱着：

"这是鸡蛋、知了和蚂蚁，它们要到圣地亚哥城朝圣去！"

灌木丛中动物们更是挥动着爪子向它们祝愿："旅途平安！一路顺风！"

不久，在它们面前横起一座高山，需要爬越过去。鸡蛋因身体肥胖，不住地喘着气，艰难地往上爬着。因为山道上满是卵石，所以它很怕摔倒。尽管它处处提防，最后还是撞在一块石头上粉身碎骨了。于是知了和蚂蚁决定修建一座小庙，安放鸡蛋的遗骨，并且把小庙命名为鸡蛋圣母庙。它们花了几个星期的时间才把小庙建起来。

剩下的两位又出发上路了。知了因心里悲伤，再也唱不出歌儿来了。它们爬到了山顶，看到团团白云像棉花堆似地簇拥着山峰。一只山鹰盘旋在天空，阴森森的一声长啸，把它俩吓了一大跳。天黑了，它们钻进一棵洋地黄的花蕊里过夜，互相依偎着。

东方一发白，它们又上路了。它们还得走完另外半边坡，才能下山去。这时虽值夏末时节，但骄阳仍是火辣辣地照射着。中午，它们在一片薰衣草坪里坐下歇脚。一群群蝴蝶在这充满阳光的广阔天地里翩翩起舞。其中有一只蝴蝶飞来落在它们面前，同它们闲聊起来。这是一只孔雀蝶，两只翅膀上有紫红色的图案。孔雀蝶最后邀请这两位朋友到它家吃午饭。它的家在一株薰衣草里。

小蚂蚁不怎么说话，但知了却滔滔不绝地大谈自己的身世。孔雀蝶很少注意小蚂蚁，而是十分欣赏知了，对它的嗓音、黑色而又苗条的身材赞不绝口。末了还恭维说："你真像一位美丽的波希米亚女郎！"

最后孔雀蝶提议它和知了一同飞往田边的橡树林子里去活动活动翅膀，知了同意了。这里只剩下小蚂蚁，边打盹边等着它们。

当孔雀蝶和知了从树林里飞回来时，知了告诉蚂蚁说它已同孔雀蝶订婚了——对此小蚂蚁并不感到特别意外。

知了说："小蚂蚁，我不去朝圣了，因为我马上要结婚了。我和孔雀蝶情投意合。再说，秋天快到了，我害怕在坏天气里旅行。"

它俩约定第二天举行婚礼，希望小蚂蚁能参加它们的婚礼。

看在老朋友的份上，小蚂蚁不好拒绝。而且婚礼也确实使它开心：新娘子打扮得花枝招展，白衣裙衬托着黑身躯。新郎的翅膀更加光彩照人。作为贵宾的蚂蚁小姐，由一金褐色打扮的年轻的金龟子搀扶着走在新郎新娘的后边。这片草田里的所有昆虫排成长长的送礼队伍。神父是一只大蝗虫，市长是一只戴眼镜的金龟子。

正式仪式结束之后，新郎和新娘去摸了摸瓢虫背上的七个黑点，以便得到幸福。然后举行了盛大的宴会招待宾朋。在吃点心的时候，蟑螂为大伙讲述了几段离奇古怪的故事。蜻蜓和蜉蝣为大家表演了芭蕾舞节目。

可惜天下没有不散的宴席。第二天当小蚂蚁拿起拐杖、戴上草帽准备出发时，它心里感到十分孤单。但它办事有自己的准则：干任何事情，都要善始善终。

路上它瞧见一条旱獭蹲在地上，正在思索着什么，便走上前去说道："旱獭，我是库古隆村的小蚂蚁，要到圣地亚哥朝圣去。你同我一道去好吗？"

"那可不行。坏天气季节眼看快到了，我马上要进洞穴冬眠去了。"

再走一阵子，它遇见一条蜈蚣，便走上前说："蜈蚣，请你跟我一道朝圣去吧！你有那么多只脚，路上不会累的。"

"我的朋友，你趁早别打我的主意。这一去要磨破许多双鞋子，会把我闹得倾家荡产的。"

这时，大雨"哗啦啦"下了起来，小蚂蚁不得不到一个兔洞里去躲一躲雨。睡在洞穴深处的名叫雅努的兔子咆哮起来："我睡得正香，是谁偏来捣乱？"

"是我，库古隆村的小蚂蚁，我要到西班牙朝圣去，请允许我在你这里躲躲雨吧！"

别看雅努表面上爱动肝火，其实它心肠可好了。它对蚂蚁说："可怜的小家伙，看把你淋成水鸭子了。快进来，我这就去给你熬一碗美妙的香汤，喝了暖暖身子。"

交谈中，小蚂蚁说："你住的这片林子可真够安静的。"

雅努叹了一口气，悲伤地耷拉下耳朵说："在太平的日子里确实安静。但下星期打猎就开始了，那时这里就变成战场了。"

"那你就离开这里吧！跟我一块到圣地亚哥城朝圣去。"

雅努沉默不语了。它恨那些带枪的猎人和猎犬。去年它爸爸妈妈都死在他们手里了。想到这里，眼泪夺眶而出。它说："别想入非非了。你想，如果大白天里我跟你在田野走，那些带枪的人肯定会向我开火。那就只能在夜里陪你赶路，这样又会耽误你的路。因此我实在为难。"

小蚂蚁听后激动地说："雅努，到了那边我求圣地亚哥神保佑你，不让猎人和猎犬加害于你……谢谢你的款待，雨已停了，我也该走了。"

枯叶、乌云，伴随着秋天来到了人间。小蚂蚁已经走完了很长很长的路程。白天，它看着太阳走；黑夜，它顺着星河行。

有一次它停下来在一个沟坎上采了一片蘑菇充饥，这时有两个小姑娘放了学，来到枯黄的草丛里捡栗子。一看到小蚂蚁，较小的那个姑娘骂着说:"肮脏的蚂蚁,我踩死你。"

说着,只见一只脚就要往下踩了,小蚂蚁心想它马上就要粉身碎骨了,所以紧闭上双眼。正在这时,只听得一声叫:"诺埃米住手! 让蚂蚁好好地去吧!"

于是那只脚又落回到原地而未踩它。刚才讲话并阻止妹妹的那位姑娘说:"只要你不坐在蚂蚁窝上,它们是不会咬你的。"

妹妹格格一笑,由姐姐拉着走远了。这次小蚂蚁真是死里逃生,足足一分钟里它的心一直在怦怦跳。

最后总算平静下来了。但风险并未从此而结束。几天之后,有一天它正迈开脚步快步如飞地沿着路边的车印疾走,忽见一个十五岁上下的小男孩光着脚在路上走。他手持弓箭,一见飞鸟就射。

恰在这时有只落在树上的天蓝色鸽子要起飞,小孩于是搭弓上箭、瞄准了鸽子。弦上待发的箭马上就要射穿那长着美丽羽毛的鸽子了,那时鸽子再也不能舒展双翅在蓝天里愉快地飞翔了。小家伙的举动早被小蚂蚁看在眼里。它毫不犹豫,扑上去照着小孩的脚后跟狠狠地咬了一口。

小家伙"哎哟!"一声扔掉手中的弓箭,回过身来按摩他的脚跟。

鸽子听到一声惨叫,便在空中盘旋一圈,以便看看地面上发生了什么事情。它看见那个男孩正在揉脚后跟,一只小蚂蚁躲在一块石子后面。鸽子马上清楚了是怎么回事,叫着:"小蚂蚁,感谢你救了我一命。这件事我永远也忘不了。"

鸽子飞走了，心里充满着感激之情。小家伙也拣起弓箭在公路的拐弯处消失了。

一天晚上，小蚂蚁顺着一条两边长满葡萄树的沙土小道来到了海边。但它当时并不知道这就是大海，只看到前面天连水水连天，白茫茫的一片。风吹着，波涛汹涌，还有盘旋飞翔的海鸥和嘶哑的鸣叫声，这些使小蚂蚁胆战心惊。有一个浪头直朝沙滩冲来，差点把小蚂蚁席卷而去。多可怕啊！为了安全，它马上爬上一块岩石。慌忙中，未看清岩石上满是裂缝，一不小心滑了进去，一只腿被卡在石缝里。

"救命啊！"

谁也听不到它的呼叫声。夜幕已经降临了，海边一片荒凉，四周万籁俱寂。小蚂蚁伤心了，它既害怕又疼痛。在这漆黑的夜晚，谁会看得见黑色的岩石缝里有只黑色的小蚂蚁呢？

终于盼到了东方发白。一缕朝霞染红了大海。恰在此时，小蚂蚁听到"咕咕，咕咕咕！"的鸟叫声和鸟翅膀轻轻的扑打声。

"救命啊！"它又呼叫起来。

一只天蓝色的鸽子闻声飞来，落在岩石上问："是谁在叫？"

"是我，库古隆村的小蚂蚁，我是去朝圣的。"

"你现在在哪儿？"

"就在你左爪子旁边的石头缝里。"

鸽子伸长脖子望了望说："我看见你了。怎么？！莫非我看错了？你不是救过我命的那只好心的蚂蚁吗？"

这时小蚂蚁也认出来这正是那只差点被小孩射杀了的蓝色鸽

子。便说："正是我，亲爱的鸽子。我的腿被卡住了。"

"别怕，我就来拉你出来。"

鸽子举起尖嘴在卡着蚂蚁腿的地方猛啄，把原来的石缝啄宽了，解救了蚂蚁的腿。小蚂蚁高兴得热泪盈眶。

"你要往哪儿朝圣去?"鸽子问。

"去圣地亚哥城。可这些水拦住了我的去路。"

"你顺着海边走本来也可以走到西班牙的，"地理知识渊博的鸽子解释说，"但那样路程太远了。还有一个解决办法：我是一只常常旅行的鸽子，现在要去突尼斯，我可以绕个弯把你送到西班牙海岸去。现在就请你爬到我背上来。"

鸽子还叮嘱它，在飞越大海时，要站稳别动。因为动来动去会使鸽子身上发痒，引起飞行姿势失常，从而有掉进大海的危险。蚂蚁答应说它会纹丝不动的。最后鸽子又补充说："在高空飞行，风比较大，你把帽子戴好。"

蚂蚁钻进鸽子羽毛下边，既暖和又能伸出头来观赏周围的风景。它们飞起来了，这真是一趟美好的旅行。居高临下，小蚂蚁再也不害怕大海了。海是多么的蔚蓝啊！有时，波涛中突然出现一群"美女"，披着波浪式的头发，长着少女般的脸，身体的后部是一条长长的银鳞鱼尾。

"轮船的汽笛响了，你侧耳听听。"鸽子说。

蚂蚁听到了那汽笛的悦耳响声响彻天空。它从来没有听到过如此动听的声音。

鸽子和它的乘客在空中与飞往巴利阿里群岛的一群燕子相

遇。它们同行了一段路程。小燕子们旅行过许多地方，向它们谈起所见过的各种庙宇和金字塔、曾经栖息过的大理石华表、处处是喷泉的公园，以及在公园里散步的王公贵族。小蚂蚁对小燕子们的见识之广感到惊讶。但又想想，等自己明年回到故乡时，也可以向姐妹们讲述自己的所见所闻和所经历的种种奇遇。

像原先约的那样，鸽子把蚂蚁一直带到了西班牙海岸，并对它说："小蚂蚁，祝你好运。如果你愿意搭乘我的翅膀回普罗旺斯的话，咱们明年入夏的第一天在这里会面。地点就在你右边那片橘子林里。"

"好心的鸽子，咱们一言为定。我也祝你好运！"

小蚂蚁拿着拐杖上路了，它须从西班牙的东海岸一直走到西海岸才能到达圣地亚哥城。一位在草坪上跳舞、玩响板的小姑娘告诉了它前去的方向。

小蚂蚁又搭乘卖水的马车走了一程。这是一辆满载着大水桶的车子，由一头骡子拉着。水滴从水桶周围渗了出来，小蚂蚁饱饱地痛饮了一顿。但它在车上也时时提心吊胆，它怕神经质的骡子东撞一头、西踢一蹄子，那会把东西都打碎。

车子一进小镇，卖水人便走大街、串小巷，高声叫着："卖清凉水！卖清凉水！"

那些家庭妇女们闻声从家里走出来，抱着坛子来灌水。卖水人不往远处走了，小蚂蚁便离开他和骡子。胆小的蚂蚁这下子心里反觉着踏实些。

它又翻过了一座荒山。过了山岭，便是平原。这时它听到一个人的脚步声和拐杖有节奏的点地声。只见一个人风尘仆仆地从后面走来，与它相遇了。这人向它打招呼说："你好啊！看你这副样子，我敢打赌你是去朝圣的。"

"你猜对了，大爷。"

这人背上背着一个羽纱布袋，固定在两只肩膀上。里边装着线团、针、花边、缎带，还有两三条头巾、一些袜子、几双草底布鞋和一些鞋带。这是一家流动杂货店。

"我是小贩老雅克，专门登门拜户卖点零碎货。我常打圣地亚哥城路过，咱们一道走吧！这样就不觉得路远了。"

他又仔细地瞧了瞧小蚂蚁，看到它的触角已耷拉下来，竖不起来了。

"看来你太累了。请你爬到我的拐杖上来，我带着你走。再说，你也并不沉。我们边走边聊天，你不会感到厌倦的。"

小蚂蚁未作谦让。它对这一新的交通工具很欣赏。当小商贩提着拐杖行走时，小蚂蚁借着高举起的拐杖时而观赏着沿途的风景，时而与旅伴谈谈感受。歇脚的时候，商贩送给它一些面包、奶酪屑吃吃。夜里，他们借宿在牧童的棚子里。

他们赶在严冬之前抵达了圣地亚哥城。负责接待朝圣者的僧人为他们安排了食宿。

商贩在圣地亚哥城住了数天，便又去卖货了。由于商贩明年春天还要打此路过，小蚂蚁决定到那时作完祈祷便同他一道往地中海方向走，按约定的时间准时同鸽子会面。过了大海，它便去找兔子雅努，在那里歇歇脚。然后再到孔雀蝶家里停一站，最后便可以一直回家了。那时，姐妹们肯定带着许多问题和亲吻来迎接它。对于回程的路，没什么可担忧的。

　　"现在到处都有我的朋友，我真高兴。但这并不会使我不热爱故土库古隆村。"它心里想着。于是愉快地竖起头上的触角，快步前去朝拜。